有你的地方，就是家

The Dog Who Danced

[美] 苏珊·威尔逊 著
Susan Wilson
韩芷菡 译

华东师范大学出版社

目录 Contents

Contents 目录

第一部　与贾丝汀分离

引子

我这人向来自食其力。父亲教导我别指望他人会善待自己，继母告诫我只有独立才能赢得生活；我都尽力做到了。至少在十七岁半那年离家之后，我从不曾食不果腹、衣不蔽体。我见过为了口吃食便出卖自己的女人，而我不曾那样堕落。若他人只是走马观花地匆匆一瞥，的确会觉得我的生活状态糟糕到了那种地步。为了得到某些东西，我也曾举棋不定，最后又做出愧心的事来。没错，我在人生路上做过一些“错误”的决定。即使一个人在成长过程中并没有皈依宗教，他仍能判断对错、区分善恶。

我的名字叫做贾丝汀·米德，在我四十三年生涯中，我爱过的人就那么几个。不，那是夸张的说法。就只有两个，因为自己的愚蠢和自私而失去的那两个；一个是我的儿子，另一个是我的狗。

1. 马克丢失

“你还吃得下不？”亚迪用粗短的手指直指我的英式松饼，问道。我们正坐在游遍美国旅行公司的休息站里，也是这次自西向东的旅途中逗留的若干休息站之一。他想遵照既定的进度赶路，我则想休息一小时，好让双腿的血液得以循环；在此之前，我长时间坐在这辆十八轮大卡车的驾驶室里，吸着亚迪的二手烟、喝着暖呼呼没气泡的可乐。为了满足居无定所的现代吉普赛族的需要，美国旅游中心建有小型商店区，供应所能想到的任何车辆用品，不论是机油、挡泥板，还是仪表盘上足球队员和耶稣形象的摇头娃娃。餐馆提供大分量的食物、自助炸鸡排、饼干和苹果派。不过整天坐在卡车里听收音机，一个劲儿喝红牛的人能有多饿呢？

“不，你拿去吃吧。”与大部分挤进货摊、直奔柜台的人相反，我毫无胃口，也无欲将盘子堆满鸡蛋和香肠，一杯热咖啡对我来说就已足够了。我希望亚迪能够再待久一点儿，以便我有充足的时间去一趟女浴室。

为了回到东海岸，我坐在了亚迪·施密特旁的副驾座上。只要他不用运货，便经常来光顾我工作的酒馆。不坐飞机而搭便车是凯蒂的主意。她知道如果买往返机票，我不愿风餐就得露宿；而单程票也许意味着有去无返，她就得另找一个女雇员了。再说，搭便车能让我将马克带在身边，我无法想象自己要只身一人去见继母。与亚迪同行我就能带上我的狗，我绝不会让我的喜乐蒂牧羊犬沦为空运的货物。

老实说，起初是凯蒂说服我东行的。我的继母不怎么联络我，或者说根本不联络，所以当她打电话告知我说父亲的身体每况愈下时，我更能接受父亲垂死的事实，却几乎无法相信通话的是阿黛尔。邪恶的继母是否只会出现在童话中呢？而我能以身作则地说，与那个女人让我遭受的折磨相比，灰姑娘所经历的根本不算什么。但凯蒂说我应该回去，探望父亲很重要，家庭很重要。她说得对。尽管料到此行不善，我还是定下了向东的旅程，并与运货的亚迪·施密特达成了搭车协议。马克，我的大理石色喜乐蒂牧羊犬，也跟着一起去。将马克送给我的男友早就一去不返，但这个小家伙留了下来，不管我走到哪里，它都能用尖长鼻子嗅着气息紧随身后。

凯蒂·凯恩——这可是她如假包换的名字——在西雅图的边界外经营着一家像样的小酒馆。我几乎在美国各地都居住过；从高中毕业翌日离家出走开始，我最远去过萨默维尔，在那儿我曾与两个室友同床而寝——她们是我从咖啡店的留言板上找来的。接着我顺着95号州际公路南往布鲁克林，本可在那里住下的，但还是离开了；后来又去了佛罗里达，然后是路易斯安那和德克萨斯。我往西最远到过加利福尼亚，往北最远则是华盛顿州，且在那儿停留的时间比其他地方更长。当我触摸美国地图上所有曾经生活过的大城小镇时，看到的是自己花了很长时间绕着这个国家转了个顺时针的大圈。酒馆准备开张了，减价促销的“欢乐时光”也快开始，第一批顾客会涌进来看娱乐体育电视网和美国有线新闻网的节目；电视智力竞赛《危险边缘》①开始前，凯蒂把我叫了过去，因为我是回答地理问题的

① Jeopardy，是美国哥伦比亚广播公司出品的益智问答游戏节目，于1964年首次登陆美国荧屏，通过涉及地理、政治、历史、体育和娱乐等领域的一系列问题考验选手的知识面。

好手。

我绝不会返回自己最初居住的地方，即马萨诸塞州的新贝德福德。我就像一位旧时的捕鲸人，去远离家园的地方闯天下；没有大海，我沿着主要的高速公路旅行；没有船舶，我拥有仅能维持数千英里路程的老爷车；而没有鲸鱼，我就不知道自己在寻找什么了。亚哈船长靠着不解之仇来激励自己[①]，而我就是不能找到得以驻留的地方。儿时我曾以为，总有那么一个男人能牵制住自己，但后来事与愿违。同样，没有永不会让我感到厌倦的工作，也无人能说服我现在就考虑退休计划。

你也许会以为生孩子能让我留在某个地方，或者至少减缓我奔波的步伐，但即使那样也无法让我扎根定居。每次搬家我都告诉儿子：无论身在何方，只要我俩在一起，就是一个完整的家。在很长一段时间里的确是这样，不过后来，一切都改变了。

于是，我就这样上路了，顺着90号州际公路[②]一直南下，返回到我的出发地，新贝德福德。

“我想洗个澡。”

①美国作家赫尔曼·麦尔维尔所著小说《白鲸》中的主要人物，他为了复仇而与白鲸莫比·迪克殊死搏斗的过程，揭示了人类无尽力量与欲望的双重性。本书作者苏珊·威尔逊在此将自己独自漂泊、战胜自我的生活经历与《白鲸》中的相似情节对比起来，暗示着主人公“我”在面对现实、接受过去、展望未来时所要经历的内心考验与漫长历程。此外不可忽视的是，麦尔维尔自己年轻时，就曾从新贝德福德出发，去南太平洋做捕鲸航行。

② Interstate 90，简称I–90，建成于1957年，是美国州际公路系统中东西线最北的，也是整个系统中最长的；西起华盛顿州的西雅图，东到马萨诸塞州的波士顿，全长3,020.54英里（4,861.09千米）。

“但我想照着日程办事。你中途停下撒尿的时间可是我的两倍，你已经把我给耽搁了。”

“可你是在瓶子里解决的。”

亚迪脱下他那顶油腻的“牵引机供应公司”的帽子，用手指捋过稀疏的头发，再重新戴好帽子，接着深吸了一口气说：“就五分钟，不然向上帝发誓，我会丢下你自己上路的。”

亚迪之前也是这么说的。我边笑着边抓起紧挨在脚边的旅行包，包里的东西应有尽有，却没有一样是多余的。这个包与我同床共枕的日子比大多数夫妻还要长。我从后兜里抽出几美元放在支票上，对他说：“给我七分钟，洗完了我到卡车这儿跟你会面。拿去买包口香糖吧。”

“贾丝汀，我说的是真的，这批货送晚了，我就栽了。”

“那就别一直说话耽搁我了。”我扛起旅行包，向着浴室大步走去。

我付给他300美元，让他载着我东行，但不准他对我动手动脚，待亚迪弄清我的意思后，便满脸不快起来。可笑的是，他这人在酒馆与生活中的差距之大；“情圣先生”迅速变成了“暴躁小子”，可真太糟糕了。我上他的车可不是因为有他陪伴。我始终让马克坐在两人中间，在亚迪睡上个把钟头的时候，我会从驾驶室出来——绕着安静的停车场遛狗、坐在无人的野餐桌旁啜饮冷却的咖啡——然后打开我的睡袋、爬到亚迪的充满男人臭汗味的铺位上补觉。亚迪不愿马克在他的铺位上，那也无妨。狗在我的座位上蜷卧，它的耳朵则朝我睡着的方向扭动着，这样我便知道它并没有真的睡着。它正保持警惕。喜乐蒂牧羊犬和小型柯利犬的看门本事与生俱来，它的本职就是提防山上下来的狼群。每当马克用锐利的眼神盯着他，亚迪马上就会有所发觉。

三个淋浴间，一个坏了，另外两个有人占用。我不该去纠结这个，于是洗了脸刷了牙。不管这两个该死的女人是谁，她们也洗了太久了。我边捯饬牙线边等着，想着亚迪这下快要生气了。终于有人洗完了，此刻我只得等着这位“美国小姐”擦干身体、穿戴完毕。“外面可有人等着呢！”我说道，并用力把毛巾和牙刷塞进包里。

没人睬我。另一个也洗完了。顿时，房间里一片寂静，只听见毛巾拂拭身体的摩擦声。我看了看表，时间已到。我刚拾起旅行包，“淋浴女王”却奇迹般地走出了隔间。我能在一分钟内洗完——我不能忍受脏兮兮的头发，也恨自己散发着隔夜的汗臭和亚迪的烟味——我最多能在两分钟之内进去洗好再出来，没时间把头发弄干了。

亚迪会疯掉的，但我相信他只会抱怨而不会就这样离开。于是我脱光了衣服。

五分钟之后——反正不可能超过五分钟——我腋下卷着湿毛巾、肩上扛着旅行包走出了浴室，一头杂乱的披肩长发还在滴水。我带了三件T恤上路，洗完后换上了第二件，裤子还是出发时的那条，但我感觉好多了。我会在卡车里涂上睫毛膏，再趁头发未干时做个手指波浪卷的发型。

正如我保证的那样，仅仅几分钟之后，我走出自动门，径直朝着卡车停车场而去。大概有三十辆半拖车成行停在那儿，分别来自路维运输公司、毕马时柔性包装公司、联合包裹服务公司和五月花搬家公司；还有几辆私营拖车，驾驶室上标注着司机的姓氏，后面则是一些没有标记的拖车。卡车也是多种多样，有的车上全是泊位、有的涂有鲜艳铬红并印着花式文字，有的车灯多过嘉年华娱乐场；另有若干野营车，紧靠后挂车与第五轮拖挂房车[1]这两个大家伙之间；还可看见双轴汽车房车，以及引擎马力比得上大型卡车的四轮驱动载重车。

亚迪的卡车不见踪影。我往柴油泵的方向看去，然后又看了看洗车长队，但他没在那里。我开始顺着卡车之间的通道小跑。他的卡车通体一片暗绿，并不显得出众。他试着把自己的名字——亚瑟·B·施密特——以排列不齐的粗体大写字母的形式手写在了驾驶室的门上，并且还把施密特（Schmidt）写得比亚瑟（Arthur）[2]更短。恰好他也正受雇驾驶拖车进行运输，所以我没办法将他的车与这个停车场里的其它车区分开来。可我不该找不到那辆车啊，毕竟它在过去的两天里都是我的安身之所。

“亚迪，我的上帝啊，别开玩笑了。”我低吟着，内心的恐惧却油然而生，才洗漱过的嘴里涌上一股酸涩，这是灾难的味道。我没有再继续寻找亚迪了，我知道他已离开。这个卑鄙的浑蛋已经把我激怒了——他带走了我的300块大洋，还把我丢在了俄亥俄州。

就在这时，肚子上像被谁打了一记重拳，我猛然想起马克还在驾驶室中。我带着狗快步走过爱犬休息区后，把它留在了卡车上，接着才离开的。它一直在等我们出来，以享用亚迪的剩饭和一碗清水。我不相信亚迪会开车带走它，他不可能让它留在车上，他只会将它抛弃在这个到处是“大家伙”的停车场中。

我边唤它边吹着口哨，马克不知道我在哪里，它会惊慌失措的。我疯

① fifth wheels，拖挂式房车的一种，一般天花板较高、空间更宽敞，在此类房车中有最适宜的错层生活空间，具备和家中一样的生活设备，适合周末度假，家庭出游或常年旅行。

② 亚迪（Artie）是亚瑟（Arthur）的昵称。

狂地跑了起来，湿毛巾掉在地上找不到了，旅行包则不断地撞击着我的后背。“马克！马克！出来啊，小家伙！马克！”我的嘴越喊越干，再也无法吹出口哨了。

马克很听话，若听到了我的声音，它会飞一样跑来。它不是那种会到处游荡的狗；它会一直将鼻子贴在地上到处嗅我的气味，也许会因此对热闹的停车场内所存在的危险掉以轻心。突然间，好像这里的每一辆卡车都发动了马达，柴油机一齐发出刺耳嘈杂的噪声。噪声中马克是没法听到我的声音的，于是我弯下腰仔细查看这些庞然大物的下方，苦苦寻觅马克闪现的白灰色身影；还是没能找到，便僵立在了正驶向我的一辆卡车的车道上。司机将手伸出窗外，挥手示意我让开。

好吧，马克不在这儿，就还在亚迪那儿。我绕着美国旅游中心找了一圈，就像身上有一条锁链被亚迪用力拖拽着。如果马克还在他手上，他便没有到别处去。他不会那样做的，一定还在这里。假设他已再次驾车上路，他就不可能掉头回来了；毕竟耽搁这么些时间来跟我开玩笑，对他来说代价太大了。

但大楼后面并没有卡车，只有几辆家用车、一辆运马拖车、一辆停在残障专位的哈雷摩托车以及它那只有一条腿的车主。

“你看到过一只狗吗？一只喜乐蒂牧羊犬？灰黑条纹、白脖毛，一蓝一棕的鸳鸯眼？”我不停地发问，好像描述得越详尽就越能得到肯定回答。

独腿车手头上缠着污红色的头巾，他摇了摇头说：“没看到，抱歉。在这儿丢狗真叫人不敢相信。”就像我遇见过的许多壮汉，他的声音也富有同情，与其粗犷的外表完全不符。

我瘫坐在大厦前的长椅上，双腿气力全无，心脏怦怦直跳、焦虑不安。我强忍住了眼泪。就以往的经验来看，泪水是毫无助益的；流泪既不能减轻痛苦，也无法给予安慰。我需要想出什么办法，以能阻止亚迪。

这时，亚迪早已带着马克驱车离去。

马克蜷曲着身子睡觉，毛茸茸的尾巴覆在了尖尖的鼻子上。它钻进了贾丝汀留在驾座后面的、摊开的睡袋里，卷成一团，像只小小的包裹。它时而瞌睡、时而醒来，很惬意地等着那个人回到卡车上。它这么安静而耐心的等待，也许会得到什么好吃的作为嘉奖。

住在车上有些无聊，但只要大部分时间能看到贾丝汀，它就满足了。往常它每天得醒醒睡睡很久，才能等到贾丝汀回来，她身上还带着啤酒和油炸食品的香味。它爱那个香味，有一次她带它去了工作的酒馆，刚帮她拾起账单、它立马就认出那儿就是她每天白天要去的地方。美妙的气味解释了她离开这段时间去了哪里，也使它弄懂了她之所以离开的原因：谁不愿意待在满是汉堡味儿的地方呢？

当亚迪只身回到驾驶室时，马克只会睁一只眼看看是谁。它并不喜欢这家伙，但那主要是因为他的臭烟味和爱答不理。马克已经习惯了与贾丝汀的那些友好的男性朋友相处，因为他们有时还会给它带点礼物来，比如生牛皮狗咬胶和吱吱响的玩具，对它来说可都是些好东西。这家伙只会说话和抽烟，偶尔还会和贾丝汀靠得太近，那时马克就有理由挤坐到贾丝汀的腿上；不必龇牙咧嘴，只需待在那儿，就能提醒亚迪，这里它说了算，它会保护她的。

亚迪点燃另一支烟，却并没有摇下车窗让烟雾散去。马克用尾巴把鼻子藏得更深了，它那对形似黄菖蒲的耳朵像微型雷达探测器一样转动着，捕捉着贾丝汀的脚步声。亚迪敲打着方向盘，心不在焉地玩弄着仪表盘上的小摆设，接着摇下车窗将烟蒂弹了出去。“该死的，她真把我逼急了。”

马克没有跟着躁动，它希望亚迪能够安静下来，这样才更容易听到贾丝汀的声音。车窗下降的时候它抬起头吸着空气，然而讨厌的烟味就像无法通透的屏障，甚至阻挡了来自外面的新鲜空气，亚迪的头也挡住了它的视线。她会来的，贾丝汀会回来，她总是能够回来的。

和贾丝汀一起生活的第一天，它就明白了这个道理。还只是几周大的幼崽时，就被迫同母亲与兄弟姐妹，以及它唯一的主人分开。它被装在箱子里，然后带给了贾丝汀。当她将它抱起来，面对面地用自己人类的“笨”鼻子去摩擦它那尖鼻子时，它就爱上了她。接着她离开了，将它放回箱子里；直到它成长到箱子再也装不下了为止，箱子都是它的窝，它的家了。后来她再次返回并放它出来，喂给它吃的、在沙发上拥抱它、给它取名字。它便再也不去担心她会消失不见了。

亚迪没完没了地吆喝着，把马克吓得睡意全无；它虽听不太懂，但却理解了大意，知道这个男人生气了。然而又没有人让他生气，除非他正是生自己的气，于是马克怕得直往铺下的暗阁里缩。突然亚迪开动了卡车，空气中充溢着引擎震动的隆隆声。随着传动装置的运转，卡车向前行驶。贾丝汀不在这里，所以亚迪可能要去找她。柴油引擎的声音吞噬了马克轻声的呜咽。他们与其他卡车渐行渐远，快速驶向旅游中心的通道。不一会儿他们便重返高速公路上，看来贾丝汀并不在休息站里。

2. 独腿车手

“您没记下他的车牌号？我总不能守着那些快出俄亥俄州的卡车，把凡是绿色驾驶室的都挨个儿拦下来搜查吧？您丢了狗，我也很难过。要是那家伙犯事儿被我们拦下，或许就能找到。”

我挂了电话，不让这位州警继续雪上加霜。他们帮不了、也不愿帮我去追查亚迪的下落。亚迪的手机我已经呼叫了十八遍，但他不肯接听。要是他肯接起来，我不会提出任何要求，只希望他能中途停车，将马克留在一个方便我接走它的地方，可以是另一个旅游中心，或是某个靠近公路的兽医那儿。可亚迪看到是我打的电话，便不予理睬。他已经当我不存在了。

要追上亚迪就得想法儿搭个车。我看到那些卡车司机将柜台团团围住，就像一群围着母猪吃奶的小猪崽，于是便找他们搭讪、同他们打情骂俏；结果却只得到“那样不好”、“违反公司规定了”或者“滚开，我有老婆了”等回绝。

很快，我引起了中心经理的注意。他瞪着眼警告我，我便以世界通用的手势——举起双手——来宣告自己“毫无恶意”，接着远远地离开了那帮司机。

很多家庭会在这里尽情享用自助式早午餐。我独自坐在桌前，三英尺外是一群看着就像一家子的人：爸爸和妈妈、两个胖嘟嘟的小孩儿，以及他们的奶奶。“这么好的天气，你们要去哪儿？”我用中西部地区常用的友好方式问候他们，让自己显得平易近人。

"我们要去迪士尼乐园。"

也许他们能在转弯向南取道95号州际公路之前，一直顺路载我到达纽约州。到那儿后就更方便下一步的行动了。

"需要点什么吗？"女招待乍然惊现在我面前，也难怪，我桌上的那本十七英寸长的多页塑胶菜单还原封不动地恭候着呢。

即使不饿，我也得装成来吃饭的样子。我要了两份蛋煎熏肉、白面包和咖啡；接着便想到自己非得吃吐不可。我对身边的那家人笑道："我也要往东走。你们的车上还能多载一位旅客吗？我愿付汽油钱。"

那位父亲撇了撇满是髭须的嘴，活像个老片儿里的登徒子。他的妻子则睁大双眼，摆出妇道人家的那副"量你也不敢"的神色，这模样我见过，同那些前来酒馆找丈夫的妻子们如出一辙。于是他双手一摊，以示无能为力："我想不行，我们的车里已相当拥挤了。"那位光顾着吃饼干的奶奶，突然才弄懂怎么回事儿，便从她坐着的桌角那边盯视着我。我心虚地朝她点了点头，无可奈何地回到自己那桌儿，接着捣弄白色小盒子装着的小糖包去了。

趁着点餐还没送来，我将一美元放在桌上，赶紧离开了这个地方。

"要我帮忙吗？"问话的是那个独腿的哈雷车手。他柱着单拐，整个身子都靠着右腿支撑，右脚穿着传统的摩托长靴；左腿膝盖之下的裤腿空荡荡的，在俄亥俄的微风中轻轻摆动。

"我想是的。"

"男友把你给甩了？"

“不，是开车带我去东部的那个人把我抛这儿不管了。而且，还有比这更糟的，”——我咽了口唾沫，不让嗓音变得失常——“我的狗在他那儿，他带着我的狗开车跑了。”

“这个杂种。”

“我得追上他。”我恨自己的嗓子这时突然发了哑。

“他往什么地方去了？”

短短的这几句话使我感到一丝希望，即便微小得就像打火机上的火苗，可也是希望啊。“波士顿。”

“中途不停站了？”

“是的，直达那里。”

“是走90号公路吗？”

“是的，继续向前，直通目的地；喝够了红牛，他能连续驾驶二十个小时。”

“我能把你送到伊利。”[①]

“那太好了。”

“上车吧，”独腿哈雷车手将拐杖放进一个特制的悬挂装置里，又用力把断腿抡过摩托车座，坐好后他说：“头盔在尾箱里，还有副耳机，戴上它我们就能边开车边说话了。”

我找到了这两样东西：一个龟壳式半盔和一副耳机；不过，也许这头盔只会在戴上脑袋后，才能对我有那么点儿保护作用。我从旅行包里掏出

① 俄亥俄州的克利夫兰和宾夕法尼亚州的伊利市均在伊利湖畔，后者在前者的东北方。不过贾丝汀此处只说是“伊利”（Erie），便引发后文二人关于地名的误解。Erie可指伊利湖（Lake Erie），伊利市（Erie City）或伊利县（Erie County）。到了第六章，我们就会知道贾丝汀从一开始便将它理解成伊利市。

太阳镜，接着将包塞进尾箱里，最后慢慢地坐上他身后的车座，当心不要踢到他了。

我的这位新朋友用那条完好的腿蹬地，让哈雷摩托往后退出一段距离，然后小心翼翼地将挂在车把上的残疾人专用停车牌取下，放进夹克口袋里。“我叫米契。”他的说话声经由耳机突然响起，把我吓了一跳。

我拿起耳机话筒说：“我叫贾丝汀·米德。”接下来大部分时间里都得抱住这位陌生人了，我便将手递给了他。

他带着皮革手套，拉住了我的手，看上去就像黑色蚌壳包裹着嫩白的牡蛎。然后他将我的手围在自己腰上，说：“抓紧了别松手。我们会逮住那个无赖的。”

马克不知道车已开出多远，只知道是时候吃晚餐了。贾丝汀原本坐在驾驶室的右侧，而现在右侧地板上正搁着装着狗粮的塑料袋。美妙晚餐可望而不可及，这真叫马克抓狂；如果再能喝点儿水，就太美妙了。它的牧羊犬祖先曾在设德兰群岛岩石密布的山坡上赶羊，从而对忍饥挨饿深有体会；而它却是驯养的家狗，彻底适应了人类的日常惯例：六点吃晚餐，而且随时都有水喝。如果它是别的什么狗，也许就会从卧铺上跳下来，用锋利的牙齿撕裂轻薄的塑料袋、自取所需了。可马克不会那样，它是调教有方的狗。它最初学到的教训之一，便是“不许碰”：可以死盯着碗里梦寐以求的狗粮，但是没听到命令前决不能去碰；也别去碰垃圾桶，不管那有多么诱人。有一次，贾丝汀将一包冷切肉片忘在了厨房桌上，它只需立起后腿便能够到了，可却不屑去碰。不过，马克还是在原地守了整整一天，幻想肉片会从桌上掉下来，顺理成章地成为自己的猎物。贾丝汀并没有说“不许碰”，但不管怎样，它都不会去碰桌上的任何东西。

亚迪盯着手机看个不停。马克知道那东西叫做“手机”，是因为贾丝汀教过，手机在别的房间唱歌时，它要帮着拿到她的房间去。亚迪的手机不会唱歌，而是发出了类似于微型卡车喇叭的声音：叭叭叭——叭叭叭——叭叭叭。亚迪用拇指一摁，它就没声了；他没对着它说话，但每当它响起来，他就会看着它。

3. 公路之旅

摩托已在路上行驶了二十分钟；可我心头唯一所想的，竟是疾驰的拖车和速度更快的哈雷摩托相比，究竟谁输谁赢。这好比在计算一道令我百思不解的初中数学题：假设车辆A时速为65英里，车辆B时速为75英里，那么车辆B要用多久才能赶上车辆A呢？亚迪的车也会在伊利停下来吗？这时，米契将我从数学空想中惊醒过来，只听他问："你是哪儿的人？"

"我现在住在华盛顿。"

"州还是特区？"

"华盛顿州。我住西雅图。"

我俩的交谈快得让人应接不暇，连珠妙语从小小话筒直接传到耳朵里，这种亲密关系真是不可思议。他能听到我的呼吸声吗？我想起自己曾做过男士性功能增强产品的电话推销员，为了行销成功，公司怂恿我们在通话中刻意大声喘息。

"你是哪儿人呢？"很难说我期待的答案是什么，他相貌不凡，看不出是哪里的人。

"克利夫兰高地。"

"那就是启程不久？"我这样问，是因为旅游中心距离克利夫兰高地只有几英里。

"我哪儿也不去。只是去喝杯咖啡，好歹也把车骑出来溜溜。"

出于尴尬，我的脸上微泛红晕："这样吧，中途休息的时候，我就把汽油钱给你。”

“不用急。我正好借这个机会狂飚一把。”

“哈雷车手不都喜欢集体行动吗？”

“只是周末才会。”说来奇怪，听到他的轻声一笑，我居然很开心。

接下来的几英里路，我俩沉默不语。明知车子在超速行驶，我却感到非常缓慢。眼前川流而过的公路风光，本应是绿色、棕色和白色交融而成的大片朦胧，此刻仿佛过于明晰了；而飞逝而过、历历可辨的每一棵树、每一栋房子和每一块农场，却在心中久久萦绕、难以忘怀。我想轻拍米契的肩膀，恳求他开得更快些。坐在他身后，我感到很安全，他挺健的身躯替我抵住了迎面扑来的凛冽寒风。看到前方100英里处那些景点广告牌，才知道自己简直是在龟速爬行。距安妮咖啡馆100英里……距安妮咖啡馆90英里……还有80英里……我们是不是永远到不了安妮咖啡馆了？

童年的公路之旅在他人的印象中可能是美好的，而我记忆中的却不同。父亲、继母、异父异母的哥哥和我，四人看上去就像平平常常的一家子。母亲去世六个月后，父亲娶回了这个恶妇。在我这个四年级的小学生眼里，六个月的时间很短，不像半年之于婴儿或者正在学步的小孩。我那时仍处于失魂落魄之中，等着有人来向我解释母亲为何会死去、向我保证自己有朝一日会没事的。然而，父亲却娶了阿黛尔·罗斯——那个住在我家隔壁的离婚女人。

母亲独自躺在严冬的坟茔里，待到春回大地，后院的黄水仙也相继绽开了；与此同时，阿黛尔持之以恒地做焙盘炖菜给我们吃，肆无忌惮地向父亲大献殷勤。她还叫他到隔壁去修东西——灯泡啊、门轴啊、断电之后损坏的微波炉计时器啊。父亲与罗斯太太交往时，我才听到母亲死后他的第一声笑。即便九岁小孩都明白他们之间是怎么回事。

父亲远不止同她结婚这么简单；他莫名其妙地决定，我俩都得搬到她的房子里去住。我家住在满是三层公寓的大街上，这样的街道在新贝德福德十分典型，它们建造于小型制造业的全盛时期，适逢捕鲸产业逐渐衰退、纺织工业日益发展。以前我家作为房东，自己住在底楼，把楼上各带有三间卧室的两层楼都租了出去。罗斯太太住在这个街区唯一的独户住宅中，在她那栋现代牧场式平房所在的空地上，曾经也有一栋三层公寓，却于六十年代被烧毁了。父亲再婚后，把我们住的底楼也租了出去。我在新家的房间只有一个壁橱大小，这么说毫不夸张，因为他们只是把柜门拆掉，便将衣帽间改造成了我的卧室。衣帽间上方有一个长方形橱窗，窗户太高，以致我除了天空什么都看不到。我就住在衣帽间里，自然是没有衣橱的，所以我把衣服都放进廉价纸板做的储物箱里，再把这些箱子依照季节变化的顺序一个接着一个地往上堆叠起来。我从老房子里搬来的床和梳妆台占据了衣帽间里的大部分空间，因此每当阿黛尔咆哮着叫我整理自己的房间，清扫地面也只需挥动四下扫帚而已。

那位半路杀出的继兄名叫保罗·司各特·罗斯，正好比我大两岁。这栋牧场式平房有两间卧室，而他就睡在次卧；那才是真正意义上的卧室，房间里到处是他的东西——飞机模型，曲棍球用具，还有满是汗臭的衣服。

事实证明，无论在继母还是我父亲的眼里，保罗都绝不可能犯错。哥哥就像是父亲突如其来的亲生儿子，对于只有一个女儿的他是一种莫大的慰藉。聪明而又早熟的保罗就是太阳，父亲和继母事事围着他转；而我不能看到他的好，就得为此受苦。保罗人很讨厌，设计陷害我，给我带来不少麻烦。保罗说了谎，我却要受到惩罚；我越是反抗，形势就越对我不利。我再也不是那个“爹地的乖乖女”了，对他来说，我只是前妻的孩子。我继承了生母那葡萄牙人的棕色眼睛和一字眉；而仅有的米德家族的特质，便是异于深棕的金棕色头发。为了拆穿我的亚速尔血统，阿黛尔可真是费尽心机，她会说：“别穿成那样；你看上去就像个小佛朗基。”[①]我对这个蔑称一直深感不解，直到懂得阿黛尔从小受到的教育，令她认为凡有色人种都是下等人；她在WASP[②]身居高位，因此在她看来，每个在天主教教堂接受施洗的人也都是低人一等的。长大成人之后，我才豁然大悟：她也住在新贝德福德，是什么让她如此不可一世？她的第一任丈夫人还不错，也够聪明，不然不会离她而去。而他也是葡萄牙人，这使得保罗跟我一样拥有葡萄牙血统；可不知怎的，我就要因此备受侮辱，而他却安然无恙。新贝德福德的这个罗斯，不管叫什么名字，都改变不了他是葡萄牙人的事实。

我们每年都会到某个景色宜人的地方去旅游一次：比如大西洋城啊、美特尔海滩啊、肯尼邦克港啊[③]；在那儿我们会在别人的海岸上尽情玩乐，那是沿海居民特有的冒险方式。在我十四岁、保罗十六岁那年，我们一家长途跋涉去了迪士尼世界，也就是说，整整两天的时间里，我都得和保罗一起待在雪佛兰轿车的后座上——而他也利用这两天好好折磨了我一番，不是用臭屁熏我、就是使劲推搡我。每五个小时，阿黛尔会和我父亲换班

① Portagee，被美国盎格鲁-撒克逊系的白人新教徒用来描述那些来自南欧的葡萄牙人后裔，他们的祖先在美洲大移民时期来到加利福利亚州的新英格兰，从事下等的捕鱼或劳工的工作，因而得到了这个蔑称。因为没有中文对应的翻译，所以译者在此借用了我国明朝对葡萄牙的古称“佛郎机”，为了表达贬低的含义，遂将其改成“佛朗基”。

② 全称为White Anglo-Saxon Protestant，即“盎格鲁——撒克逊系的白人新教徒”，这个阶级或人群通常地位不俗，有钱有势，于是也成为美国其他种族反感、厌恶的对象。

③ 三个地方分别位于新泽西州、南卡罗来纳州和缅因州。

开车。我们在南卡罗来纳州住了一晚，第二天便发疯似地向着奥兰多争分夺秒、加速前进；万一去晚了，就意味着到这个美国游乐圣地的三天之旅，已经让我们白白浪费掉了三分之一。

虽然保罗不是特别喜欢迪士尼，我却为之激动不已。我和他都到了青春叛逆期，凡跟“和睦大家庭”沾一点边儿的事物，我们都冷眼相待；可是，要去那么多同龄人都去过的地方，我不可能掩藏住自己的兴奋。要是前座上的那个女人是我的母亲，身旁的男孩是我的亲哥哥，那该多好啊；可前座却坐着阿黛尔，我身旁是保罗，安静得出奇的司机则是父亲。阿黛尔负责说话，那是她的专长、她的权力，她最叫人难以忍受的特性。这个女人就是个话篓子。

她在那时就认为我长大后会变成荡妇。去佛罗里达州的那次家庭旅游，最让我深有体会的，便是我从旅馆浴室出来、阿黛尔看到我拔过眉毛的反应。我拿了她的眉夹并带着去旅游，就为了修整脸上最让我难堪的一字眉。我花了一个小时，按照少女杂志的上建议，给自己那杂乱无章的眉毛“塑型”。大功告成后，突兀的粗眉变成了修长的蚕眉，悬在更显魅力的棕色双眼上方，就像是为我度身定做的一样。

阿黛尔认为我注定会滑向水性杨花，于是在证据进一步显露之前，就用最令她满意的方法惩罚了我。整个假期我都被禁锢在旅馆房间里，哪儿都不许去，电视成为我唯一的消遣。我的父亲却没有丝毫反对的意思，从不曾坚守他作为父亲的权力去反驳阿黛尔；当时没有这样，以后肯定也不会有所改变，毕竟他要冒的风险越来越大了。

我十七岁离家出走时，兜里揣着偷来的50美元大钞，身后拖着鼓鼓囊囊的行李箱。我离开，并不是因为阿黛尔的痛苦折磨；我离开，是因为父亲终于证明了一个事实——那就是他并不爱我。

驾驶室里的光线已经黯淡下来；九月下旬的高阳悄无声息地褪为惨淡无光的落日。亚迪几乎没再喃喃自语了，手机也没再发出喇叭声。贾丝汀还是没露面，马克也不那么确信她一定会出现了。在此之前，卡车一直稳稳当当地行驶着，只在有些地方震荡不宁。一次是亚迪踩住了刹车踏板，并在上面胡乱颠动；另一次是车子减速通过狭小的甬道，还有男男女女站在旁边向他们招手。每当这个时候，马克都会怀着渺茫的希望，抬起来头来向外看去；它希望贾丝汀也在那群人当中，也在某个小门前挥着手，等着被他们找到。

马克饥肠辘辘地躺在铺上，它决定要让亚迪知道自己饿得不行了。马克以前总能等待很长时间，可它的生物钟又与狗狗世界的格林威治标准时间分秒不差。它已错过了平日的晚餐时间，也错过了平日的外出时间；它注意到了这些变化，也让自己的生活习惯随着这些天的旅途做出很大改变。可它还需要吃饭，还需要在固定时间出去散步。假如能看懂时钟，它就会知道车子已马不停蹄地开了近七个小时；假如能看懂里程表，它就会知道自己与贾丝汀已差不多相隔五百英里；假如它能看懂地图，它就会知道自己正在纽约州，直奔着奥尔巴尼而去——然而，马克唯一懂得的，是自己业已饥渴交加。

马克站起身来、伸了伸懒腰，让蜷曲了一天的四肢放松放松。它打了个呵欠，慢慢地舒展下颚，好让自己平静下来。亚迪两眼看路，紧握方向盘的指间夹着点燃的香烟，并没有注意到它。他放着收音机，一个男人的声音在引擎的嘈杂声中朦胧可辨。手机突然间又开始发出喇叭声了。马克蹲下来等着，直到亚迪弄好这个不停叫唤的东西。又一次，亚迪还没对着它说话便将其静音，接着又心血来潮地用人类的语言破口大骂一番。马克决定再等一小会儿才提出晚饭的要求。亚迪的声音听上去很愤怒，就像肋骨被谁踢了一样。

4. 地狱天使

“干吗去东部？”耳机里传出米契的声音，沉浸往事的我猛然清醒了过来。

“父亲病了，我有义务回去看看。”

“东部什么地方？”

“马萨诸塞州的新贝德福德。”

“挺远的。那儿是捕鲸之都，对吗？”

“只是广告牌上这么写的而已。”耳边呼啸着疾风，我几乎听不到自己的声音，但还是尽量小声说话。我知道就算对着话筒窃窃私语，米契也能听见，可却忍不住想要大声喊话。“你呢？为什么星期三还要上路？”他迟疑了一两分钟才作出回答，我便注意到这么问也许有些无礼，可毕竟看不到他的脸。我这么为难这个陌生人快一个小时了，已闻惯了他的皮夹克的气味，甚至能将它从一堆皮夹克中辨认出来；我用手指摩挲着老化变软的皮革，那触觉就像抚摸羚羊皮一样。我连他到底姓什么都不清楚，就相信他能带着我做跨州之行了。“你为什么会有空呢？”我这么说，也许不是想问为何工作日还有空骑车，而是想知道他为何愿帮我追赶亚迪，却分文不取。

“想休息一天罢了。”

“你是做什么的？”

“踢踏舞演员。”

我不知道是否该像听了个低俗笑话那样给他捧场，但这毕竟是他讲的，所以我笑了："不是吧？跳踢踏舞的？"

"穿着假腿跳。"

"好吧，我信了。"明知他在说笑，我却不愿说破，而是让他自得其所。

"事实上，我是个乐师。"这听上去倒像是真的，我可以想象出他拿着吉他的模样。

"在乐队里演奏吗？"

"在交响乐团里，克利夫兰的市级乐团。"

生活中总有让我紧张的时刻，现在便是如此。他在继续跟我开玩笑呢，还是吹大发了、说话没边儿，略带点儿调戏的意思？这个哈雷车手真的在告诉我实话吗？我决定装作信以为真，吊他胃口："你演奏什么乐器？"

"小提琴。我是首席小提琴师。"

这个答案太特别了，听着就不像是假的。"你一定得大量练习吧。"

"就是为了这个我才要休息一天。我是排练时偷偷溜出来的，一向都很叛逆。"

"你模样看着就像乐团里的。"

"谢谢。我这样也是给陶冶出来的。"

"骑哈雷摩托的小提琴师，你可是我认识的第一个。"前方出现了我们一路上看到的第十辆有半拖车的卡车，有可能就是亚迪那辆。我拍拍米契的肩膀并指给他看。他加速了，轻而易举地超过了卡车。可司机并不是亚迪，只见一个戴着“突袭者”[1]帽子的瘦猴儿似的家伙，在向我们打着招呼。

“事实上——我得赶回去参加今晚的演出。”

要是在追上亚迪之前，他都做我的骑士该多好，可这句话却粉碎了我的幻想。等我们到达伊利，他就会转身回去，从不修边幅的地狱天使[2]，蜕变为献身艺术的古典乐师。他还会忘掉那个女人，那个被他允许上车的女人，那个用话筒对他喃喃耳语的女人，那个恳求他追赶偷狗坏蛋的女人。

“那为何要答应带我去伊利呢？”

“像我之前说的，没什么事情可做啊。想体会一下风拂过脸庞的感觉。”

“好吧，这理由不错。到了伊利可能差不多就赶上他了。”

“你认为他会这么快就停车吗？从克利夫兰到这儿还不足一百英里。”

在两天之内赶了五六百、甚至七百英里的路程之后，一百英里听上去也并不那么长了。当初我更像是个漫步者，能自己走完那么远的路程，可现在我已生疏了。我并不指望亚迪一定会停车，毕竟他身边没了我，也就没人去提醒他马克需要外出舒展身体、或者我得去小便了。除此之外，他会在哪里停车也未可知。伊利附近都没有美国旅游中心的站点，也没有90号州际公路的休息站。我想要米契就这样一路开到波士顿去，但那是不可能的。不知卡上的信用额度是否够我去租一辆汽车。

① 原文为“Raiders”，全称Oakland Raiders，指的是一支位于加利福尼亚州奥克兰的职业美国橄榄球队，创立于1960年，是美国橄榄球联盟最初的八支球队之一。

② Hell’s Angle，全称为“地狱天使摩托车俱乐部”（Hell’s Angels Motorcycle Club），缩写为HAMC，是全世界最大摩托车黑帮，几乎在全球各大洲都有势力范围，在美国就有10万以上的成员，被美国司法部认定为有组织的犯罪团伙。1946年，美军一支被称为“地狱天使”的著名航空兵大队解散，这些二战退伍的飞行军人因无法适应和平生活，便组织成为哈雷摩托党到处造反、寻求刺激。

“没法知道亚迪会在哪儿停车，或者他是否真会停下来。也许你该在汽车租赁行让我下车。”

“离公路不远就有个卡车司机常去的加油站，我们可以先去那儿找找看；然后我再帮你叫一辆‘企业号’，或者‘安飞士’。”[①]

“谢谢你，米契，真的很感谢你为我所做的这一切。”我想把前额靠在那件柔软的皮夹克上，但终于还是克制住了这股冲动。我敢肯定信用卡没法继续透支了，也不知道接下来该怎么办。

这种身无分文、让人绝望的境遇，对我来说是再熟悉不过的了。我曾那么多次游走在失控边缘，而现在竟感受到一种极不协调的安慰。

卡车突然驶离公路，开进了一个休息站里。亚迪跳下驾驶室，“砰”地一声儿使劲关上了身后的车门，马克就再次独守驾驶室了。它站起来抖了抖全身，前后舒展了一下，接着打了个呵欠。想到贾丝汀就要来了，它的尾巴开始放松地摇摆起来。她很快就会来放它出去，喂给它迫切需要的东西——水和晚餐。接着她会爬上车，让它坐在自己的膝上，用手指梳理它那毛茸茸的尾巴。她会为自己的离开而道歉，在它的耳边说几句悄悄话，弄得它怪痒痒；它则会用舌头舔她，来表示原谅。马克不像某些狗狗，不厌其烦地去舔人类的脸；可是它偶尔的一舔，便是及时提醒说：她是属于自己的。

就在它要逃出卡车的那一霎，亚迪又抱着一袋食物出现了。袋子被抛

① 即“Enterprise”和“Avis”，前者是全球最大的租车集团美国企业控股集团（Enterprise Holdings），后者为美国两家最大的供旅客租用自己驾驶的出租汽车公司之一。

到空着的副驾座上，能看到里面装着油腻腻的肉和奶酪的混杂物，还有黄油和盐瓶。马克一边在铺上耐心等待，一边垂涎三尺；它狺狺的嗥着，叫声却堙没在引擎的运转声中。它想把鼻子贴到亚迪的后脖颈上，可要去碰这个男人又让它觉得恶心，便只得蹲坐下来。贾丝汀马上就来了，如果被逮到自己像条普通野狗似的讨饭，她会很不高兴的。

但贾丝汀到底没来。亚迪把一块干酪汉堡塞进嘴里，上下颚随着咀嚼不停地晃动，就像猫嘴里叼着猎物；他转动方向盘，把卡车开出了停车场，横冲直撞地重返公路上。

手机又发出喇叭的声音了，这一次，亚迪都懒得去关掉它。终于，声响停息了下来，回荡在驾驶室里的，只有收音机的广播和引擎的低音。

马克蜷缩在睡袋上，不再去想吃的了。有时睡上一觉最好不过，睡着睡着就忘记自己又饿又渴了。为了让自己好受些，马克向睡神寻求庇护，昏昏沉沉地陷进贾丝汀睡袋上的褶皱中；它深吸了一口她遗留的气味：也许一觉醒来，就能看到贾丝汀了。

5. 我的舞伴

“快接啊，你这个浑蛋！”自从米契和我安全抵达十字路口便利商店，我便每隔五分钟拨打一次亚迪的手机，可他就是不接。我在摩托车后座上足足坐了一个半钟头，后背已经失去知觉了，因此下车时，米契得抓紧我的手。但他下车后又比我先进了商店，我早不该期待他会“女士优先”的。我在这儿给亚迪打第一个电话时，米契就在排队了；他一手拿着镶有哈雷·戴维森徽标的旅行杯，另一只手拿着奶油花生饼干。

“我该请你吃顿饭。”

“晚饭我回家吃。”

“那我买份快餐给你，再给车加加油。”

“干吗啊，剥夺我做绅士的权利吗？别了，我今天反正都要做这么件好事，类似的事儿也成。”

“亚迪就是不接电话。”

“让我试试？”

“什么意思？”

“他又不认识我的号码。”

我拿稳自己的手机，以便米契记下通讯录上亚迪的号码。他取下右手手套，按下拨号盘上的数字。“是语音留言，”他说，这意味着亚迪关机了：“施密特，你不想给自己惹大麻烦的话，别再继续往前开了，把狗带回来还给贾丝汀·米德。要是你不肯，就等着后悔下半辈子吧！”——我们这位声音柔和的小提琴师此刻变身成地狱天使——“别撞上骑哈雷的人，不然你最好祈求自己付清了人寿保险！”说完，米契“啪”地一声，用一个夸张的动作挂了电话。“抱歉，我只能做到这些了，虚张声势地威胁他。”

“多谢好意。”

他轻拍我的肩膀，我看着他的手，心中所想溢于言表——拥有这么大的手的男人绝不可能拉小提琴为生。

“你不是翘班出来的，对吧？”

“我也正在想要不要这么做。这时你走了过来，我便被你迷住了。我也希望自己能够继续帮你，可是不行。待会儿我就得回去了。只能把你带到这儿，抱歉。”

“真不知该怎么感谢你。”为了不让米契给他那杯咖啡埋单，我抢先把钱塞给了收银员。

我在电话薄里查找附近汽车租赁公司的号码时，米契自行走了出去，侧身坐回到哈雷摩托车上。

我知道有了号码也是白费功夫。信用卡上大概还能透支几百块，而这么点钱拿去租车，恐怕只够在这个州里转悠。我不是那种挥金如土的人，从没有抵不住诱惑、仅靠着信用卡来透支日常生活，所以也不曾积欠账款。我没有平板电视，也没有体面的鞋子，更用不着谁来教我滥用信用卡的坏处。我没上过大学，也就不会是大手大脚的“大”学生——那些孩子大一就白拿到了信用卡，然后肆无忌惮地高筑债台，反正父母会替自己偿还。我一辈子都谨遵“量入为出”的生活方式，除了马克生病那次。

找兽医治病，要不了多久就会欠费；光是去诊所做一趟健康护理，就能让我一半的薪水付诸东流。但当马克急需做肠道阻塞手术时，我毫不迟疑地交了钱。信用卡总是用来应急的，而它的手术就是一桩等不得的大事。为此我已分期付款很长时间了，可卡上的差额却居高不下，还超过了2500美元的最高透支限额，真是够可怕的。无奈的是，健康中心没了资金来源，我在那儿的日班工作就被迫终止了；而只靠着晚上那份在酒馆的工作，实在是难以为继。我仅能还清账单的很小一部分，欠下的债务犹如巨石压肩、使我不堪重负。我所做的每一个决定都要受到经济拮据的影响，甚至包括这次让我赔掉爱犬的决定。我本该说“不”的，我本该说我买不起飞机票，所以不能回去；我就不该坐亚迪的车去波士顿，哪怕他开价再低。

手术花了很多钱，但我并不后悔。马克对于我来说，不仅仅是一条狗。我们在一起跳舞，它就是我的舞伴。

马克从一开始就挺容易训练的。我们顺利通过了“幼犬训练班”并快速进入到“服从训练”阶段。只是那些“坐下别动”和“趴下别动”等命令，无法展现出我的这只喜乐蒂牧羊犬的特征，“敏捷性练习”才更符合他的习性。但问题是，我并不是那种热衷参与的人，也不擅长互动表演；我是那种在文案后埋头工作的女人，或者说像收银员那样安于周而复始。我总是这样漂泊不定地生活，也就无法理解人们到处寻求归属的行为。在这儿住一年，到那儿去几个月……这种马不停蹄的需求就像被蚊子叮咬似的，必须不停地抓痒，才能不那么难受。通常情况下，与恋人分手了，或对工作厌烦了，我便会想就此逃离、继续流浪。假如我有个人简历的话，便是一份冗长的短工清单。我喜欢做医疗保健领域的工作，曾想要参加牙齿保健员或是助理护士的培训；我甚至还去学过一些急救医疗技师的课程，只是没有结业罢了。

我和马克参加“敏捷俱乐部”时，正好住在华盛顿，所以我在那儿待的时间比其他地方更久。当桑德拉·利文布鲁克向我推荐“犬类自由式”，我知道马克和我终于能如愿以偿地一展身手了。犬类自由式是一种狗的舞蹈，不是服从训练或者野外测试，也不是选美大赛。它主张一视同仁，无论什么品种的狗都有资格参加。这个项目的好处，就在于它能唤起狗狗参与其中的积极性；对凡是乐于投入、容易学会的狗都来者不拒。自由式不是把狗狗当做动物来训练，而是将它们视为芭蕾舞女去培养。狗狗的天赋要靠各种手势和重复练习去慢慢发掘，给予表扬和加以控制则需借助熏肉的魅力。训练过程既繁复又艰辛。马克是天生的运动员，很快便学会了。不管我做的手势再怎么微妙，它都能有所发觉；它那双牧羊犬的眼睛，尽管一蓝一棕颜色各异，能捕捉到我最轻微的动作。当我举起手、掌心向外时，它就转圈；我举起手、手心向外并翘起一只手指时，它就倒着走。不同的音乐，决定了这些动作做起来像华尔兹还是伦巴。我们看着像是在跳舞，可事实上，是我在用手势引导着它；它是如此专注，仿佛眼中只有我，而整个世界渐渐地模糊起来、不再重要了。马克跳起舞来，从没有厌倦的时候。

马克等着我来给它穿上小小的晚礼服硬衬。它的白色小脚原地蹦跳着，为我们即将大显身手而欢喜不已。它从头到尾都显得精神抖擞，兴奋的激灵从黑色的小鼻尖儿，蹿向了雪白的脖子，又顺着银黑色的身子直达毛茸尾巴的白色末梢儿。它准备好了，它进入了状态。我整理了自己的戏装：一套亮片点缀的白色紧身连体衣，白色的高顶礼帽，再现了歌舞《珠光宝气》的风采。在西雅图的这所高中的体育馆里，我们整装待发；桑德拉利用最后一刻帮我调整好连体衣上的皮带，而我的芸石色喜乐蒂牧羊犬早已跃跃欲试了。只听一位报幕员念到我们的名字："现在欢迎贾丝汀·米德和她的狗狗马克西姆！"霎时，我俩出现在了聚光灯下。

米契喝完咖啡便望着我，而我正在记这个地区仅有的一家汽车租赁公司的号码。"他们会来接我，电话里是这么说的。你可以回去了。"

"没关系，还是让我骑车送你去罢。"

我并不想让他送，毕竟打定主意不去租车，也就不想被他给发现了。我的替补方案，便是用仅剩的这百来块钱，雇某个卡车司机带着我上路，并尽量不去纠结本方案在此之前有多么的失败。

"我没事儿的，米契。你得回去了。"

米契将他的那条不全的腿抡上车座，却又不肯启动摩托："我真不想把你一个人留在这儿。"他戴着飞行员式的墨镜，我看不到他的眼睛。那条红色头巾滑到前面，盖在了他的额头上。他的模样看着很野蛮，嗓子也能装得很强横，可我清楚那都是假象。他本不必说出自己乐师的身份，本可以继续扮演地狱天使的角色，不要破坏他似乎想要留给我的那种印象。我们交换了号码，认真地将数字输入手机并加以保存，好像我们一定会保持联络一样。

"别担心了，我不会有事的。"我让开一定距离，方便他开出摩托车。

他启动了车子，引擎运转时发出隆隆隆的巨响，震耳欲聋的声音笼罩着整个加油站。“发生什么情况了，要记得告诉我。”

“我会的。”他说着，把车头掉回了我们来时的方向。

“等一下！”在摩托的轰鸣声中，我几乎得大喊出来，他才能听得到。

米契绕了一圈，回到我身边。

“怎么弄的？我是指，你的腿。”我平常不会这么鲁莽，但考虑到两人从相遇到相识，彼此也都熟悉了，我似乎不该对此一无所知。

他起先什么都没说，也许是我毫无预兆地打听这个，冒犯到了他。要不然，他就在盘算着怎么像之前那样巧妙地回答。

“也不是什么特别稀罕的原因。是骨癌害的，我那个时候才十五岁。”

“我很抱歉。”

“别这样。要是能玩橄榄球，我大概就不去拉小提琴了。总有一些事会发生，没什么是无缘无故的。”

“也许吧。”可对我而言，要靠失去一条腿来发现自己的音乐天赋，这代价似乎也太惨痛了。而我所面对的这些处境，就没法找到什么特定原因，可我没把这话也说出来，把丢掉一只狗和失去一条腿拿来相提并论是很不成熟的做法，但我偏偏又是这么联想的。

我一时冲动地拥抱了他，后来他便离开了。

马克和我来到聚光灯下。音乐响起。我在地板上轻叩手杖，马克便用后腿站立起来，和着音乐的节拍，恰逢其时地向右转了个圈；接着我接住它递出的右爪，并朝它屈身行礼。三分钟后，它跳入我的怀中，台下已是掌声雷动。

6. 家之所在

租赁公司还是不妨一试，因此我拨了电话。正如他们承诺过要接我，来的是个帅气的年轻人。他带我回到办公室，刚刷了信用卡，我便知道自己玩完了。就像我担心的那样，单是租车离开本州就得花很多钱，超出了这张被我滥用的卡上的现可透支金额。他尴尬地看着我说："抱歉，夫人，只能租用一天。"

"不用了，谢谢你的好意。"我背上旅行包，把这张害我丢脸的信用卡塞进后兜，竭力不失尊严地走出了办公室。

我坐到租赁公司外面的长椅上，拿不准自己身在何处，人生地不熟的就随便离开也太不明智了。我得进去向那个帅气的年轻人打听方向，可该问去哪里的方向、又为什么去那儿呢？我记得坐车从十字路口便利商店到这来时，路程并不很长、也不复杂。我要走着回去并继续实施B计划。当然，某位拥有马萨诸塞州车牌的烂司机只愿搭载不会多事的乘客。

"夫人，还有什么事吗？"这个帅气的年轻人，也不怎么年轻了——他已经到了离开学校去上班的年纪——出现在我身旁。

"能帮我个忙吗？"

"巴士车站大概离这儿有半英里。我确信你可以搭上去波士顿的车。"

我被他的体察入微给感动了："这建议不错。"

"我带您去吧。"

这是我在同一天里，第二次被意外的人选给英雄救了美。我想去找我的狗，但也明白自己唯一能做的，便是坐上去波士顿的巴士，到我本该去的地方。在经历了这么多事情之后，我已经不在乎此行的目的了。

我没在他面前表现出自己的走投无路。我摇头否决了之前的想法。噢，不，我才没放弃追上亚迪的希望，这样做是能找到他的更好办法。到波士顿去，我才更有可能知道亚迪的方位。我知道自己能行，我肯定能想起他要送货去哪儿。一旦我追上去，就能找到他。他不会送完货就立刻掉头返回，因为他曾提到过某个亲戚。我尽力回想自己与亚迪都谈了些什么，其实大多数时候，我都没去注意他说的话，只是在想自己的事。他的话反正都是那种大男人自以为是的胡说八道，很多男人都以为只有这样才能给我留下印象。但我能肯定的是，在他那些自命不凡的故事中，他提过到了波士顿后，要去见什么姐妹或者表姐妹。我能找到他的，也必须找到。

毕竟我的狗在亚迪那里。

“那太好了。”我回答他说。

年轻人像枪手那样用食指转动着钥匙环：“就坐这辆去。”他替我把住了车门，倒让我感到自己老了，或至少需要他以礼相待。他差不多二十一、二岁上下，与我儿子同龄；这让我想到，自己这岁数还真能做他的母亲了，所以这个年轻人才会如此对待我。

“你叫什么名字？”

“泰勒，泰勒·施密特。”这孩子还带有那种青少年的腼腆，不过随着年龄的增长，他的脖子会越来越粗、胸肌也日臻丰满，这种腼腆就会跟着消失。

“我是贾丝汀·米德。”

我们没有握手。“你说你姓施密特？”亚迪就姓施密特。

“是啊。”

“我正在找一个姓施密特的人。这是个再普通不过的姓吧？”

“有好几百万姓施密特的呢。小部分是亲戚，但大部分不是。你找的那个人是哪儿的？”

“不知道。我在华盛顿州遇见他的，但我想他在马萨诸塞州有亲戚。”我这么说真是愚蠢极了，像是在问全世界的施密特是不是都沾亲带故。“他叫亚迪·施密特。”

“没啥印象。为什么要找他呢？您是个赏金猎手？”

我注意到他那满是好奇的眼神，这个初出茅庐的孩子还挺幽默。“差不多吧。他带走了我的狗，我想要回来。”

“偷狗不是犯法的吗？你会逮捕他吗？”

“我愿意试试。”

巴士车站无非就是个便利商店。泰勒在巴士车道上停住，接着下了车，就像他是我的出租车司机、要重现几分钟之前的那种绅士风范。我开门下车，告别之前两人面对面地站在破旧的人行道上。他就跟我儿子一样高，我想在他离开前迅速拥抱他，哪怕只是为了重温怀抱儿子的感觉，即便非我所生又能怎样呢？我终于还是忍住了这种冲动。我享有这种福分已是很久以前的事了。

“谢谢你，泰勒。”我想给他点小费。

他很快将折好的钱塞回我手中，说：“这是我为您服务的一部分。”

我尴尬得直冒冷汗，汗水浸湿了身上的T恤。这个孩子识破我了，他知道对我来说，身上的每一分钱都至关重要。“你有名片吗？”

他从钱包里掏出公司名片，递给我，似乎也相信我改日会从他这里租一辆车。我想象将来要寄一张漂亮的短笺给他，他可以放进自己的人事档案中——上书“工作努力、服务超标，怜香惜玉、绅士风范”。接着我又想送我过来，会不会给他带去麻烦？于是我真的拥抱了他；随后，说来也怪，他回过头来拥抱了我。

“希望您能找到您的狗。”

“但愿如此。”

他开车走了，留我独自站在这污秽的人行道上，想起了我的儿子。

生下他时我还很年轻，那是自然的——很多女生二十岁就生了孩子。然而如今回头再看，我当时决定在无人帮忙的情况下独自抚养他，真是出于少不更事的人才会有的那种盲目自信。我给他取名为安东尼，与他爸爸、爷爷的名字一样，不过从他出生的那刻起，我就叫他“托尼”。每一位母亲都认为自己的孩子最漂亮，而托尼名副其实：深色鬈发湿漉漉地覆在小巧的头颅上，一双朦胧的黑眼睛在未来几周里就会变成棕褐色，海星一样的可爱小手主动伸出来抓我。

现在的女孩认为，她真正爱上的第一个男人，将不会是她此生挚爱的那个。至少在我年轻的时候，姑娘们还不这么想；不像现在，女孩们与伴侣结婚就像做三明治一样随心所欲，刚吃下两口，日子就过得没味儿了，于是离了再找——爱也就变得毫无意义了。而安东尼对我来说，绝不是毫无意义的。

在马尔科内烤肉餐馆工作的每个女孩都迷恋马尔科内家最小的那个儿

子。那时我正一边在餐馆里打工，一边在当地的社区大学上课，绝对没心思在二十岁这个多愁善感的年纪便坠入爱河，给自己的生活找麻烦。安东尼开始注意到我，很可能就是因为我没去追求他。某天夜里打烊以后，我和他交谈甚久，接着一同去距餐馆最近的竞争对手——二十四小时便利餐厅喝咖啡。那晚真的很柏拉图也很甜美，而他那亲切友善的关注，使我最终爱上了他。

然而对他来说，我终于还是变得毫无意义了。他和我结婚，只是因为他必须这样做，而他从未爱过我，至少没有以一个女人想要被爱的方式来爱我。

> “安东尼，我无法再继续下去了！”在我嫁给他后的三年半里，他的脸就是一张漠不关心的面具，他就是以漠不关心来对待我的。他和朋友夜夜出去逍遥，却很少和儿子玩耍。两人做恋人时的那份甜蜜与温存，已经蜕变成沉默寡言和相互逃避。我再不会陶醉于他健美的身体，他丑恶的内在让我不想再去欣赏他迷人的外表。婚前他过分讲究的习惯还算可爱，婚后就让人难以忍受了；他和那些酒肉之交的沆瀣一气，逐渐破坏了我们的婚姻。显然，这段婚姻对他来说已经不重要了，甚至还令他抵触。“再这样发展下去，我没法待在这儿了！”
>
> 安东尼耸耸肩，就好像妻子决定离开他的事根本无关紧要似的。我想知道他是否要向我摊牌，但从他的眼里又分明看到了如释重负。比起他来说，我更勇于面对现实，他一直在等着我来结束这段婚姻，这样他就不必有所行动了。只听他乘机成全我说：“那就

走吧。”

我离开安东尼的父亲时，他只有三岁——三岁的孩子太小了，他认为与我单独生活是很正常的；三岁的孩子也不小了，他时不时会问，爸爸去哪里了？

“爸爸什么时候会来？”

“他不会来的，宝贝儿。他住在布鲁克林。”

“为什么我们不住在布鲁克林呢？”

我不知道怎么去回答他。怎么才跟一个小男孩说清楚，他的父亲不爱他的母亲呢？

若是以为有了托尼自己就不用再漂泊，那我就想错了；可他的存在，的确让我的人生目标就此改变：我要为他能够生活得更好而努力，而那种生活并不等于住在每周结算的汽车旅馆里，或者为了一点儿福利金就去从事某个该死的工作。我想给他一个家，一个让他骄傲的家。我总是告诉他，下一处房子会更好的，更大、更干净、更安全；在我们下一次住的那个地方，他可以同隔壁的小孩们玩耍，他还可以骑自行车——哦不，是有辆自行车。下一个镇子或城市，下一个州，都将比以前更好。那时我不曾意识到：想要拥有一个稳定的家，还必须有什么经久不变的东西；只有一个爱他的母亲是不够的；还需要一处叫做“家”的房子。

没看到巴士车站，我还有些纳闷儿，接着才发现这里只是个站台，而不是车站。临街店铺的窗子很高，层层叠叠地贴着啤酒广告和彩票招牌。百威啤酒广告左边有张短小的公告，介绍说这个地方还兼职巴士代理商。店面外有张无靠背长椅，一个戴着老式软呢帽的大个头黑人将其独占。店铺里面窄小而拥挤，过分紧密地陈列着炸土豆片和窖藏啤酒。屋里到处都是酒水泼洒的气味儿，有一点像我工作的酒馆。木质地板上凌乱地撒满了大把大把的废弃彩票票券。

我排队等着购买去波士顿的车票，售票员可能是巴基斯坦或者斯里兰卡人。装着巴士时刻表的硬纸盒就在柜台上，挤在瘦吉姆牌火腿肠和避孕套之间。我拿了一张，站到一边好让队伍向前移动。今晚的彩票必定奖金丰厚，只见不断有人加入淘彩队伍之中；彩民们都默不出声、双眼低垂，脑海中却为往后的生活排练着荣华富贵的白日梦。

下一班从伊利出发的巴士将于今晚8点40分发车，最少13个小时后抵达波士顿。

“去波士顿的单程票，谢谢。”我掏出自己的信用卡，递给了他。

“不能刷卡，只收现金。”

“你们这儿有终端机，怎么不能刷卡呢？”

“巴士除外，这是商店规定。”他看上去根本没有抱歉的意思：“你到伊利去刷吧。”

“我认为我已经到了。”

听到这儿，他露出一丝狡黠的笑意，那副德行就像那种幸灾乐祸的人，别人的不幸能使他感到一时的优越。“不行，你得去伊利。”

突然连巴士线路和站点设置都来跟我作对了；等我一瘸一拐地走到波士顿，亚迪肯定早就打道回府了。不知还有没有便宜的航班，比如那种39美元的特价机票。要是我能坐飞机去，说不定能赶得上给他一拳。

这位售票员无能为力，只能耸着肩，假装耐心等待我做出最后决定。我再次离开了队伍。夕阳西下，我坐到商店外那张长椅上，身旁是那个黑人老头。我将旅行包放在膝上，克制住自己不把头放上去休息。九月的黄昏之光在身后渐渐落幕，阴影在我的脚边一点点地越变越长。

“多美的夜晚啊。”我的同座轻声细语的说着，好像挺怕说出口一样。

“我想是吧。”

“别随口应付我啊。”

“伊利市巴士站离这儿有多远？”

“这里是康妮奥特维尔，伊利市在三十英里以外呢。”

“那我还是别走着去那儿了。”

“所以得坐巴士啊。”

我知道还得再回商店去，拿出一些所剩无几的备用现金，买一张能到另一个城市去坐车的车票。我忽然感到饥肠辘辘，以及计划落空后的精疲力竭。我想躺下来休息。米契辜负了我的期望，他并没有把我带到伊利市，只把我送到了伊利县；这跟波士顿市郊的人声称自己是波士顿人别无二致，没想到我会再次踏过同一条河、被同一伎俩给耍了。

“坐车是为了回家吗？”

“不。那是我父亲的家。”

“不也是你家吗？”

“好长时间都不是了。”

“可你也不是这附近的人啊。”

“是的。我也是误打误撞到这儿的。说来话长了。”

我们静静地坐了一会儿，看着夜影逐渐向周围延伸。我打量着巴士时刻表，仿佛它是茶叶。我想找一班更快、更便宜且更舒适的车，能够像变魔术一样将我带去波士顿，当然这样的车是不存在的。

“那么你家在哪儿呢？”他的声音仍旧比耳语声大不了多少，使得他的问题听上去比这话字面的含义更具哲学意味。

我突然灵光一闪，为何不返回西雅图呢？反其道而行之，等待亚迪回到城里、出现在酒馆，我就能好好地教训他了。这个有板有眼的推想让我激动不已；可紧接着，我意识到亚迪更可能独自去酒馆，而不是带着狗，我可不愿冒这个险。不，我还是得追上他才行。

终于，我回答这个老头子说：“哪儿有我的狗，哪儿就是我的家。”

“我曾养过一只不错的狗，陪伴我度过了好些年苦日子，却从未有所抱怨。”

“狗很少会抱怨。”我说着，背上旅行包回到商店里。再出来的时候，老头子已经走了。

我面向车厢左后方弯腰坐在了靠窗的位子上，窗玻璃上划过一道道水渍干涸的斑痕，那是之前的暴风雨所遗留下的。我感到精疲力竭，晚餐就吃了微波炉加热的玉米煎饼，此刻却还堵在腹部中间，弄得我十分难受。我偷带了一罐可乐上车，以冲淡包装食品的金属味儿。三十英里这么远的路程够我打个盹儿了。我阖上双眼，却看到了马克，我脑海里全是它那银白色的小脸蛋，鸳鸯眼上少许黑毛。我的狗马克西姆，是以《与星共舞》[①]中那个交际舞者的名字命名的。我是那个节目的铁杆粉丝，尽管我这辈子唯一一次跳交际舞是在初中；当时风靡迪斯科，体育老师却要我们全去学跳方块步。所有人都认为我给狗取那个名字是因为我俩一起跳舞，但事实上，我恰好是在命名之后才知道犬类自由式的。

送给我狗的人叫罗德尼·帕里斯。他人很好，却有个不幸的缺陷——他结婚了。当然，我和他相好之前对此并不知情。我从不跟结了婚的男人约会，对那些声称“已经分居”的男人也是敬而远之。然而他确实结婚了，这令我失望之极，因为我真的喜欢他。这么久以来，他是第一个每次见面都能使我快乐的男人。在我发现了他的妻子——更确切的说，是她发现了我之后——我就跟他断了。我当着他的面关上门，转过身来，慢慢瘫倒在地。我经历过太多次失恋，不会不知道痛苦总会过去的，但那一刻我被击垮了。我的小狗这时大概四个月大，猛地跑到我瘫坐的地方，把它的泰迪熊玩具搁到我的膝上。我这个从不流泪的女人继而失声恸哭，它便满是担忧地看着我。我抽着鼻子，忍住随时会决堤的滂沱泪水，抱住它发誓说，它就是我最需要的那个人。

至今如此，不曾改变。

此刻，我感到那么久以前强忍住的满怀悲恸正顺着胸口往上翻涌。我两手握拳，抵住紧闭的双眼，满心希望没人坐在旁边，听到我像心碎少女一样抽噎的声音。为了抑制住想哭的冲动，我从口袋里掏出了手机。

① *Dancing with the Stars*，也译作《星随舞动》，是美国ABC电视台推出的比赛类真人秀节目。

手机电池量所剩无几。我阖上手机盖，祈祷亚迪能在电池用完之前打电话给我。不知何时我才能给手机充电。

车子驶进伊利市巴士站时，天已经全黑了，我还得迎接这个漫漫长夜。

7. 扔掉马克

候车期间我想办法给手机充了电。车子要到8点40分才从伊利出发——是伊利市，不是伊利县。我靠着女厕所的盥洗台，充电器则随意插在了烘手机旁的插座上；这时，《珠光宝气》的手机铃声响了起来，音乐穿不透瓷砖墙，只能在这空荡荡的房间里回响，把我吓得够呛。我差不多是颤抖着翻开手机盖的，祈祷手机屏上显示的是亚迪的号码。可并不是他。

“你人在哪？”我的继母甚至把“喂”都省去了。

“伊利。在等巴士。”

“我不清楚你打算用多少时间来这儿，但你得快点儿。这可不是儿戏。我本以为你现在该到了。”

“发生了很多事。”

“你总是会发生很多事。”

“我明天就到。”

“你为什么不坐飞机？你本该在两天前就到的，我正需要个人来忙活。”

“你知道为什么。”

“因为你的带上那只狗吗？”阿黛尔怪声怪气地说着“狗”字。

“不，是因为我买不起飞机票。”我提高了嗓门，使得这话在厕所里回响时被放大；一个女人刚甩过手上的水，正在寻找被我挡住的烘干机，突然被我这话给吓住了，于是离开房间，在裤子上擦干了手。

“也没那么贵吧，你就该坐飞机的。”典型的阿黛尔式的结论，她的词典里是没有“力不从心”这个词儿的。我觉得有些奇怪，他们俩原本可以伸出援手帮我一把，可她甚至都不肯提出这种建议，更别说事后追悔了。

“我明天就到。”我现在只想挂掉电话，但我没有这么做。我在等着，在听着。在两个人都陷入沉默时，我终于问出了她早该告诉我的事情：“他现在怎么样？”

“活不长了。你以为他还能怎么样？”阿黛尔即将成为寡妇，所以才会满腔不悦。

“请别这么说。”

阿黛尔最终还是放弃了老掉牙的狂暴继母的角色：“他昨晚睡得很好。注射了吗啡后就没感到那么痛苦了。只是他不怎么跟人说话。”

她反正都不让他发表意见，凭什么他现在就得做出改变呢？——我忍住没有戳破她的明知故问，只是问道：“你还是会让他住在家里吧？”她还没有下决心放弃住院治疗，或是私人疗养院。去年春天，我的父亲被诊断为前列腺癌时，没人表现出极度关切的样子，毕竟这个病是能被治愈的，我也并没觉察滴答作响的定时炸弹已在那时被埋下；所以，当癌细胞扩展至他的骨骼时，我感到十分意外。阿黛尔上周打来让我回家的那个电话真是毫无预兆；她没有拿“细枝末节”来纠缠我，而她以前不是这样的。她一直等到事不宜迟的时候才叫我回去，但他仍然待在家里。

又是一阵沉默。我倚在了墙上，把充电电线再往手机里插进去了一些。等着。

“我希望是这样。这也是我为何把你叫回来的原因。”

怀着痛苦与心碎，我尽早逃出了那个家。在我最需要那个男人的时候，他置若罔闻，而现在我却要赶回去尽孝。

“我会在明天9点半的时候抵达波士顿，尽快搭上去新贝德福德的第一辆巴士，大概在中午的时候到家。”

“就这样吧。”她从未在接通电话时说“你好”，也就肯定不会在挂电话时说“再见”了。

我没有忘记自己所面临的这个抉择：我心里想的是找回自己的狗，而我强加于自己的义务是回家看望父亲，这两件事都刻不容缓。我可以放弃回家探病而去专心寻找马克；只是我一直以来都有一个天真的愿望，那就是再次出现在父亲面前时，他能向我道歉，并承认自己在我十七岁时那样对待我是错的。我不知道自己是否希望他有机会做到问心无愧；或者我更希望自己能原谅他？自从阿黛尔打来电话，一些戏剧性的场面就在我的脑海中萦绕：临终之前他与我手握着手，恳求我原谅他很久以前的背叛；我说了些什么，两人从此冰释前嫌。有些人大概会把这叫做“息事宁人”。我想是这样吧。人不能后半辈子活在年轻时的怒火中。

我把手机充电电线从墙上拔下来，围着插头绕成圈。现在手机有了半格电，至少我能继续拨打亚迪的电话了。他此刻应该快到目的地了。自从他偷走我的狗并弃我而去，已经过了7个小时。马不停蹄地去70号州际公路——我在数学问题上再次卡壳，我只能想象我们之间的距离随着时间的流逝在不断拉大，而全程十三个小时的巴士长途是不可能让我追上他的。

准备好充了电的手机，我拨通了凯蒂的电话。听到她接起话筒，用向来直截了当的口吻说“凯蒂的家，有事请讲”时，我不禁失声痛哭起来。跟凯蒂在一起，你总能感觉到她要忙着去解决些问题，不管是水池漏水还是顾客投诉，不管是雇员失恋还是必须投票通过一项法令、以严禁在挡风玻璃刷下张贴广告。“噢，凯蒂，我遇到麻烦了。”

她听我讲完，不作打断。在发表意见之前，她适当地停下来仔细想了想。“好吧，我们一起想想该怎么办。”我向后倾身靠在潮湿的水槽台面上，感到一阵释然。“我会打一两个电话，看看我能否找到亚迪去哪里了。你上车后不要关机。一旦我们知道了他的去向，我们就呼叫他，让他走不了。”

“你认为真能找得到吗？我和他待在一起两天了，我都记不住他说了些什么，甚至不记得他运了什么货。我不知道他是否说过目的地，他只是跟我提到过波士顿。”要是参考我之前在伊利市的经历，他的话也可以理解为波士顿周边。

“我不能保证一定能成功，但是我会尽力的。你就安心搭车吧。晚些时候我再打给你。”

与我的继母相反，凯蒂挂断前说了声“再见”，以及轻声的“上帝保佑”。

凯蒂·凯恩把所有为她工作的女性都当做是自己的孩子，她可能比我大十岁，而这不会让她对我另眼相待——并不是说像对待小孩那样，而是与一个称职的家长对女儿那样表达同等的照顾与关心。这么说听上去很煽情，但我不是故意的。只是她的雪中送炭让我深受感动。我一直都羡慕她天生就很会相夫教子。小时候没有母亲给我做榜样，长大了我也就不会是个合格的母亲。就我亲历而言，母亲们不是过早去世、便是更喜欢别的孩子。成长过程中要不停对抗两个视我为累赘的大人，让我发誓一定要好好对待自己的儿子。我想对他倾注大量的关怀，可我年纪轻轻、单身无靠而又一穷二白，我不确定自己是否滥用了情感。深夜待他睡着以后，我会慢慢地钻进他的小床，将自己疲倦的身子紧贴在他身上，弄醒了他后又感到后悔；我作为母亲，更倾向于向儿子施压而非疼爱，没有耐心而不是童心未泯——我每天都为无法让他衣食无忧而深感不安，于是变得脾气暴躁，不能从他身上觅取快乐。我想让他感到自己像是我生命中最重要的东西，可又谈何容易呢。

我用自己床上的床头板和廉租公寓客厅里的沙发改造出一张躺椅，托尼正坐在上面一动也不动。他紧紧抱住自己的专用枕头——不管他睡在哪里，我都必定为他预备着特有的唐老鸭图案的枕头。保姆过会儿就到，但她已经晚点了，因此我也开始为自己的迟到而紧张不安。过去六个月里，我在一家餐馆里当女招待，如果这次又迟到，我也许就得不到加班机会了。

托尼已经在托儿所整整待了一周；为了能在周六轮值，我只能把他再次留在家中，而他对此早就习以为常、不再有所抱怨。他从来没有对我的离开大发脾气；即使只有四岁，他也能理解我的难处——为了能让他喝上盒装果汁，我必须竭尽所能地工作。我从未应允要带回惊喜的礼物，我从不许诺无法做到的事。可是，葡萄、苹果或什锦浆果味的单人量盒装果汁，是我放进他饭盒中的特别礼物。毕竟其他孩子的饭盒里都有果汁。

保姆终于到了，是个十几岁大的纤瘦女孩。我弯下腰和托尼吻别："要乖乖地听……"

"我叫莫莉。"这女孩举止得体，并没有对我翻白眼。所有这些叫莫莉、夏伦和摩根的姑娘们汇聚在一起，便是承蒙当地高中供应的、源源不断的保姆资源。

“妈妈？”

“怎么了，亲爱的？妈咪得走了，要迟到了。”

“我不要盒装果汁了。”

这辆车再有几分钟就要开往波士顿了，我在手机上用拇指摁下多年好友——桑德拉·利文布鲁克的号码。正是桑德拉让我接触到犬类自由式的，她自己救下六只狗，并成为它们的唯一依靠。她接电话时，我能听到后院里狗狗们的声音，仿佛是小孩们不停喧哗、只为引起正在讲电话的妈妈的注意。

“它装了芯片的，是吗？”桑德拉所说的是一种微型集成电路芯片，就嵌在马克肩胛部位的皮层下，任何人只要有芯片读卡器，就能知道它是我的狗。

“装了的。”意识到这个事实后，我有了那么点欣慰。它跟亚迪在一起，没有人知道亚迪会把它怎么样。如果马克是被犬类管理员捡到了，或者被扔给一个兽医，我都还抱有希望。只是我实在难以想象，亚迪会做出任何类似这样的、考虑周到的事。

“我们再想想怎么办。我把这件事放到自己的脸谱页面上加以公开，让消息尽可能多地传到那些援救者那里去。这就像是在全国各地都张贴了公告一样。既然它是喜乐蒂牧羊犬，我也会确保喜乐蒂援救者都得到它的信息。”桑德拉管理着一大群狗，所以她处理这样的事可谓驾轻就熟。

“如果你能办成，那就太棒了。凯蒂正试着去找亚迪的确切去向，以便知道能否在他的目的地获得援助。我坐的巴士明早才能抵达波士顿，还得去处理父亲的事。”

“他怎么了？”

“要是我的继母没有骗我，他已经快不行了。”

我和桑德拉相识已久，我曾告诉过她一些自己的经历。我并不经常对外人说起往事；通常我为了保密，会只说个大概。并不是我的经历不比寻常而难以示人，我只是不想再去想它；我更愿意探讨此时此地的生活。往事犹如一幕幕黑色窗帘，每一幕都遮掩着一段生活的主要场景；而我只在过去的五年里没再遭受那么多的伤害。不堪回首的童年时代、无所依附的为母经验、所做过的那些糟糕和不那么糟糕的决定——我的人生其实与他人的生活别无二致。因此我对自己的事情避而不谈，除了对某些特定的人，比如像桑德拉这样的朋友，而她的生活也并非尽善尽美。

突如其来的颠簸把马克从酣睡中惊醒。卡车还在行驶，除了夜晚天空中一闪而过的星星，看不到任何光亮。车子正在上坡，亚迪换档让车子摇摇晃晃地缓慢推进，以增加更多马力。驾驶室内混杂着各种难闻的气味：油腻的毒气、肛门的臭气、熏人的烟味；车窗只开了个小缝，新鲜空气根本无法进来，只能感受到一丝忽隐忽现的气流。后来卡车刚走上平路，却又几乎是立即俯冲下刚刚爬上的坡度。正当马克感到卡车开始加快，亚迪就调低速档，放慢了速度。

亚迪又点燃一支烟，深吸了一口，再撇着嘴将其吐出；烟雾飘到迅速流动的空气中，没法散去，于是又飘进车里来。

马克被呛得打了个喷嚏。

“你他妈……”亚迪转过头来，与狗正好四目相觑。“该死的！”他骂道。

卡车突然间东倒西歪，马克便做好进攻的准备。它抖了抖全身，再跳到乘客座位上，双眼盯住亚迪，用眼神表明“我是训练有素的狗”。事已至此，马克决定有所行动。它迅速地瞄了一眼地上的狗粮袋，以提醒亚迪晚餐时间已过。接着它轻轻地悲嗷，强调自己想要出去的需求。

亚迪抓住自己静音的手机，仓促地用手指在键盘上搜寻右键，以听取语音留言。“留着它只会给我找事儿……把我逼急了，我正求之不得……该死的婊子！我知道这是个糟糕的主意。这可恶的狗，27条未读语音留言啊！”

亚迪继续嘟囔着，马克冷静地坐着，破裂的座椅塑胶还残留着贾丝汀的气息。它本该尽快从车座上下来，可它却以为亚迪并不知道它在哪儿。人怎么会嗅不出狗就趴在附近呢？既然那个男人发觉它了，事情会有改善的。贾丝汀离开它时，这种情况很罕见，与它待在一起的人知道它的基本需要：食物、水、玩具和出去玩。想不到的是，亚迪不怎么跟它说话，所以注意不到那些基本需求；而且，这个男人只会不停地开车以及胡乱转动手机。卡车加速了，如果狗能够看到引擎盖前面的话，它会发现它们距离前面的小汽车实在是太近了。

卡车拐弯时向左侧倾斜，然后是右侧，这时亚迪放下手机注意路面。他仍然嘟嘟囔囔地发着牢骚，时不时地猛然转过头来盯着马克，他用粗粝的手摩挲着毛糙的下巴，把胡须蹭得擦擦响。马克坐在乘客座上，从未将视线从亚迪身上转移。亚迪叽里呱啦的时候，也避免让马克知道贾丝汀在哪儿；他只是用更微妙却又极易理解的肢体语言，表达自己已经非常恼怒了。马克曾在敏捷训练课上见过一只会用同样的方式表达愤怒的狗；别的狗都不愿靠近它，始终害怕它再次咆哮之后，会接着咬上一口。其他的狗狗都喜欢课后的自由玩耍时间，它们会相互追逐、扭打，或仅是肩并肩地站在一起；而这家伙却不同，它在下课后会立刻离开，使得牵着它的人不得不双手紧握着牵引皮带。

亚迪把手机放在面前，就搁在方向盘上。当亚迪听取信息时，马克听见贾丝汀失真的声音从那个小长方块儿放了出来。有一个词语它听懂了：马克。听到这个它的尾尖便摇晃起来，又是打呵欠、又是吞口水，以向亚迪证明自己知道那个词儿的意思。马克想，如果它能听到这个，也的确就是贾丝汀的声音，她一定就在附近，只是不在视线范围内罢了。

接着扬声器里便传出另一个声音。

“呸！”亚迪匆匆瞄了一眼左侧的后视镜，表情就像一只被追逐的松鼠。“该死的！”亚迪说着，将手机向后一掷，手机无声地落在了贾丝汀空空的睡袋上。“太他妈可恶了！难道是地狱天使的人？”他加大马力快速前进。

亚迪继续咕哝抱怨。马克始终坐立在带有浓厚的贾丝汀气味的座位上。它不断扫视亚迪的后视镜，亚迪的音调让它谨慎起来。它不会继续睡觉了，至少现在不行；在贾丝汀回来之前，马克都会保持警觉。

狗知道现在已是深夜，这正是一只好狗会用尾巴盖住鼻子、蜷在窝里睡觉的时间。一只好狗会睡得很轻，身体的一部分总是准备好保护房子不被夜盗光顾。马克的工作之一，便是在贾丝汀夜里因为臭鼬、负鼠和噩梦醒来的时候，安慰她。

亚迪降档放慢车速接着刹闸，卡车慢慢地停了下来。马克摇晃着尾巴。终于停了！它甚至高兴地呜咽了一声，轻轻的，就为了让亚迪知道自己的喜悦。亚迪没再说话了。卡车发动机空转，亚迪静坐着。马克瞄着窗户，什么都没看到。

这跟他们之前停下来的任何地方都不一样。这只是路边。不断有汽车疾驰而过。车灯源源不断地闪过就像流动的液体。其他半挂车快速跑过，使得如此沉重的卡车都跟着微微震动起来。

亚迪推开车门、跳到地上，再绕到后座席这儿。车门被打开了，男人和狗面面相觑。“你他妈的给我出来！”亚迪抓住马克的颈部。狗本能地向后退缩，男人只能抓住项圈而不是狗。他又向前扑去，这次连皮带毛一把抓住了。亚迪将马克拖拽出了车座，那么使劲儿地从开着的门口拉出来，以至于在他的脚落地之前狗就重重地摔到了地上，周围的空气都发出声响。马克站了起来，晃动身体甩下泥土，等着。亚迪站稳了，握着拳头说：“给我离开这儿，快点儿，滚！”

马克开始狂吠：这实在太过分了，即使是表现良好的狗，它的忍耐也是有限度的。于是亚迪逼近一步，马克两耳贴后低下头，再也不叫了。它知道这个男人是它与贾丝汀的最后联系；它耷拉着脑袋，眼睛死死盯住亚迪，就像它那些牧羊的祖先。

“你不在我这儿，他们就没法证明任何事。”路上繁忙的闪光信号灯快速在黑暗中划过一道道韵律。亚迪抬起一条腿跨过了公路护栏：“快来这儿，小家伙！”他的声音充满了甜蜜，过分多情的声音可骗不了一只狗。

马克在它所站的金属护栏这边按捺不动。亚迪拍着膝盖说：“快来啊。”

马克还是满腹疑虑，可这个男人又是自己与贾丝汀唯一的联系。只听亚迪说出了那句有魔力的话：“咱们去找贾丝汀吧。”

马克立即跃过护栏，就像这是它在敏捷性训练课上的障碍物一样，它落到亚迪脚边。终于！亚迪要带它去见贾丝汀了！

说时迟那时快，毫无防备的它被一脚直踹下斜坡。马克手足无措地往下翻滚，皮毛中裹进了石头和树枝；在斜坡底端停住后，它差点无法呼吸。当马克再次站起爬上路堤时，卡车已经不在了。

8. “合家欢乐”

我在水牛城的时候还完全清醒，到了罗切斯特就昏昏欲睡，在锡拉丘兹的我已酣睡淋漓，接着不省人事地通过奥尔巴尼全境。睡醒以后，我发现自己在靠窗的座位上，口渴难耐、四肢麻痹。我想去厕所，可身旁的那个人将她的两腿伸开，双手支撑着脸睡。如果试图溜出去，我会踩到她的。我们还没有说过话，我也记不起她何时上的车；巴士几次三番地在高速路上驶上驶下，我记不得车在什么小镇或者哪个弹丸之地的停车站停过了。整个纽约州就是一路上不停闪现的钠光灯的混合物，每次我想要去捕捉景物的时候都难以如愿；我试着不去思索如果租了一辆车，会比坐巴士节省多少时间。租了车的话，我就已经到那儿了，我就已经找到亚迪了。

我想自己还可以再坚持一会儿。我想接着睡觉，然而却已经全然清醒。车厢内的昏暗灯光将眼前的一切都变成模糊的绿色，我感觉自己就像沉入了水中。遗憾的是车窗外，能看到万家灯火点缀在高速公路沿途，让我意识到自己并没有在家中，而是栖身于随身携带的拼布棉被下。就是这条棉被，托尼还是婴儿时在上面尿湿过，马克每次被雨淋湿后都必然躺在上面；这条棉被还是我所仅有的母亲的遗物。拜母亲的猝死所赐，母爱永远只存于我的理想之中，而这个理想我永远都只能望尘莫及。我整理了关于她的那些回忆，只留下我认为美好的片段。每一段回忆都与我所有的她的四张相片中的一张相对应：复活节早上，圣诞节早上，我四岁生日时她俯身帮我吹灭蜡烛，还有一张随机的照片，主角是父亲而不是她。她只是碰巧出现在背景中，但这是唯一一张她怀孕的照片。每一张照片中的她都是那么理想化，这也是为何我愿意留着的原因。

房屋的灯光闪过窗前，巴士又驶进乡村深处。我不知道自己置身何方。

曙光慢慢地袭上身来。也许我又睡着了，因为突然间树木、栅栏、谷仓，以及站在田野中的牛群都清晰可辨，遍地风景也缓慢地渲染上色。我仍然不清楚身在何方，然而这种感觉真好。可这种惬意心境与此行的目的背道而驰，让我又意识到自己是要去看望父亲的。

我身旁的女人忽而手脚猛烈地抽搐，接着自己惊醒过来："噢！"她不好意思地看着我，用手背将脸颊上的流涎擦去："我们到哪儿了？"

"不清楚。不过还没到那儿。"我向她说明自己内急，接着从她的身上爬了过去，走向臭烘烘的巴士厕所。

我回来的时候，这位同座站起来以便我爬回自己的座位。她个头挺大，依我看有五十来岁。她穿着宽松的衣服，显然是为了旅行舒适，而并非为了让自己看着比实际上臃肿九倍，即便这是事实。她在一个布制购物袋里摸索了半天，最后终于用力取出了一听可乐和一只香蕉："我这儿多得是。要吃吗？"

我并不自负，我真的很口渴，所以接受了。可乐很甜，我很少会在早晨喝它；当它流过嘴里干燥的部位时，会有火辣辣的感觉，让我舒心多了。

"我要去春田市[①]，去看我的孙子孙女。你去哪儿？"

我们还没有相互问过名字，但大伙儿都清楚旅途惯例：这是拉家常时间。

① Springfield，又译作斯普林菲尔德，美国伊利诺伊州（Illinois）首府，同时也是桑加蒙县（Sangamon County）的首府。

"新贝德福德。"

"没去过。去过一次鳕鱼角[①]。但大多数时候我们去加拿大度假。"我的这位同伴并不想知道我的更多信息。她喋喋不休地说着，愉快极了。我想知道我们离春田市还有多远。我想知道这是否就是她平日的样子，或者她是否在家寡言少语、深居简出，为教会的晚餐烤馅饼，只关心自己分内的事。然而，自己一个人长途旅行，说明她很可能不常能见到孙辈；现在正好提到了她的这桩心事，于是话闸一经打开便滔滔不绝：孩子啊、孙子啊、小米奇的第一次圣餐啊……我甚至差点没听清，她试着问我女人之间不可避免的问题："你有孩子吗？"

问题再平常不过了。她把话头交给我，现在得由我来自报家门。"有个儿子。现在长大了。"我没说长大后离开，其实他离开时还很小。"他叫托尼。"

"你儿子现在在哪儿呢？"

这个问题把我难住了。就在我想泼她冷水的时候，我的手机铃声微弱地响起来；我从口袋里掏出手机，希望是亚迪的来电，便情不自禁地伴着曲调默念："请让它是亚–迪，请务必是亚–迪"。我甚至都没去看屏幕上显示的名字。身旁的女人向后靠在了座位上，仿佛那样就能让我保有隐私了。

"他正开往一个仓库，拖车会在那里卸货。"凯蒂给了我地址，我对波士顿可谓了若指掌，无论街道还是港口，近旁甚至南区。那个仓库离南站并不是特别远，可以打的去，走着去也行。我向她表示感谢，并保证会向她通报最新情况。旅行包里找不到纸，于是我将地址写在了手掌上。我

① Cape Cod，当地人简称作the Cape，又译作"科德角"，是美国马萨诸塞州（Massachusetts）南部巴恩斯特布尔县（Barnstable County）的钩状半岛。

手上的这张巴士时刻表并没有罗列任何从波士顿到新贝德福德的车的情况，但我知道这条线路来往相当频繁。此刻我们即将进入春田市。无论怎样，亚迪昨晚抵达，现在说不定仍在驾驶室里睡觉。我一手放在胸口上，感到心脏因为冲动而砰砰直跳，这感觉就像是那个叫《极速前进》的电视节目[①]。我离那儿越来越近了，我可能还能抓住他，也可能一切都在几个小时内随噩梦化为灰烬。我马上就能要回我的小家伙了，我的马克，它会像跳舞表演的最后一幕那样跳入我的怀中；这个毛茸茸的大家伙会摇摆身子吻我。

"你没事吧？"

无奈的是，在过去的24个小时里，已经有太多的人以这样或是那样的方式问我这个问题。我看着我的同座，她正在收捡喝完的可乐罐和为孙辈们准备的大包小包的礼物。我们已经到达春田市车站，她要下车了。

"不，我很好。祝你们合家欢乐。"

她望了我很久，丰润的脸庞掩盖不了她那双美丽的眼睛。我想，正是那双眼睛吸引了她的丈夫，那双眼睛让他不在乎她生完孩子后增加的体重，反而安之若素；那双眼睛让他习惯于常年关爱子女、照理家庭，满足于去加拿大度假、庆祝第一次圣餐的平淡生活。"你也是。"

她挣扎着从巴士狭窄的过道中走出去。我看到一个应该是她女儿的人，一手紧拉着一个小孩儿。当她吃力地迈下巴士门口的台阶时，他们俩不约而同地向她张开了双臂。

是的，我的确会"合家欢乐"的。

① The Amazing Race，是美国CBS电视台从2001年开始按季播出的真人秀节目，记录多队选手在一个月中进行的环球竞赛。

狗辨别方向的“指南针”虽不标准，却是出于本能。站在高速公路的边缘，它向上抬起鼻子，以确立自己的方位，接着便开始赶路。汽车呼啸而过，其风力使它的皮毛变得平帖。它一路向西而行，但却走进了保护林界线；尽管肋骨疼痛，它仍旧以一定速度持续小跑。这样它便走下了高速公路，进入了只有一条潺潺细流贯通的涵洞中。那里面有负鼠或是浣熊之类的地洞动物的气息。马克口渴极了，这股浅流正好救急；它不胜感激地舔舐着，像能把水喝干似的。

从涵洞中走出来后，马克时而走走停停，时而仔细聆听。贾丝汀一定在某个地方。它听到了她的声音。它并没有天真到会相信她被困在了手机里，但它模糊地意识到，如果能听到她的声音，她就不会离得太远。如果它游走得太远，她就找不到它了。即便这样，它还是继续向前，直觉告诉它，她不会到这个荒郊野地来找它的。

高速公路传来清晰的沙沙声，慢速穿越僻径的汽车离它越来越近了。这次来了一辆车，速度很慢，它能辨别出车上的收音机，闻到从窗缝飘出的烟味，接着，听到了一对夫妻在深夜里吵架的声音。

贾丝汀会希望它在某个地方等着自己。它得找到那个地方。它们还在一起的时候，她经常对它说“趴下别动”，让它在屋门外、大门外或是人行道上等着。因此，它现在就必须去找到这么个贾丝汀会叫它“趴下别动”的地方，然后在那里等着她。

第二部　在帕马利夫妇家

9. 伤心过往

艾丽斯最先发现的这只狗。

她对爱德华说起这只毛茸茸的小狗，她注意到它就静静地蹲坐在墓园两根砖砌的漆柱之间。“我想过要停下来的，”艾丽斯·帕马利从手提袋里拿出一罐金枪鱼罐头，仔细端详了一会儿，说，“要是我停下来多好，我希望它不会被车撞到。”

爱德华一边咕哝，一边抖动着将报纸对半折起，接着透过眼镜盯着她说：“最好别去接近那些陌生的狗。它总会回家的。”

“我想它没戴着项圈。”艾丽斯不知道自己为何要这样说；那狗脖子上的毛很厚，很有可能戴着项圈也被遮住了。“它就在那儿蹲着，像是在等人。”

“可能是吧。也许它的主人是到处寻觅祖先的游客。”埃德[1]把眼镜推回到鼻梁上，再次全神贯注于比赛成绩表上。

艾丽斯把绿色布制杂货袋里的东西全拿了出来，再将这些东西工整地摆放进橱柜：几个豌豆或者玉米的罐头、金宝浓缩罐头汤，以及她每隔几周就从Big Y超市[2]买回来补给的那种盒装麦片。大部分时候，她会在波特杂货店购物——这家店已有150年历史，如今依然蒸蒸日上；一般出售基本食材，比如牛奶和面包，如果她晚餐想做煎蛋卷，还会在那儿买鸡蛋。当

① 埃德是爱德华的昵称。

② Big Y Foods, Inc.，美国零售连锁超市品牌。

然，店里也有埃德称之为“美味佳肴”的东西，尽管在她买的东西当中，没有什么比鳄梨色拉酱更具异国风味了。她还会买任何贴有可爱标签的东西，埃德嘲笑她说她是在为包装买单。

艾丽斯再也无法点燃对烹调的热情了。爱德华倒乐于吃“粗茶淡饭”，毕竟弄个新食谱倒腾半天，却做出热狗和豆子这样倒胃口的饭来，那就太没意思了。但是艾丽斯不介意，不完全是；从某些方面来看，这样更简便一些，不必为了做饭而绞尽脑汁，也不必为了吃什么而耿耿于怀。

曾几何时，她构想等自己人到中年，就要去学习太极拳，或者回到大学攻读学位。那时她还认为自己的生活会是一帆风顺的，也期待自己奔三之前就能生下几个孩子；她从未预料到自己四十岁的时候，连怀上那一个孩子都得等到奇迹降临；她必定更不会预料到，这个来之不易的女儿会那么容易地就没了。

斯黛西出生的时候，工厂里大伙儿募捐，为埃德和艾丽斯买了一台录像机。埃德使用起来得心应手，几年下来，他们拍摄了斯黛西生活中每一个重要的片段：从蹒跚学步到跳踢踏舞，从练习儿童棒球到高中第一天上学。她习惯了这一切，尽管随着年龄的增长，只要埃德开始拍摄，她便会故意装傻充愣，要不就颐指气使。他们几乎从未去看这些录像，那个时候没看，现在也肯定不会去看了。那时他们为了养育她忙得不可开交，而现在这一切都已化为泡影。

录像带都储存在封套里，细致地按照年份和事件贴上了标签，这些成排的盒子一直无人问津。它们是“阿纳斯塔西亚·玛丽·帕马利的生活录像集”①，有了这些录影带，他们可以从她短暂生命中的任何瞬间开始回

① 斯黛西是阿纳斯塔西亚的昵称。

忆她，复活封存在家用录像带上的过往；但他们从未打开橱柜的玻璃门，只是用抹布擦拭标签上的灰尘，仅此而已。不管埃德还是艾丽斯，都竭力不让深掩在平静外表之下的痛苦释放出来。他们那个时候做到了，现在打开柜门，也只是一遍又一遍地整理而已。他们不像那些在悲伤辅导室遇见的别的家庭，会将孩子的剪辑本和相册打开、关上、再打开，如此反反覆覆，直到装订的部分都掉线了。在痛苦至极的父母脸上，能看到他们故去孩子的影子，他们看上去就像孩子从未离去，只是没在眼前罢了。当他们谈起自己的孩子时，仿佛那些夺去孩子生命的灾难——不管是癌症、车祸还是伊拉克战争——都只不过是孩子成长的一部分而已。

埃德和艾丽斯关上柜门，将斯黛西短暂而生动的生命痕迹保存在了那个橱柜里。他们再没说起重头再来会怎样，或者谈起过去的事情。

艾丽斯忙着修剪花园，学习瑜伽课，到图书馆去兼职。她用任何女人都无法胜任的家务杂事充实着自己的生活——都忙成这样了，谁又有时间去想伤心的过往呢？

这狗看上去是如此的孤苦伶仃。可能说“孤苦伶仃”也不对。它看到她的车缓慢驶出墓园时，耳朵会朝着她的方向竖着，接着耷拉下去，这模样就像是，嗯，像是它很失望。也许晚饭后她会再去看看它是否还在墓园附近逗留。此外，她还得趁早赶回去查看自己种植的褐色和金色的菊花，看看是否需要给它们多浇些水。

10. 晨间咖啡

爱德华·帕马利早晨出门去给卡特拉斯轿车加油时看到了这只狗。怎么可能看不到呢，这狗就蹲在墓园大门之间，也就是艾丽斯看到它的地方。它谨慎地端详着埃德缓缓而过的车。它很可能属于某个从不拴狗、任其在乡间漫游的街坊。这在如今很少见了，不像他小的时候，狗是被允许到处游荡的——就像小孩子那时也能到处去玩，所以每个人都认识别人的狗。那时，没人会为了约束法[①]或者虐童癖而烦恼；而公狗阉割手术和自行车头盔都还没被发明出来。

埃德降下车窗，把车速减慢，这样狗便会注意到自己。“回家吧！”他说。

想当初，人们也不用担心毒品、艾滋病或者恐怖主义分子；呃，可能只会担心俄罗斯人。但总的说来，他们不会去操心某些事情——好比他和艾丽斯后来操心斯黛西会遇到的那些危险，例如潜伏在商场中的变态啊，或是下了毒的万圣节糖果啊。那个时候，他们不用操心是否系上了安全带，想弄到毒品也不是件容易的事儿。

“回家吧！”埃德盯着蹲在墓园门外的狗说。

不，养个孩子总是很麻烦的。他的父母不得不应付潜在的儿童致命疾

① Leash Laws，即“约束法”，或叫“约束皮带法”，是绝大多数美国城市实行的养犬法律，各州具体规定有所不同。其宗旨是，除非在自家围栏里，狗在其他地点都要系上约束皮带或链条，不能将狗散养。

病，而斯黛西出生的时候，疫苗已经被发明出来，他和妻子真的是够幸运了。

然而有时威胁根本不是外界造成的。不来自外界，却就在家中。

这只狗没有离开。

就像艾丽斯所说的那样，看不到项圈，但这什么都说明不了；项圈可能被它弄掉了，或者被脖子上的毛发掩盖住了。如果穆迪镇有犬类管理员，他很可能就会接到电话赶来处理。没有的话，要怎么办呢？

即便常驻州警路过看到了，也不可能就这样带走它。记得那次加油站报警器响起的时候，他几乎都没反应过来。从麻省收费公路漫步归来后又过了半个小时，托雷才弄明白怎么回事：一只鸟被关进车库里了，它惊慌失措地在停车间里拍打着翅膀，结果触发了警报装置；至于那个装置，是轮胎经销商坚持让托雷安装上去的，毕竟他要销售他们那个牌子的轮胎。该死的州警花了那么多时间，到他出现时，偷轮胎的人都能把整个库存搬个精光、一路逃到哈特福德[①]去了。现在换了个州警；以前那个名声大噪的，升迁了。

埃德摇上车窗，他认为它会找到回家的路的，他也会对莉尔咖啡馆的那些人提起这狗，给车加完油他就要去那里。这是惯例了，几乎每天早上他都要和乔还有查克喝咖啡，乔还把这叫做“退休工早间俱乐部”。这名字真傻。他们在工厂里几乎不认识彼此，而现在，被迫比计划提前五年退休后，他们就像一窝闲扯政治和天气的老母鸡，讲着冷笑话、谈论各自的妻子，就像她们真的如他们所说，是蛮横无理的老太婆一样。“我的婆娘啊……”天啊，他们听起来就像乡巴佬，或者更糟，像恶棍；然而，这却

① Hartford,康涅狄格州首府。

是埃德·帕马利一天中最期待的时候。他解释说，这能让艾丽斯吸尘的时候，不用再劳烦他抬起脚了；同时也就意味着他俩能有那么一会儿功夫不必惹恼对方，而他也能摆脱掉家里的死寂。所以，早起喝咖啡也许是他目前唯一可以期待的事情了。

从工作了三十五年的职位上解脱出来后，爱德华·帕马利感到自己无所寄托。他就是因为这份工作才住在这个镇上的，也是因为这份工作他才邂逅了艾丽斯。他的女儿和很多其他的小孩一同长大、一同参加一年一度的节日派对；而派对上，孩子们会聚在用万年青和纸链装饰的餐厅里，轮番坐到圣诞老人的膝上。那位厂里的“老大哥”，也就是工厂的主人，会“嚯-嚯-嚯-”地笑着，将吹泡泡玩具和彩色画册交到每个坐上膝头的孩子手里，然后再加上一根很大的拐杖糖；而这些糖果保准儿之后会出现在汽车座位下、或者黏在厨房的柜台上。在那以后，老大哥没法与时俱进，只能卖掉工厂偿还债务。接着某个讨厌的日本公司趁虚而入，从此厂里的生产就只知道追求功效——这是日本人的经商底线；而产品的信誉和持久度不再是品质的证明。老大哥现住在佛罗里达州，据说还新找了个年轻的妻子。

因此，如今的埃德每天都期待能与店里的那些家伙一起打发打发时间，不然这日子就过得太没劲了。

埃德在加油站车道上掉了头，横穿过146号公路，即穆迪镇的主要街道，接着直入莉尔咖啡馆前面的一块斜角停车场里。他下车时对查克颔首示意，后者则正将遥控车钥匙对准自己的“坦途2007”[①]。“还好吗，伙计？”

“还行吧。”

① Tundra系列是丰田汽车（Toyota）主打美国市场的轻型皮卡。

“那我先进去咯。”

老一套的打招呼，比起普通问候来说，更像是在互通暗号：朋友还是敌人？——好比是莉尔咖啡馆的秘密社团。

乔已经在吧台点好了咖啡，他的大屁股垂在老式圆筒凳上，塞得满满当当的钱包从后兜里鼓囊了出来。埃德和查克从他身侧经过、点头打招呼，接着二人同时将手伸到他面前那张《波士顿环球报》的中缝上；埃德成功抢到了体育版，只给查克剩下了时尚版。莉尔往他们面前的加厚瓷杯中倒入咖啡后离开，这倒最像是他们会点的东西。埃德非常清楚，他们仨顺着吧台依次而坐，根本不需面面相觑地交流，就可以把任何话题拿来大谈特谈。“波士顿红袜快要出局了！”

“也许，他们振作起来的话，还是能找到外卡[①]的。”查克说着，举起糖罐放在杯子上，任其大量地倾倒进杯中。

“还记得分组循环赛吗？”埃德啜饮他的黑咖啡，嘴巴刚碰到、就因为太烫而缩了回去，于是他把杯子放回了桌上。

“赌球吗？”乔将报纸头版递给查克。

“是啊，我们在说到底押红袜队还是爱国者队。”

“我记得有一年咱们拿孕妇押注。还记得吗，就是她们仨同时怀上孩子那次？”乔咽下最后一口咖啡，将杯子举起来，向莉尔示意。

“嘿，埃德，你不是赌了这三人中的谁，还赢了吗？”查克将糖罐放下，拿起小金属壶往杯中倒进一半。

① Wild card，在体育竞赛中是指在非常规途径获得的参赛名额。持外卡的参赛者或参赛团体可能由于排位、报名时间等种种原因无法出现在正式的比赛名单中，但比赛的组织者通过邀请等方式使他们也能够参加比赛。美国职业棒球大联盟是拥有外卡制度的赛事，参赛资格以美联和国联里取年度战绩最好的分区第二名为准。

“赢了五十块钱。”埃德说，并再次试着喝他那杯咖啡。他没有接着说起自己把钱给了刚生完小孩的那位——她那时还在做秘书；也没有说他从未告诉艾丽斯，他拿预产期和宝宝的体重打赌。那就是他们打的赌；预产期、出生时间和宝宝体重——得猜中三项中的两项才能赢。他成功猜中了时间和重量，就只因为预产期少说了一天，错失了三重彩。下赌的时候他们夫妻仍在试着怀孕，艾丽斯当时正处于一个容易落泪的阶段，只要提到别人成功怀上了孩子，就会令她陷入消沉。

“那时候多好啊。”乔说，他那粗糙的手握着圆弧形的杯壁。

“是啊。”埃德的咖啡终于不那么烫嘴、可以喝了。他把赢来的钱交给了前来厂里的妻子，而这位新生儿的妈妈去那儿是为了炫耀她的宝宝。他一面将五十块钱放到她的手上，一面欣赏孩子，告诉自己没关系，他们没做过父母，两人本就不报什么希望。但这么多年过去了，这事不能总惦记着，不然会毁掉自己的生活的。

这只狗仍旧在墓园门口等着。当他减速慢行时，它又一次注视着他。埃德不会停下来，不会掉头到墓园路去。即便是因为这只狗，他永远不会那样做。但是他放慢了车速，以让自己看清这狗颜色各异的两只眼睛——一只是蓝色，一只是棕色。“回家喽。”他说。

狗并没有因为埃德说话便将耳朵转向他，它对埃德无动于衷。

虽然这么想有些不切实际，但埃德认为狗是在等着什么人。

马克驻足于墓园门口，它认为贾丝汀最有可能来这里找自己。毕竟在这儿，它的气味就不会与其他狗的混杂在一起了；此外，贾丝汀认定靠散步来锻炼是不够的，于是他们去了离家不远的一个地方，而墓园跟那里很像。这儿不是那个公园，这儿像个公园，但不是那个公园。她让它趴下别动的地方就像这里，也有这么些投下阴影的石柱，让它在她跑开后能够舒适地等待。于是，马克判定如果它在这儿等，贾丝汀就会回来找它。

它找到了沿着墓园西侧流淌的小溪，因此便再不会口渴了。它在毗邻这个到处是杂草和石头的小地方的巨大橡树下发现了橡果和根茎；这些东西嚼在嘴里会嘎吱作响，而且味道难吃，不过就算它过了一会儿吐了出来，也好歹有一点儿进到胃里。它听到田鼠在混杂的蒺藜和杂草中活动，但它却没去追捕。它想象自己忠于自己遥远的祖先，去咬碎啮齿动物那脆弱的骨骼、品尝野生味儿；然而，即使对于会跳舞的狗来说，田鼠的速度也太快了。那正是贾丝汀用的词语：跳舞。“想跳舞吗，小鬼？”它总是用锐利的眼睛盯着贾丝汀的脸和手，观察摇摆和弯腰、腾跃和转圈的微妙暗示。而最后就是它最喜欢的动作——在她笑着将自己搂近身边时，跳进她的怀抱，为他们的表演感到骄傲与喜悦。它已经学会了享受掌声。

11. 选择机会

她第二次看到这只狗时，它还在墓园大门之间的那个老位子上。艾丽斯驾着自己那辆开了15年的道奇凯领进入狭窄的紧急停车道，距离那只狗等待的地方只有几码远。“过来，小家伙。”她在车上朝着它咯咯咯地笑，旁边座位上的袋子里装着一块半磅的切片烤牛肉，那是埃德的午餐。这只狗站了起来，接着又坐了下去，但它的双眼始终看着她；那是一双奇怪的眼睛，一只蓝色一只棕色，还明显地露出怀疑的神情。为什么它就该相信她呢？艾丽斯从车里爬出来，这狗饶有兴致地看着她从塑料熟食袋里将肉取出来。埃德很爱吃这个，不会放过一块肉的。这只狗既没有靠近她，也没有走开；只是用一双鸳鸯眼盯住她手里的东西，一脸疑惑也渐渐变成了一厢情愿。她小心翼翼地拿着那块软软的烤牛肉，手指都被染成粉红色了。她说：“来吃吧，小家伙。没关系的。”

突然间，这只狗小跑过去，好像已对她下了判决书——她是值得信赖的，于是，所有的犹豫不决便烟消云散。她递出肉，它以令人惊奇的彬彬有礼，从她的指尖拖下了肉，囫囵吞下。它舔舔自己的嘴巴周围，竖起头上那对黄菖蒲般的耳朵，等着继续吃肉。

“噢，让埃德见鬼去吧！”艾丽斯从熟食袋里取出另一块烤牛肉。此时这只狗的屁股左右摇晃，一边用眼睛盯着她的手、一边伸出自己又粉又窄的舌头。她不能就这样将它留在路边，得了，她能吗？它在这里待的时间够长了，她知道它一定是无家可归的。它一直在墓园门外等着，就像是那条苏格兰梗犬——忠狗波比一样[①]，坚持与它死去的主人相伴。也许这只狗就属于某位最近故去的人呢。艾丽斯想不出任何近来死去的人。芳汀太太倒是几周前去世的，可她住在疗养院里，所以这不可能是她的狗；而且，现如今大多数人都葬在离城镇更近的新公墓里。按照古老的方式，这个地方仍旧被称作“墓地”。除了那些承袭穆迪镇的古老姓氏——穆迪啊、汤普森啊、皮尔斯啊——的人之外，没人埋在这里。而问起她的娘家姓氏，就得追溯到那位带着年轻新娘从英国而来的高曾祖父，他将自己作为金属工匠的一手技术带到了新工厂里[②]。

艾丽斯娘家在她之前的四代人，加之下一代，也就是他们女儿这代，全都是本地人。

艾丽斯想起埃德关于别靠近奇怪[③]的狗的警告。这只狗除了那双眼睛外，也没那么奇怪。它现在已经完全陷入摇摆着屁股、闹着要吃更多烤牛肉的状态了。它用小巧的布偶似的后爪腾跃，又发出满怀希望的焦躁声。它那毛茸茸的尾巴在九月暖风中优雅地摆动。它的毛色是与众不同的深灰色，白色的颈子、黑色条纹满布躯体，仿佛有人拿着还未晾干的油漆刷、与它靠得太近而留下的。他看上去就像小了一号的灵犬莱西[④]，只是颜色不

① Greyfriars Bobby，是19世纪中叶生活在苏格兰爱丁堡的一条斯凯梗（Skye Terrier），主人死后的14年间，波比每天跑到他非常喜爱的咖啡屋，直到它自己1872年老死为止。

② 由此可推断，这位高曾祖父姓Smith（本意“铁匠”）。

③ Strange有两个意思，一个是“陌生的”，另一个是“奇怪的”。艾丽斯可能把爱德华说的“陌生的狗”理解成“奇怪的狗”了。

④ Lassie是一只柯利犬（collie dog），为英国作家艾瑞克·奈特（Eric Knight）的作品《莱西回家了》（*Lassie Come Home*）中的主角，该书1938年发表后成为全世界家喻户晓的儿童读本。故事梗概是：莱西从小被约翰捡回家养，他们逐渐成为形影不离的好朋友；当成年后的莱西和约翰被迫分开后，它往约翰的所在之处开始了1600公里的严酷旅程。

同罢了。

“埃德一定会杀了我的。”在喂完最后一块牛肉后，艾丽斯将狗吸引到车子乘客座位一侧的推拉门这里，并把门打开。“进去吧。”她说。而狗好像就期待着会如此，它跳到中间的座位上，原地转了三圈，再就地蜷起身子卧下了。艾丽斯关上了门，绕到驾驶座这边。一辆车从她身边开过时，放慢了车速以看她是否需要帮助；那是他们家的隔壁邻居弗莱先生。艾丽斯挥手示意他继续开车。一帆风顺。

然而，只是暂时而已。

这个女人用她的指头夹着肉喂给它吃。它能闻见用塑料纸包起来的奶酪味儿、想要吃一片，但她没能让它如愿。作为一只狗，它通常只能随遇而安，很少有选择的机会，只能服从像是“马上出去”、“等会再吃”之类的命令……如果主人给了肉和奶酪，它才两样都能吃得到。晚上在哪里睡觉这件事上，也许它还有的选择——是在自己窝里呢、还是在贾丝汀的床上？在沙发上小睡呢、还是趴在寒冷时节的中午能晒到太阳的那扇滑动玻璃门前？可是除此之外，马克在生活中还从未做过经过慎思、富有意义的选择。即使和贾丝汀住在一起这件事，也是不由它来选择的；而她的了无踪影便更不是它的选择了。

当这个女人跟它说话时，马克感到安慰，女人的声音平息了它的一点儿焦虑。它现在只感到孤单。它从未数个小时独处过；没人在身边告诉它该做什么，它很紧张。贾丝汀还没有来，它却一直在这里，在这个“趴着别动”的地方，即使一只狗也会认为时间太长了。因而当这个女人温柔地对它说话，管它叫做“小狗狗”时，马克知道自己有了真正的选择机会：如果它跳进车里，它就将贾丝汀抛在身后，她也不能追踪自己的气味了；但如果它留在这里，一直等着她来找自己，它会饿死的。

它站在打开的车门前，因为太过紧张而打起了哈欠。

“快点啊，跳进去罢。”女人的声音很温和。也许她知道贾丝汀在哪里，所以便带它去那儿。想到这里，马克跳进了车中。

12. 旅行美梦

“艾丽斯，这么做可不大明智啊。”埃德靠着厨房餐桌，撑着双手将全身重量压在了桌面上。这只狗蹲坐在屋子中央，舌头向外耷拉着，杏仁状的双眼牢牢盯着埃德的脸。埃德判定不了这个目光是友好还是指责；这双奇怪的眼睛在端详着他，随着埃德表情的变化而轻微地眨巴着，就像它们在进行着不动声色的微妙交流一样。当埃德直起身来，狗抬起了头，它那一蓝一棕的眼睛直视着他。它前额银灰色的底毛上长有小小的黑环图案，看着像是两撇小眉毛，使它有了一种很接近人类的古怪表情。

“它从昨天开始就一直蹲在墓园大门外，又水米未进的。”艾丽斯已经给埃德做了金枪鱼三明治午餐：“你该来看看我给它喝水时的样子，它如饥似渴啊。如果这狗是有主人的，那他们并没有尽力去找它。”埃德·帕马利已经结婚这么久了，他知道何时应该坐下来吃他的三明治、将话题搁置一边。在她想要的东西面前，艾丽斯一向是不依不饶的——比如她坚持要买一张新的沙发，而他知道旧的那张还能再用好几年；比如她买下屋后的那张桌子，而他弄不懂为何要在外面坐着一面招蚊子、一面张望邻居的后院。他们的房子是第一个由贬值农田改建而来的，那时工厂开足马力进行生产，陌生人渐渐迁居这一带，小学班级的规模也开始扩张。而如今他们所住的街上一半的房子正在出售，没人再想住在这种带有建在半亩草坪上的一个半卫生间的双层牧场式住宅里了；学生数量大幅度减少，教师可能要裁员。

他注意到艾丽斯将塑料碗搁到地上，清水在碗里形成小小的漩涡，但不知何故没有喷溅出碗沿。狗耐心地等待着，直到她直起身，才从容不迫地去舔舐新添的水，还露出了颇为满足、心存感激的样子。艾丽斯一手顺着狗的身子扒开毛，摘除掉那些树叶树枝；她面带笑容，让埃德突然回想起年轻时候的她。看护婴儿的时候，她会朝着小宝宝微笑，为自己能生孩子而露出少见的女性的满足，就好像孩子完全只属于她一个人似的。

“喂，你可千万别有把它留下来的想法。咱们不需要狗。”

“我哪里说过要留下它的话，”艾丽斯说着，背过身去不看他，一个劲儿地清理柜台，“要是这个巴掌大的小镇上有个犬类管理员，我早就打电话给他了。有人前来认领它之前，除了养着，我们还能怎么办？”

“要等多久才会有人来认领呢？咱们没必要为一只狗去费工夫，你也不必去管分外的事。要是咱们出去旅游，它怎么办呢？”埃德抓起半块金枪鱼三明治，大咬一口说。

艾丽斯笑了起来，那是一声刺耳的诡笑：“埃德·帕马利，我们最后一次去旅行是什么时候的事了？你不会是指去我姐姐家过圣诞节那次吧？”

“要是咱们有了狗，就更别提什么旅行了。”

“我又没有说要养它，”艾丽斯说着，将腾空的金枪鱼罐头拿给狗舔；它舔的样子是如此地温文尔雅，灵巧的舌头沿着光滑的罐头内侧一扫而过。“但请别把旅行这事儿当成否决理由。”

曾几何时，旅行是儿女成人、贷款还清后也望尘莫及的美梦。他们曾设想过，一旦斯黛西长大成人、走上社会，两人就能去欧洲或者加勒比岛。而此刻回想起来，他们仅有的两次作为休闲的旅行，一次是迪士尼之行，另一次则是在白山[①]露营。他们偶尔会去波士顿跟埃德的亲戚们共度周末，希望能让斯黛西接触些文化熏陶，比如波士顿交响乐团啊、波士顿美术馆啊、法尼尔厅和昆西市场什么的。可一旦斯黛西忙着参加女童军活动和体育锻炼、芭蕾课程和乐团音乐会什么的，他们就再难遇到空闲的周末了。终于，他们在那个圣诞节赶到东部，礼节性地拜访了艾丽斯的姐姐；自那时起，二人便足不出镇了。如今埃德的父母已双双去世、兄弟姐妹们离散各地，最远的那个住在波基普西[②]，而他们又多年没去东部了。与其说他们放弃了去欧洲度假或者到温暖海岛上过冬的计划，不如说只是两个人都忘记罢了。

狗舔干净了罐头，蹲回到厨房中央，好像在等他们俩的反应。

埃德拿着吃完的空盘子从桌边站起来，为了到水槽那去，他不得不从狗旁边经过。他拍了拍它的头，心想仅仅如此，并不代表自己对它服软了。狗毛摸上去软和得好似鸟的绒毛。狗抬起头，蹭进埃德的手掌中，眉毛上的斑点上移，使得埃德想起了斯黛西。当他从少有的几次出差任务归来时——工会在春田市的聚会、到中西部地区去接受新型机器的培训——她脸上的热切期待都不言而喻；她希望得到新的棋盘游戏、或者《临时保姆俱乐部》系列丛书[③]的下一册新书，除此之外，便没有什么特别的要求了。

埃德低头瞅着狗问："你想要什么，伙计？"

---

① White Mountains，又译作"怀特山脉"，位于新罕布夏州（New Hampshire）（小部份伸入缅因州），实属阿巴拉契亚山脉（Appalachian Mountains）的一部份，是著名的旅游胜地。

② Poughkeepsie,纽约州达奇斯县（Dutchess County）的县治。

③ The Baby-Sitters Club novels，是美国儿童作家安·M·马汀（Ann Matthews Martin）最广为人知的作品，并且已经拍成电影。她还在2003年获得了美国纽伯瑞儿童文学银奖。

狗出人意料地打起哈欠来，往前凸的嘴扩向两边、舌头卷成弧形。它发出一个似是而非的声音，并以一个可能是人话的单音节结束：家-家-家。

帕马利夫妇异口同声地笑起来。他们始终注视着狗，而它也理解到他们的诧异是因为自己所发出的声音。

它细心地观察着这两个陌生人，虽然很乐意接受食物、水和温柔的抚摸，但它真正想要的是他们送自己回家。它试图跟他们说话，可他们却像大多数人一样，只懂得自己的语言。话虽如此，可目前看来这倒没什么关系。它对自己的选择很满意，它到了个既安全又有吃有喝的地方。这个女人理顺了它的毛，那个男人却显得紧张；虽不是亚迪的那种不可动摇的敌意，但却显得很压抑，就像是它们狗中也有一些拒绝去嗅气味、结交新朋友的家伙。不过没有关系，马克能适应爱答不理的人，甚至表示尊重。它也很享受挑战的滋味，而接受这个男人毫不情愿地拍它的头便是个好的开始。

夜里女人把它带出屋外，用一段晾衣绳拴住它的脖子，带着它绕着草地走，直到它蹲下大便。它遵守着训练的要求，在自己需要方便之前都紧跟着她，而她则带着作呕的表情用塑料袋来清除它的大便。她用能听懂的词语表扬它说：“好孩子”。

它是马克西姆，尽管贾丝汀多半都会叫它“马克”。这个人却叫它“孩子”。以前也曾有人这样叫它；这没关系，只要她唤，它就听。

重要的是，他们可能会知道怎么才能找到贾丝汀。

13. 购买项圈

这天早上，埃德和朋友喝完咖啡后，驾着他的卡特拉斯往奥布考五金店驶去。他的“三合一”防锈润滑剂用完了，去那儿买了还能顺带借用店里的抹布。浴室里的毛巾架快从石灰墙板上脱落了，也许他能以合理的价格买到莫莉螺栓。对了，他还应该买些招贴纸板，以着手在这一带张贴“失狗招领”的海报。这听上去像是去沃尔玛抢购，如果他在奥布考买不到需要的东西，他就得继续去找。只有到吃午饭的时间还没见他回去，艾丽斯才会想起他来。

他知道自己把她逼得快疯了。艾丽斯什么都没说，但明摆着就是在生气：证据就是他做了三明治后，她擦柜台时下巴高扬的角度；以及她叫他移开脚以便自己用真空吸尘器打扫时的态度。她并不总是把没完没了的气愤表现出来，她的脾气是经过长时间演变而来的；冷战期间，要么他们不知道该对对方说什么，要么他们可能会说的话实在是太恶毒，将会令他们的婚姻难以维持。

埃德并没有为他中午不在、艾丽斯会担心这事儿做过多的设想。她会把他的三明治放进冰箱，再继续做自己的事。她大概会指责他没有打电话说自己会晚点；然而即使不打，她也不会抱怨什么，似乎本就渴望能有自己独处的时间。埃德明白，她一个人的时候太多了，这在以前就是个问题——在那段艰难的日子里，她变得呆若木鸡，就像一幅死气沉沉的画；只是靠着画家模拟的光照，彰显出生机的感觉。她的这番沉寂最终向家务和决心做出妥协，但却始终潜伏起来蠢蠢欲动；总有一天，很可能他回到家后，发现她又僵死在那里了。

对于那段黯淡无光的日子，他的反应便是一头扎进工作中，恢复年轻时上两轮班的状态，将精力花在逛机械商店、指导他的后生，称许、批评、鼓励或戏弄那帮大部分都不太会说英语的男女工人。在别人眼中，他被公认为是一条鲨鱼，只有不断地前进他才能免于毙命。可当埃德发现艾丽斯无动于衷时，就没有继续这么亡命工作了。如今他也不再清楚这样做是否有用，还是她就是需要依照自己的安排来脱离精神错乱的状态。他认识一些夫妻，麻烦事拉近了两人的距离，可他们的情形却相反。他俩都对此心知肚明，却又无计可施，所以只能一天天这样过下去；就算彼此拼得鱼死网破，也不愿同舟共济地过日子。

埃德驾着车勉强从普锐斯和沃尔沃中间穿过，在工作日去五金店的路都会这么拥挤，太奇怪了。通常在家务成堆的周六，去五金店买东西是最让人喜欢的差事，可安排在倒垃圾与理发之间完成，而现在他只是需要买东西的时候才去了。这就是他打发空闲时间的方法，本不必虚度，但他就是没法找到可以让自己专心致志的事情。至于在地方医院做志愿者、加入退休组织无偿帮忙收税、或是去高中代课之类的事情，他并不热衷。大概他受够了自己的碌碌无为，可事实却是，即便这么早就退休，他仍旧是精力充沛。埃德每周都看招聘广告，却找不到吸引自己的工作。他不想落到麦当劳点餐员的地步，尽管他知道不少人做过而且很喜欢这份工作；就像人们说，管理和生产还是相差甚远的。由于这事儿一直没着落，他只得每天中午都忙着自导自演的差事了。

埃德徘徊在五金店的货架之间，时不时地举着放大镜仔细检查莫莉螺栓、斟酌购买大罐的“三合一”是否更为合算。即便如此，他拿完自己所需的东西也只花了几分钟而已。正当他顺着货架之间的小道前去结账时，突然发现了宠物用品。

只见荧光项圈和尼龙项圈分为粉、紫、蓝、黑四色；还有宽度各异的项圈、传统狗链，以及看上去像小型缰绳的东西。他们一直都用晾衣绳在遛狗，也许至少也该给它买套项圈和牵引皮带。埃德琢磨着，他们只不过是在物归原主之前得继续养着它，而给它买一套合适的牵引用具，并不意味着如果他们找不到它的主人，它就要继续留在家中。

埃德在供选的牵引带和项圈一带伫立良久，最终一个售货员注意到他：“需要什么帮助吗？”这个店员说这话的声调，听着就像她看到自己小孩伸手去拿麦片时发出的一样。她大概是在孩子上学时才来这里工作的，现在正是“母亲兼职时刻”。可男人们都到哪里去了呢？五金店什么时候变成女人的天下了？

“不用，我自己找。”

埃德看到，有些项圈上的图案是方格条纹、有些则是小爪子印儿；有装饰着金属钮扣的素色皮质项圈，还有带着尖钉、挺有男子气概的项圈。

“您是在找训练专用项圈，还是只要能挂上名牌的就行？”店员边说着，手指仿佛弹琴似的，顺着挂在塑料钩上的一排项圈拂指而过，使它们晃动得此起彼伏，就像彩虹色的窗帘。

“在找到饲主之前暂时养着而已，所以我想不用挂什么名牌了，也肯定不会去训练它。我就需要拿来遛狗的玩意儿。”

女售货员将手指放在嘴边仔细想了想，接着取下一个净红色尼龙项圈说：“这个就挺好，也不贵。而且这些牵引带都是打特价的。”紧接着，她就走过去招呼一个手握购物清单的女人了。

埃德盯着这些项圈又看了一阵子，放回红色的，选了一个黑色卷边项圈，还找到一根相称的黑色尼龙牵引带——这狗不管从哪儿来的，绝不适合戴红色项圈。接着，埃德从货架上取下了一把狗毛刷，上面介绍这是长毛和双层被毛品种专用的。艾丽斯已经用她自己的旧发刷把狗身上的结团杂毛理顺了，她自己却还是那种把头发绑起来扭成圆形发髻、稀疏的刘海沿着脸边铺散的发型。就这样，漫不经心的埃德想起那些美好的夜晚，当艾丽斯从发髻上拔出发夹，秀发便顺直而下；两人求爱时，她也是这般长发如瀑，亲吻时会像撩动窗纱似的拂开发丝……而如今这一幕却久未再现，恍若隔世一般。

后来，埃德又添上了个形似消防栓的发声玩具。

他回家时沿经穆迪河，但在快接近过去的手枪厂之前，他便转向驾驶了。两百年前修建的大坝截断了穆迪河，同时强使河水作为动力、发电供给工厂。正如埃德从波士顿往西迁移，在150年后的这个螺杆转动机床厂工作；艾丽斯从英国来的曾祖父当初也就是在这个工厂里干活的。每年下半年的这个时候，大概在秋分的前一天，炎热干燥的气候使得河流变浅，看着几乎都不像有水流在流淌了；水量少了，河水便在满是岩石的河床中分为两股支流。待到春回大地，融化的雪水作为补给，使得河面上升；但即使是在最适宜钓鱼的时候，激流的河水也是很危险的。不久，埃德就看到了老厂的废墟，以及提示转弯的信号灯。

马克想要走了，离开这个舒适的中途站，顺着它和贾丝汀来的方向走回家去，就肯定能找到她。只有两个地方能让它想到她：这里和家。但它还没有机会去选择自己要在哪里。艾丽斯和埃德，它每时每刻都和这两个人在一起，它被他们控制住了。

他们不明白它的根本请求。马克只想要他们把门大开，让贾丝汀进屋来。每当它走到门口，他们就会在它脖子上系根绳子，接着带着它绕着屋子周边散步。每一次埃德要出门，马克呜咽着想跟去，女人就会叫它回到自己身边坐着。她忙着自己的事务时，它从滑动门那儿向外望着空荡荡的后院，唯一的乐趣便是瞥见本地的猫在篱笆之间不停徘徊。这不是它的家，它也就不必费神去发出警告了。它住在这儿不是为了保护他们的领地，而是来作客的，所以它也会遵循客人的规矩：比如看到索然无味的狗粮被倒进碗里，它得表示出感激；比如被允许睡在沙发上的女人身边时，它得露出高兴的样子。她不是贾丝汀，但她在帮它按摩肚皮这事儿上倒是挺尽心尽力的。

男人不在家，她就会跟它说话；她描述着各种各样的东西，但马克并不觉得有什么特殊意义。她的语言同贾丝汀的有某些细微的差别，尽管用词听着很陌生，但音高与贾丝汀对自己说话时的相同，都比一般人对其他人说话时的声音更尖细更轻柔。人类都开口表达自己的需求，它猜想，这是因为他们的鼻子实在是不怎么灵光。

有一次它跟着她走进一间闻不到太多人类气息的卧室；家具上都附有一层清洁剂，就像贾丝汀做的那样，但去味又并不彻底，掩盖着另一个人的残余气味。马克嗅到，化学制剂中有一股挥之不去的过往气息，更像是属于那个人的物品的气味，而不是那个人本身的。如果她打开抽屉，它就能看到一张清晰的照片，一张这房间里不见了的那个人的照片。

正是在那时，它跟着她进了那间屋子后，她才说了唯一有含义的话。她用它懂得的字眼清楚地说道：“你出去。”

14. 老路散步

“戴上看看合不合适。”埃德双手拿着项圈递过去，狗便小跑过来使劲嗅了嗅。“坐下好吗？”狗坐下了，埃德便给系牢了黑色项圈。

“一定不要戴得太紧或太松。我们不知道没人拉着、它是不是还会跟着走，或者它会不会想要挣脱掉项圈。很明显的是，它曾经逃出来过。如果它在我遛狗时把项圈弄掉了，那得多难堪啊！”艾丽斯说着，拿起新刷子，将它脖子上的毛理顺以能盖住项圈，这样就不会显眼了。“试试牵引带吧。”

埃德有点不情愿地将牵引带递给了艾丽斯，她“咔哒”一声将带子上的挂扣套进项圈的铁环上，埃德拿过她手中的带子说：“我来带它出去。”

艾丽斯夺回牵引带。“不，我来，”她那口气听上去毫不客气，“我会带它去个更适合散步的地方。”

“去哪儿？”

“我想我得拿上一个塑料口袋，我可不想它弄脏邻居的院子。”

埃德从他们塞口袋的印花棉布套里抽出一个塑料购物袋，说：“我想最好还是暂时别用商店的环保购物袋了。”

狗的前脚不停踏地，就像在跳舞，摇晃的尾巴传递着想出去散步的期望。它的目光不停地游移在二人之间，就像个毛茸茸的小小边线裁判员。

“它的力气还有点儿大，那带子恐怕牵不住，你不想被它拽倒在街上吧？”

“我拽得住它。”艾丽斯将带子剩下的部分抓进手中。

“路上小心，天黑得比较早。”

“我不会去太久的。”

埃德再次问道：“那你去哪儿呢？”

艾丽斯知道他的用意，他在制止她、质疑她的做决定的能力。“去那条老路。”

老路历史悠久，以他们那里的一条死路为起点，而它的名字“古道”由此而来。这条路穿过一英里左右的树林，通向岩石密布的穆迪河岸，沿着悬崖顶上蜿蜒，又顺着河流、直到在老手枪厂的废墟处结束。在那儿有一道台阶顺着陡坡往下到达占地四分之一亩的贮水池，穆迪河水就曾在这里用来发电。艾丽斯和埃德曾在那条路上谈情说爱，他们一边手牵着手憧憬着两人的未来，一边走进曾有一座人行桥的地方，现在那儿却只剩下两个相对着的石墩、被春季从大坝倾泻而下的瀑布般的河水隔开了。光滑的岩石是最适合捕捉那些被保护委员会储藏于大坝贮水池中的鳟鱼的地方，而埃德也正是在那儿教会斯黛西捉鱼的，他们最常练习的是“抓住就放”的动作。斯黛西和埃德一样，更喜欢猎杀，但坦白的说，这个家里没有人真的那么喜欢吃淡水鱼。夏天快结束时，他和斯黛西晚饭后会拿上竿子顺着那条路走到南边的桥墩上，将钓线垂放到河中，美其名曰“钓鱼”。每年的那个时候，穆迪河水不再浩浩汤汤地漫过大坝，而是经由古代闸门和缓地流走，所以他们可能需要一前一后地沿着大坝狭窄的边缘走到北边的桥墩去，传说那里有长大了的鳟鱼。埃德会一直把住走在前面的斯黛西的肩膀，反反复复地警告她绝对不要独自去那里，永远不要。

因为那条路的分支也通向艾丽斯母亲的家，他们曾让斯黛西由此去拜访外婆，这样她就完全不必过马路了，也应该不会有什么危险。

“还有什么地方能带着它去吗？”

“可是为什么非去那儿呢？”

“别的地方的话，我就得开车去，那就太可笑了。此外，我不会一路走到尽头的。”她是指不会一路走到贮水池去，也就不会走到那个地方。

七年了，老路之伤依然萦绕心头。埃德倒在厨房的椅子上，那份冷酷的回忆犹如泰山压顶般侵袭而来。

埃德急匆匆地找遍了老路，徒然唤着斯黛西的名字，却只听得自己的声音在新披绿妆的树林中回荡，响彻在静寂池塘那同样静寂的水面上。没有看到她曾来过的痕迹，压在埃德心中的石头这才终于落了地。他跑回了家，想着女儿一定是去找外婆了、根本没走过这条路。

狗放弃了寄托于牵引带上的希望，将头枕在了埃德的膝盖上。“我想它该去好好散散步了。”埃德背对着艾丽斯，可她还是看出了他为自己的回忆所伤。他抚摸着狗的脑袋，不让她看到自己的脸。

艾丽斯将牵引带递给埃德：“你想带它出去吗？”

埃德摇摇头说：“我忘了买招贴纸板，用来做‘失狗启示’的那种。”

“那没关系。这事儿不用着急，是吗？”

“它的主人可能一直在找它。你不认为他会惊慌失措吗？”

“它注定会被找到的话，总能回到主人身边的。”

这个地方让马克想到了“去-公-园-玩”。高大的树上栖息着松鼠，迷人的洞穴里藏着潜伏地下的坏家伙。这个气息，噢！这股原始树林的气息对于一只狗来说早就和他祖先理解的意义相悖了。贾丝汀会在耳边低声激励它说：“抓住它！”然后在它失手时大笑。这个游戏他们百玩不厌。

而今天，艾丽斯，这个它新认识的女人，用牵引带拴着它，带它到了这块同样生机盎然的自然一隅。在啮齿动物的气息之上的，是令它喜闻乐见的气味——其他狗的气味。它呼吸着各种各样品种的狗的标志性气息，显然它们都认为这块地方是自己的领土，于是它便用自己的尿液掩盖住其他狗留下的标记。这次完美出行中唯一令它扫兴的地方，是艾丽斯不会取下牵引带让它自己乱跑。牵引带的另一头被她紧握不放，她不断轻声喋喋不休；而马克则把她的话理解为不要让她摔跤的请求，好像它以前这样做过似的。马克天生就知道别去拉带子；从最初的训练开始，它就紧随主人身边，它的长鼻子会正好在主人的膝盖后弯的地方。贾丝汀相信它很有天赋。可能是吧，但它也有喜乐蒂牧羊犬那倾向于服从的特性、以及出众的举止端庄的意识。它一向以自己是个完美的绅士而自豪，因此便毫无怨言地紧跟着这个新认识的女人艾丽斯。它安之若素地接受了她的约束；它听着她说自己是个多么听话的好孩子的声音，并喜悦地抬头看着她。它用牧羊犬的眼睛注视着她的，正如听话的牧羊犬会捕捉她的目光，它瞥见了她眼中所表达的信息。她没有避开它的注视，而是透过它的眼睛看得更深。这次对视使他们之间建立起一丝细微的关联、或者说伙伴关系。艾丽斯抚摸它的鼻口，接着将其抬起来靠着自己的脸，就像贾丝汀有时会做的一样。而这个女人还流下了眼泪。显然，艾丽斯就和贾丝汀一样，都需要它，于是它舔了这股咸咸的泪水，以示安慰。

15. 寻找亚迪

迈步走在波士顿的步道上时，我感到自己就像航海四年之后终于抵港的捕鲸人。走出巴士终点站，我为眼前的景象惊讶不已：清晨车流的喧嚣与骚动，行人们争前恐后地涌向办公楼和商店。我把去新贝德福德的车票放进后兜里，刚好还有四十五分钟的时间去找那个仓库和亚迪。即便找不到他，至少也能为我提供一条他可能在哪儿的线索。我已经判定他还在波士顿，他实在不可能就这样掉头回到西部。他会需要另一份工作、另一车需要运往密西西比的货物，而那必定要耗很多时间，正好让我有足够的时间去追上他。

我逆着人流、背对着市中心，往仓库所在的街道走去。我很幸运，那儿真的离南站相当的近，但也不是太近；我仍然要走上一段路，经过一座桥，顺着无人居住的小巷下行，巷子两侧是没有窗户的仓库。我能在桥上看到州际公路上水泄不通的车辆试图挤进城市下方的隧道。头顶上，喷气式飞机几乎不间断地往来于洛根飞机场。一架交通直升机在城市上空绕了一个大弯，搜寻交通事故。我居住过的城市遍及布鲁克林、路易斯维尔和洛杉矶等，但我总认为波士顿是最好的。我想每个在马萨诸塞州东部长大的人也与我看法相同。我把旅行包甩向背后，接着加快了脚步——沉溺于怀旧之情只会浪费我的时间。

到我真正抵达仓库所在的大街时，还剩下大约十五分钟的时间去找出亚迪了。只见相对而建的两座长长的仓库里，至少有十二辆准备卸货的拖车；一些人驾驶叉车将货物塞满空旷的仓库分隔间，另一些人则负责监视他们的完成情况。这一行拖车排列得如此笔直，如果我站在恰当的位置上看，会觉得只有一辆而已。然而，它们都没有与可挂拖车的卡车相连接，我必须去卡车停车场，才能找到亚迪的暗绿色驾驶舱。我没法去找了；如果我遵守赶上今天上午到新贝德福德的巴士的那个诺言，那么剩下的时间已不多了。可我必须找到亚迪，我的心脏实在被这种迫切挤压得难受极了。

"迷路了？"

我转身看到一个身穿灰色制服的大个头黑人，他的上衣口袋上缝着一枚黄黑二色的安全徽章；他的揣着警棍的皮套扎在皮带上，皮带勒着腰，使得肚子在皮带上下两方都鼓突了出来。他长着一副投机取巧、监守自盗的样子。

"我在找人。"

"你必须去办公室登记。"

"我没有看到什么办公室。"

他从套子里抽出警棍，接着像教授使用教鞭一样挥舞起来，好像他的指尖已经不够用了似的。"就在那边，第三个门，有张大提示牌的地方。会有人帮你的忙的。"

"好的，十分感谢。"

"不用谢。"

就在我一步步迈向目的地时，发觉他还在继续观察着。且假定他那是确保我能找到，并且一路上不会在他眼皮底下搞破坏罢；或许他也只是在欣赏我的臀部而已。不管如何，我很高兴能找到那个开着门的办公室，果然不出所料，没人恰好会在那里坐等着来帮助我。

我仔细看了看印在两扇复式门上的公司名称，一排文字中有一些家族姓氏，但大多数是我闻所未闻的公司名称。我努力将“拉-马”或者“迪-赖特-利”当作是雇佣亚迪运货的公司的名字。他拖运的是一批种子，我最后只能想起这么多了。也许这堆更像是花朵名字中的其中一个是他给卡车补货的地方。要不这些是农艺的名字，难道这里有什么农民吗？……我的脑子在和转瞬即逝的灵感竞赛，有了这些线索我就有机会找到亚迪的下落了。我开始沿着传送带找，掠过那些滑动垫木上压缩打包的货物。我要找的可能是一辆挂有“科罗拉多”、“华盛顿”或者“爱荷华”车牌的拖车。我找遍了那里的所有工人，问他们是否认识亚迪·施密特。“昨晚有个从华盛顿州开车来的人在这儿停车吗？”他们走进一个又一个好似洞穴的地方，向其他的人打听着，还彼此交换他们的黄色安全帽，但却没有一个人听说过亚迪·施密特，也没有人见过一只狗。

我沿着其中一座仓库一路找过去，才发现每一座建筑其实都是两面的；另一列阵队的拖车就聚集在另外一边。当我走到队伍的末端，我看到了之前见过的那个警卫，而他却并没有对我露出笑脸。

“找到经理没有？”警卫站在地上，抬头望着站在装卸平台上的我。

“没找到，我也没时间等他回办公室了。”

“那等你有时间了，再去办公室登记好了。访客只有经过批准才能进来。”从高处看下去，他就不那么可怕了。

“你觉得我看着像会去偷走一批机器零件的人吗？”我真的是受够了。过去的一天一夜里我所经受的挫折感觉就像肠子里有一根橡皮筋，它越变越紧、越来越疼，下一秒钟可能就会断掉，而后果如何我可负不了责。因此，这个大个儿必须得给我让路。“我在找亚迪·施密特，他是个贼，偷走了我的狗，所以我现在就得找到他。”

这个警卫的岁数比起初看上去要大些，因为当他将视线转移至地面时，头上的那小块圆形秃顶便昭然若揭。他抬头问我：“要报案吗？”

“那会花多长时间呢？我得赶上到新贝德福德的巴士，车就在……”我看着手表，肠子里的那根橡皮筋又是一拧，“还有十五分钟就要开走啦！”

“还有十分钟。我会让人送你去南站的。”

这辈子的遭遇逐渐使我懂得了一个道理，那便是“时间不等人”。那辆车不会因为我要报案去抓一个永远都找不到的人而停下来；我不知道车票能否在别的时间使用，但我确信，如果中午都还没到家，我只能对阿黛尔的勃然大怒忍气吞声。“报了案就能抓住他了吗？”

警卫耸耸肩说：“只是起了个头而已。这是我唯一能做的了。”

“好吧。”我下了水泥台阶走到地上，现在警卫就比我高了。二人一同走向他的办公室时，我感到自己就像个俘虏一样。一路上我向他说了自己的经历：从自己怎么样被甩下不管，到亚迪带着我的狗驾车离去；从我要尽力赶在父亲去世前回到新贝德福德，到找回狗后誓将亚迪大卸八块……他听着我的叙述，一进办公室，还没来得及拿出登记表，他便很快打电话叫了辆出租车、以便飞速送我回南站。

“写下名字、地址和手机号码，或者我们能联系到你的电话号码也行，”他办事速战速决、毫不拖沓，“被偷的狗值多少钱？”

马克的价值怎么可以估定呢？对我来说它多重要啊。它也许来自“幼犬滥育场”[①]，但也是我的全部。“一万美金。”我说，但这话的本意是，

① Puppy-mill，有时也叫做Puppy farm，是惟利是图的不法分子专门用以繁殖动物的地方。

它是无价的。就算出价一百万我也不会卖掉它，然而如果我不将它的价值夸大，以引起他这个整日坐在警卫间的家伙的兴趣，我怎么能确信他会认真办事?

这个警卫直视着我的眼睛、掂量着我的夸大之词，问："你收到勒索信了吗?"

"没有。"我开始解释说，我认为亚迪不会那么打算、却又中途收手。如果这确凿无疑是件偷狗案子，那么当局可能会来插手的，这就不好办了。"我一直在坐车赶路，那么他怎么能发来勒索信呢?"

"那好吧。他的名字、地址和卡车型号？那是一辆带拖车的卡车吗?"警卫向我提出了他的满腹疑问，而我却都回答不了，令自己听上去就像个傻瓜。我可以告诉他那家伙喜欢骆驼牌香烟、他还像喝橘子汁儿那样贪饮红牛饮料、比起金发女郎他更喜欢红发姑娘，以及他没揽运输的活儿时便会光顾凯蒂·凯恩的酒馆、吹嘘自己的那一拨前妻……不，我不知道他的代理人是谁；要是早知道，我就有办法找到亚迪了。我心里想到这些，却没有说出来。我需要这个人的帮助，因此此时显得咄咄逼人对自己没有任何好处。

出租车到了，于是我伸手去找口袋里自己仅剩的那10块钱，对警卫说："你有我的电话号码，即便是你认为不重要的事，也请务必联系我。"

"我还能为你多做一件事。我会去找那些卡车司机聊天，他们可能会知道些什么，也许还能帮得上忙。他们一天到晚都通过民用波段对讲机跟其他人讲话，要是他们发现了他，也就能拦住他。"

听他这么一说，我肠子里纠缠着的那根橡皮筋霎时突然断掉了——为何之前我没有让哪个卡车司机那样做呢？亚迪时不时地会在民用波段上啊，要是我之前就想起来了该多好！“他有名字，是个代号。他跟其他司机说话时，管自己叫‘车震高手’。”我为自己大声说出这话感到十分困窘。亚迪不肯说他怎么会有这样一个绰号的，只是不怀好意地看着我，暗示其本意是多么的猥亵。

“这会帮上忙的。”

离巴士出发还剩三分钟了。

这次我独自一人、没有好奇的同座了，也就不会被问及关于我生活的无关痛痒却又颇为挑战的问题。

与安东尼离别时，我真的以为他会追来，会跟我道歉、接着言归于好。可他并没有那样，也就证明了我的决定让他得到了解脱。我想他起码会要求儿子归他，可相反，他为自己能在二十三岁时躲过身为人父的责任而松了一口气。或许当初是意外怀孕，可我绝不会后悔有了这个孩子；或许两人是被迫结婚——在我继母看来，则正好应验了她的险恶预言——可我想要让它变得更好。然而，当无爱变成了背叛，我的解答，就是他走他的阳关道、我过我的独木桥。

当年离家出走，我只拿了50块钱和一个手提箱；而离开安东尼时，我却有1000美金和我们的车。我带着托尼驾车离开，小手提箱里装满了他那些小小的衣物，旅行袋中有我的必需品。

我们的车顺着95号州际公路南行，一路上托尼和我都在高歌。我们唱了芝麻街主题曲、唱了拉菲的儿歌、还唱了傻乎乎的自编调子，我这么做只是为了让他无法向我提问。我们上路了，要去冒险、去书写我生命中的新篇章了。

“爹地在哪儿呢？”托尼正坐在车后排他自己的专属位子上，玩着我在便利店的休息站里买的磁性拼图。

我已经为这个不可逃避的问题演练过答案了：“爹地让我们去航海，就像旧时的捕鲸人那样。我们离家就是为了自谋出路啦。”

“出路是什么？”他口齿不清地说着这个词儿，使它听上去就像“出肚”。我笑了，却被自己的唾液给呛住。我笑，是因为如果不这样，我会哭出声来。

16. 抵达家门

当我还是个在厨房餐桌上做作业的小孩儿时，阿黛尔会走到我身后，将一只手指使劲儿摁进我的脊梁骨，迫使我乖乖看着自己写的答案。

“你是要把这些一塌糊涂的东西交上去吗？”

我看着纸上的数学作业，上面到处可见的灰色污迹，是我那支快拿不住的铅笔头上的那块极不好使的橡皮擦留下的；由此可见我面对这些个题目时是多么的垂死挣扎了。

“不能写得整齐干净，就用草稿纸来做题。”

她却从未表示能帮我想想怎么解答算术题。

我时常感到奇怪，当她用手指戳我或者推搡着要我回自己房间待着的时候，父亲又到哪里去了。时常她惩罚我，就因为我没拧紧花生酱的瓶盖、或没包好面包的包装纸；时常她责打我，就因为我对她提出的某些要求或疑问的回应，在她看来是粗鲁无礼的。她会说：“我不许你这么放肆。”我知道鲁莽的言行是通往堕落的罪孽。要是她带我去忏悔，我会坦白的。我相信保罗从没有遭受过任何这样的殴打和辱骂，这绝非瞎说、也不是记错了。他可以飞快地奔进厨房，接着又慌忙地跑出去，可能是去做什么训练或游戏、或是要去与他那些朋友碰面。他可以就这样让瓶子敞开着、面包像根舌头一样露出了包装纸。没人要求他坐在厨房的餐桌上写作业；他有在自己屋里完成作业的特权。而对于他的功课，他母亲做过的唯一表态，便是轻声地敲门、提醒他别熬夜太晚。我知道他并没有用蜡烛烧作业本；但他却在做其他的事，我能透过以前的那个衣橱房间薄薄的墙壁听到。

我不知道保罗今天是否会在场。当富矿巴士驶近新贝德福德的交运中心，我注意到自己双手在轻微地颤抖。我很紧张，因为我与那些人——我的家人——已经很多年未见，甚至都可能认不出谁是保罗。最后一次见他大概在十年前，我真想不起来他的模样了。他结婚时我回来过，当时我收到了请柬，也深信他们一定为了该不该在我身上浪费这张请柬而争论得不可开交。保罗和我彼此从未联系过，我也知道那次邀请只是出于礼节，很可能就是那位可怜的新娘愚蠢地坚持一定要寄给我的；她也许怀着个惊人的婚前期望——自己的一番好意能够弥合这个家庭出现的裂痕。我心口不一地在那张“请回复”的小卡片上言简意赅地写上“好，一定出席”，并把它寄给新娘的母亲，而又怀疑她根本不清楚贾丝汀·米德到底是谁。离开安东尼之后的几年中，我恢复了自己的娘家姓，还将托尼的姓也改成了“米德”，以作为更进一步的反抗。他还太小，所以改姓对他来说似乎不足为奇，好比换了另一所学校、换了另一群邻居，都是一蹴而就的事罢了。

或许这些都是发生在十八年前的事了。时光恰如白驹过隙、一日千里，回顾往昔，几十载已渺无踪影。

最后的十块钱被花在波士顿的那辆出租车上了；我把旅行包挂在肩上，索性以步代车。我沿着面饼坡倾斜而上——这是新贝德福德以鹅卵石和捕鲸博物馆著称的街道。接着努力沿着195路前进，去镇子的另外一边，那里有两层和三层公寓，建筑于这座城市发展工业、街道两旁建造住宅的年代。在这秋高气爽的九月里，如丝如缕的云纱飘浮于西南方的天穹上，指示着二十四小时内的风云变幻。这么好的天气适合散步，如果我的狗就在身边，它会希望和我一同去公园；在那儿我就能松开它的牵引带，远远地抛出网球并让它捡回来。旅行包里还真有个网球，我随身携带着，就是怕新贝德福德没有这玩意儿；而如今呢，球还在，狗却没了。那个名叫特罗伊的警卫告诉我民用波段、以及那帮司机将放出话去的事，使我有了希望，而现在已经黯然褪色、化作自己更加熟悉的绝望之感；毕竟我不是个极易将希望寄托于魔法的小孩，而是一个生命中几乎毫无奇迹的成年人了。那种试图靠卡车运输队的司机帮我找到亚迪的想法实在太过牵强了，凭什么这帮穿越美洲大陆的司机就要来在意我这只被偷走的狗呢？于是，我将“骑兵来救驾”的画面从脑海中抹去了。

终于走到劳顿和格林大街的拐角处，半个街区之外就是伴我成长的那幢房子了。我能看到仍旧属于我爸爸的那座三层公寓赫然俯瞰着旁边的牧场式独户住宅——也就是我们勉强将就着住了八年的那栋房子。现如今阿黛尔和父亲该称心如意了，毕竟那房子就只适合二人世界。进屋之前，我掏出手机，打给了桑德拉。

桑德拉说话时，周围死寂一片，听上去很不妙——没有犬吠声了。“我已经把这件事公布到网上了，还联系了从辛辛那提到波士顿一带所有我能找到的喜乐蒂援救者。你那儿没什么消息吗？你到哪儿了呢？”

“没什么消息。我就快到家了。”

“把注意力放在你父亲身上，其他的别想太多。我们会继续找的。你还需要什么吗？”

“只要找到马克就好。”

“我们会一直为你祈祷的。”就在这时，电话那头满是那群被桑德拉放进屋来的狗狗们喜悦的吠声。

在我的记忆中，在这之前还从没有人为我祈祷过。我感动得热泪盈眶，但不想让他们也跟着情绪低落。我不能让他们帮助我，因为他们一旦参与进来，也许就无法脱身了。

即便强忍积郁、哽咽难言，我还是振作地走进了那个街区，面对自己儿时的家。房子还是那种一如既往的胶白色，只是而今沉积了数十载的街道尘土、已变得肮脏不堪。位于两扇塑制百叶窗之间的，是客厅的落地窗，透过它能向外看到街道和邻居们的家；事实上，周围没什么好景致，不值得装上这么大的窗户，而为了不让邻居们看到屋里，还不得不遮上定做的百褶帘。种在房底的矮丛已长成了灌木，只是参差披拂、需要彻底修剪。“乱七八糟”——这个词再贴切不过，对此我有点惊讶——阿黛尔是个讲究家居的女人，可这个地方看上去就像无人照管似的，并不只是好几年没清除杂草那么简单。我急欲知道父亲到底病了多久。

我不清楚该从哪个门进去：是该登上三步水泥台阶走到前门，再像客人那样摁响门铃呢？还是该穿过只容一辆车的车库，打开侧门，像个家人那样大喊“我回来了！”呢？结果阿黛尔发现了我，便打开前门、再推开吱嘎作响的铁网纱门，然后瞪着我说：“拖了这么久才到，进来吧。”

直到这时，我才觉得自己的确到家了。

17. 父女相见

“在垫子上把你的鞋蹭干净，我才弄干净毯子，可别踩脏了。”进了前门便直通客厅，然而眼前的景象与我记忆中的白墙和殖民地风格的仿制家具截然不同：其中三面墙被刷成淡粉色，而第四面墙——在房子的另一端，也是最窄的一面——作为特别用以突出的墙，被涂成古怪的柿色。家具都是新式的；沙发和座椅上都有软坐垫，大得能把坐上去的小孩儿给没进去。客厅里我唯一能认出来的东西，便是那个老式橡木餐具柜；放在这座房子的用餐区会显得过大，可在以前我母亲的房子里，它与餐厅却相得益彰。餐具柜就靠在柿色墙前，柜面陈列着一组嵌在厚重相框里的照片。即使隔了这么远，我也能看到所有图像都是保罗的孩子们的。看上去他像是生了一打，但我认出始终就是那两个，只是被一次次地复制到了生命中的不同阶段——婴儿时期、幼儿时期、上小学的时候，还有初中毕业时的照片。没有托尼的，也许我从来不曾寄回来罢。

阿黛尔站在通往厨房的拱门那儿，一直在等我。

“我可以把我的东西放到我房里去吗？”

阿黛尔惊诧地看着我，仿佛我在向她开口要钱：“我认为你该去住旅馆，我们可没多的房间。我之前没暗示……”

“我没钱住旅馆。”

她只是置若罔闻。

我扔下旅行包，也不管自己风尘仆仆、蓬头垢面，就一屁股坐在她那张乳白色的沙发上。我想问为何不能住在保罗的房间，因为我知道自己曾经的蜗居在很久以前就被改成了衣帽间、恢复了它最初被设计出来的功能。我决定还是暂且不论这个问题，还有个重要得多的问题没问：“爸爸在哪里？”

我的继母瞠视着我，说：“这会儿保罗在房里陪着他，等他出来了你再进去。”

“我现在就要进去。为了来看他，我可奔波了两千英里。”

“你就给我在这儿等着。”

为了来这里看父亲，我遭遇了该死的折磨，难道要这样被这个女人用九个字给挡回去吗？“给我一个我不能进去的正当理由，他可是我的父亲。”

“屋里人太多，他会烦躁不安。”

“是在说你自己吧。”我转身穿过客厅，来到通往两间卧室的短廊。即便我很愤怒，进入短廊之前仍停下来，站在拱门里听其中一间屋里传出的说话声。我发现父亲根本不在他自己的房内，而是在保罗以前的屋里。声音不是人发出的，而出自一个电视节目，那种录制的笑声泄露了这一点。我为了听清而靠得更近了。要是保罗在里面的话，那他什么都没有说。接着，我听到他俩咯咯咯的笑声；不管屏幕上放映的是什么，他们都是在分享快乐，这使我生出一丝儿时的嫉妒来。

为什么最先进去的是他这个继子呢？噢，也是，我知道原因——因为他的继父总把他当做儿子——即便不是亲生，也是他的宝贝。如果保罗是只狼崽，而我父亲是领头羊，那么后者便会保证保罗吃到最肥美的羊肉；假如我们的船在下沉，而船上只有一个救生圈，也不难知道谁将能生还。这太不寻常了，年轻男人们不是该憎恶他们的继父吗？我想，当一位继父像待亲生儿子一样对待继子，那么后者就不必心怀怨恨了。又传来一阵笑声。我沿着走廊走过去，推开了卧室的门。

由于电视就靠在门这边的墙上，我进屋时，正好与两人打了个照面。同时看到他们俩，我被吓了一跳。我知道在自己的想象中，我会看到的父亲应是个垂死之人，但我更为看到保罗而震惊。他身材魁梧、过早谢顶，穿着一件有些年头的布里奇沃特州立学院的运动衫。在我们伫凝视彼此之时，有那么一个短暂而心照不宣的时刻，三人都努力使此时此地的我们与记忆中的那三位和解。

父亲先开了口："是贾丝汀？你来啦。"听着像他感到不可思议。

"我几分钟前就到这儿了，"我无法靠近他，因为保罗的身躯甚至占据了单人床旁边的空间，都快靠到墙和书桌那儿去了。"阿黛尔没告诉你我会来吗？"

"没有。我想她是要给我个惊喜吧。"

更像是她不想让他因没看到我而失望，才这么做的吧，我想。

"那么好了，我现在在这儿了。"我向床靠近了一步，保罗领会到我的意图，站起身来，奋力将自己挤出床和书桌之间的通道。

"嘿，贾丝蒂[1]，能见到你真好。"他张开双臂，出人意料地将我搂进怀中。他口中的昵称使我想起，他曾嘲笑我是"大咪咪贾丝蒂"——那时青春期就像个人体入侵者[2]那样控制了我的身体。即便我现在已是四十不惑之年，但这对宝贝还是值得一看的。

① Justy，Justine的昵称。

② Invasion of the Body Snatchers，《人体入侵者》是一部1956年出品的科幻电影，讲外星人复制小镇居民，逐渐控制全城。

“是啊，我见到你也一样。”我为他的言行感到吃惊，也希望自己的惊讶没有写在脸上，但他显然看得出来。

“我妻子的厨艺实在是太棒了。”他明显在解释为何他这个曾经的运动健将变成了个大胖子。

一旦保罗走出卧室，我便与父亲独处一室了，这还是几十年来的第一次。有那么一会儿两人都沉默不语，而又对此泰然自若。我并不只是因为他时日不多了才回来看他，而是因为过去他曾是那样一个残忍的人——他未能像个父亲那样爱我，他在这个不公平的家庭中无法公平地对待我，他在我最需要他的时候无法与那个女人对抗、哪怕只有一次。我走到床边，只见他坐起身来、薄毯不偏不倚地盖住了下体，写有“父亲知我心”的睡衣利索地穿在身上。床头柜上放着一杯水，旁边是一份折叠整齐的报纸。电视上大声播放着一个成人纸尿裤的广告，父亲指着屏幕，对我说：“我现在就穿着那个。难以置信吧？就像个奶娃儿一样。”

我不知道自己想从他那里得到什么，这个对阿黛尔唯命是从的父亲现如今已是病骨支离。我坐在床边的椅子上，等着他说些我想听到的话。我想要什么呢？要他临终忏悔自己曾经的过错吗？我想要他告诉我说，他错就错在不曾支持过我，错在听信了谎言、认为我把一切搞杂了。难道血浓于水是假的吗？

我太想听他认错，不由自主地颤抖起来。我得要他对我道歉。

父亲一言未发。他在打吗啡点滴，而我则再次因为他的缄默而没再继续追究下去。

18. 冷眼相待

阿黛尔坐在厨房的椅子上，保罗已经离去。她什么也没对我说。在病房与厨房的两度冷遇令我想到，自己若是不离开、这个家里将无人做声。可我哪里都不会去，她让我回来我照办了，那她最好能给我消停下来。我为此已经丢掉了我的狗，所以难以接受他们的冷眼相待。

我丢了我的狗，我的马克。这个念想接二连三地向我袭来，而且愈发地变本加厉。

“有金枪鱼吗？”我突然意识到自己真饿极了，就不打算恭候她主动想起该招待我吃点什么了。

阿黛尔抬起头、不再研究旧桌布上的图案，说：“有啊，在橱柜里。”

我暂没动静，只是看着她。我难以承认眼前的这个陌生人，就是那个把我折磨得苦不堪言、害我小小年纪便逃离家门的人，还是那个逼得我别无选择、只能尽早自食其力的人。她吃力地用尖利的指甲勾画着各种花的纹样，我该为她感到难过吗？她仍旧是我父亲的妻子，一直都在照顾着他、在某种程度上也还爱着他。她没有看我，也没有跟我说话；我不知道她是在等我向她发问呢，还是她如此专心地想自己的事情、才会忘记我一直站着没动了。我看着阿黛尔，现在的她是一个即将守寡的老妇。她曾拥有傲然挺立的身姿、还像“西方坏女巫”[①]般瘦削，而此刻眼前的这位却像

① Wicked Witch of the West，是美国作家李曼·法兰克·鲍姆（L. Frank Baum）所写的经典童话《绿野仙踪》中的一个反面角色，长相丑陋、心地狠毒。

个弯腰驼背、腹部坠胀的老年贵妇。她那满头白发中夹杂着褪色的金丝；手上的皮肤皱巴巴的，就像先被揉成一团、接着再被拉平的纸张。我试图回想她的年纪，震惊地想起她至少得七十五岁了。她来到我的生命中已经三十多年。我想起自己还是个孩子的时候，曾抱有她最终能够离开的希望，或者父亲会最终醒悟过来、带着我离去。

此刻她看着我了。“唷，你是准备一直站在那儿，还是要去给咱们俩做顿午饭？”

我大笑出声来，这种解脱的感觉真不可思议。阿黛尔始终还是那个阿黛尔。

在我做金枪鱼三明治时，不管是蛋黄酱的分量、还是切三明治的方法，她都要指手画脚一番；而我置之不理，还是按照自己的习惯放入了很多胡椒粉。我用盘子装好三明治，找到一包开了封的薯片，接着使劲拉开老式的暗绿色冰箱，搜寻可以喝的东西。第一层搁架上塞满了某种巧克力或香草味的蛋白饮料，毫无胃口的人喝了这个一定能获取热量。我砰地一声关上冰箱门，然后接了两杯自来水。

要是一个人总把另一个视为眼中钉肉中刺、要置之死地才能后快，这两位怎能在一块儿谈天说地呢？难道我是这么一个被扫地出门的可怜虫，她都没法下决心与我交流吗？我怀疑她其实只是难以开口谈到我父亲、或者告诉我发生了什么事。她给我打了电话、把我叫回了家，而我来了却又对我无话可说吗？

看来该由我来掌握主动权了：“他会睡上多久？”

“不知道。”

“他觉得痛苦吗？”

“有时候是。”她看着我，好像我问的是最隐私的问题似的。这个干瘪的苹果小人[①]所传达的敌意没有以前那么可怕了；我十几岁时，她曾对着我翻白眼，那模样看上去既犀利又恐怖，比她捉住我裸露的手臂、将指甲剜进我的肉中有过之而不及。“吗啡起作用就好了。”

我和她都认为两人的交谈点到为止、再多无益。所以我们吃饭时各自沉默，只有那包薯片在彼此间往来。

我的手机响了起来，铃声吓住了两个人。我迅速一瞥，只见是未知号码，于是紧张得心跳加速。是617的区号，波士顿的。是特罗伊。

“没人见过什么狗，但有俩伙计认出了那个‘车震高手’的代号。”特罗伊言而有信，他与各地的卡车司机交谈、问及跟亚迪·施密特一块儿的那只狗的事情。即便没有人见到过马克，我也该知足了，起码还知道亚迪和他的公路代号。

“谢谢你这么尽力。”他肯定能从我的声音中听出失望的意思。

“卡车司机们对那些欺负女人或动物的人没什么好感。是的，他们不喜欢。消息传出去了，他死定了。”他说这话时，声音像个牛仔似地模糊不清，使我想到他的断言并不属实。我很难相信这些拼命工作的司机会对我的麻烦这么上心。

可我的确很感激他这番安慰的话，也如实将自己的感受传达给了他，同时在心里琢磨着这个陌生人为何会为我做这些。实在想不透，我便直接问他原因。

“因为我也养狗，夫人。要是谁敢把它偷走，我会宰了那个王八蛋！

① apple doll，北美洲的一种文化现象，把苹果削皮，刻上人脸，然后风干。因为做出来的小人的脸满是褶皱，所以最后会做成老婆婆的样子，也叫apple head dolls。

抱歉，我说了粗话。”

“不必道歉。假如我能追上亚迪，这也正是我想要做的。”

说着，我俩都笑了几声——强颜欢笑之后，往往承接着辛酸的泪水。

阿黛尔进父亲房间去查看他的情况时，我清洗了午餐餐盘。这些康宁牌的盘子，正是我儿时用来作为日常餐具的那套；过了这么多年还在使用，让我有点吃惊。为何在儿时的家里稍作逗留，便会由眼前普普通通的事物勾起极不相称的回忆呢？画有七十年代橙色图案的白色玻璃盘将我拽回了童年，此刻就坐在阿黛尔家厨房中的我穿越回到过去。我离开了这么久，家里的一切应该完全变样才对；可恰巧相反，我看到了一模一样的盘子，在熟悉的饼干盒的盖子上还发现了如出一辙的碎屑。墙上的时钟勾起更加真实的回忆，让我想起自己挣扎着写家庭作业时、还有坐在那儿被强迫吃光盘中难以下咽的绿色蔬菜时，都曾分秒煎熬地盯着它看；也让我想起，某一天，父亲和阿黛尔为我交待的晚归理由争论不休，商讨着要怎样解决那件事——那晚，我与保罗最好的朋友约会后回到家里，等着看他们的反应；我希望看到他们终于承认我已长大成人，便命令我洗完澡上床睡觉；那晚，我与一个大学男生、一个成年人约会了，而我们也“什么事都没有发生”——理由就是他是个知书达理的谦谦君子，他父亲是我父亲的上司。

我让自己从浮想联翩的苦闷中摆脱出来，时钟只不过是时钟罢了。我将两个盘子洗净、擦干并放好，又注意到它们是那套盘子中最后仅剩的两个了——反正他们也只需要两个盘子。我的父亲和这位邻居终于白头偕老，他与她共度的日子是与我母亲在一起时的两倍。

我母亲就像是突然消失不见一样，这一刻我们还坐在厨房中，下一刻她便倒在了地板上。除了救护车司机如何拽着我的胳膊、让我坐在厨房椅子上，让我别妨碍他们，我再也想不起来当时到底怎么回事。我们原本正在烘焙饼干的；那时快到圣诞节了，我的母亲正在尝试一种新的烹饪方法。我不知道是谁叫来的救护车。我不记得父亲是否在场，我想他在的。那段回忆中，过往的片段是巧妙地弥合在一起的，从我希望母亲能够让我吃剩下的曲奇饼，直接过度到了自己站在殡仪馆的列队中。

我蓦地倒坐在乳白色沙发上，身旁放着自己的那个脏兮兮的旅行包，还听到窃窃私语从保罗以前的房里传出来。我是回家了，可谁会在乎呢？阿黛尔要求我回来，而现在她的那些做作举动却像是我入侵了她的家似的。江山易改、本性难移。我开始想弄明白究竟是谁出主意叫我回来的；又是谁说服了阿黛尔和父亲，明明我这么些年来在他们的生命中已是无足轻重了，却也得目睹风烛残年的老父日益油尽灯枯？我显然是个不速之客，因此父亲对我才会无话可说。

马克会爱上这个沙发的，如果它在这儿，它本该在这儿的。我会让它紧靠着我蜷卧，接着将头倚在它那精致的三角脑袋上；它会发出叹息的声音，为我抱着它而感到高兴。我伸手按住胸口，每当我想到马克可能在任何一个地方，而我或许永远都找不到它了，我就会感到内心绞痛。或许，无论何处都找不到它了，再找下去已是毫无意义……我不能那样去想，我做不到。

我翻开手机，希望是出于偶然、我没能接到会告诉我狗在哪里的电话。然而，没有未接电话、没有语音留言，也没有任何回音。

我听到轻声嘀咕和冲厕的声音，接着又听到轮椅被推下短廊轮子发出的轱辘声。父亲一向为自己的高大英姿感到骄傲，但我现在看到的他，却已是弯腰驼背的老人；此刻他正紧握着轮椅的把手，勉强顺着覆盖整个大厅的破旧地毯往前秃噜着。尽管还不到古稀之年，这场病已让他沦为风中之烛。不是说如今的七十岁就相当于过去的五十岁吗？这是我劝告自己的话，当我越过四十五岁高峰后，往下滑到五十岁就只剩眨眼的功夫了。若说比他还大五岁的阿黛尔看上去外貌和年纪相当，那么父亲则展现了另一番对于“老年人”的诠释了。

有那么一刻，父亲和继母二人都停了下来，不约而同、面无表情地看着我；接着，他们又继续顺着狭窄的大厅前进。

“需要我帮忙吗？”我起身离开沙发，大声地问二老。

“不用。”阿黛尔一如既往地代表他俩回答了我。

他们叫我回来只是出于礼节，难道我误解他们了吗？他们这么做，只是为了让做女儿的对父亲即将死去有知情权吗？难道我不顾一切的回来，就是出于礼节吗？还是阿黛尔想向我摊牌了？

客厅里窒息而闷热；外面正值秋高气爽的九月，这屋的窗子却紧紧关闭。突然，我感到在此无法呼吸，便冲出前门，站在吱嘎作响的台阶上，大口大口地吸气。我无法逼迫自己再回到屋里去了。我大老远地跑一趟，牺牲掉除了我不在的儿子之外最爱的东西，又是为了什么？难道是为了重现每一段我努力忘却的糟糕回忆吗？这是一栋往事幽扰、令人不安的房子，我没必要留在这里。

19. 兄妹交谈

我无处可去，只好坐在门前的台阶上；真恨不得自己会抽烟，这样我至少不像是无缘无故就出来的。我用手胡乱地抓扯着台阶基底上长出的小草：多么讨厌而多余的东西啊，比起盛夏的草更显勃勃生机；它们真是不自量力，还自认为受人欢迎呢。

我可以打电话给凯蒂，看看她能否给我买张回去的机票。我知道她会帮我，还知道她会试着劝我不要离开。我想自己在某些事上对她说的并不全是实话，导致她以为我家里的重重矛盾还没到一发不可收拾的地步。她与那些心地善良的人们一样，认为在我父亲咽气之前，他会泣不成声、真心诚意地与我言归于好；而我也因此感到满意、或者解脱了什么的，于是此次回家对“治愈”我的内心创伤有益无害。我对此一清二楚，毕竟我见过她对别的朋友使过这种催泪煽情的烂招儿。

可即便打电话给凯蒂，说服她相信我留在这儿根本无济于事，我还是没有找到马克啊。还不知道它在哪里、还没找到它，我怎能就这样离去呢？虽然心里这样想，但我明白每耽搁一个小时、能找到狗的机会就越渺茫。既不知道它下落何处、之前一点点积攒起来的微弱希望因为最糟糕的设想而彻底破灭了。要是亚迪此刻正在回西部的路上，我的马克肯定没在他旁边搭便车了。无人知晓的是，他把我的狗丢在哪儿了呢？俄亥俄州？宾夕法尼亚州？纽约州？还是马萨诸塞州？在抛弃狗之前，他到底和它在一起待了多久呢？

至少他会把狗留在某个能被好心人找到的地方吧？

我一时冲动而坐上米契的哈雷车，反而带我远离马克了吗？它在休息站出口处等着我吗？想到此，我感到双眼灼烧难耐、喉咙异常疼痛，于是便使劲儿闭上了双眼。

“我没注意到原来你这么担心。”小保罗·罗斯在我身上投下巨大的阴影；突如其来的阴暗让我不寒而栗。

“并不是因为父亲，不全是。”想哭的冲动不翼而飞了，取而代之的是往日被他惹怒时的那种沉重抑郁的滋味。

“那你为何要回来呢？是认为他会给你留下遗产吗？”

“噢，他已经留下了。只不过不是那种值钱的东西罢了。”是一份苦不堪言的遗产。

“我可以坐下吗？”

“这是你母亲的房子。”直到明白他这个大块头真的是想要坐到旁边，我才挪身挤到了铁栏杆上，给他腾地方。

他坐下时气喘吁吁的，对这个曾经的运动员来说，似乎现在连坐下都成为了一种锻炼。“嘿，咱们各人都有各人的难处啊。”

“为什么？你这话什么意思？”

保罗用力拉了一下他的运动裤，放松自己明显被挤得难受的胯部。“我知道那时候的一切都让人难以置信，但那都是往事，很久、很久以前的往事了。”

我扭过头，以将他看得更清楚：“有些事情会永远存在的。不管过了多少年。”

他转过胖脸与我对视，有那么一瞬间，我看到了另一个男孩，他瘦瘦的、还很受欢迎，而且最好的朋友还是罗尼·马卡姆。

早在父亲与阿黛尔结婚之前，我和他还有妈妈一家三口去参加马卡姆汽车公司的年度派对时，就记住了罗尼·马卡姆。罗尼在那些派对上总是哭丧着脸、没精打采，还一个劲儿地吃糖。待到青少年时期，罗尼不仅不再哭哭啼啼，还变得很有出息了。女孩们围着他搔首弄姿；男孩们，比如保罗，则对他俯首帖耳、毕恭毕敬，他们那时拥有的就是这般互不平等的崇拜式友谊。我不属于这两种的任何一派。我默默地注视着他，无论何时这个“天之骄子”的目光投向我，我都幸福得几乎快窒息似的；也许是出于偶然吧，当罗尼朝着那些他约会的前卫时髦的靓女、那些人见人爱的女孩们看过去时，恰巧都能看到我的身影。我不值得他注意，然而，我就像其他女孩一样，做着某天他会注意到我的白日梦。

“嘿，丫头。”罗尼·马卡姆看到我在厨房，便向我打招呼；而我仿佛感到是偶像在对我说话。高中里盛传的说法是，他是一个神，是不败的健将。我比他小两岁，跟他说话时，舌头都会紧张得打结。我紧握着一杯牛奶，为了不失手掉下而战栗不安。我面露红晕，瞥了保罗一眼，他为了给自己和弟兄们找点零食，正在橱柜里东翻西倒的，因而对我视而不见。难道他没有注意到罗尼跟我说话了吗？难道这不正证实了我的存在？

他们的身影蹿进了地下娱乐室，去那儿打乒乓球、议论女孩，并且没完没了地喝可乐。当保罗从我身边挤过去时，仗着自己是哥哥，推了我一把，措手不及之下我将牛奶泼到了衬衫前襟上。我又羞又怒，而罗尼似乎并没有注意到。他已经把我忘在了脑后。

正因为罗尼·马卡姆的缘故，我拔掉了那些该死的眉毛。

保罗转过脸去，没再看我。“不管怎样，我们现在回家都是为了爸爸。”

“爸爸。是的。”我的父亲，不是你的。我从不曾管阿黛尔叫做“妈妈”。要是我说了这词儿，就让我的舌头上烂个洞。

这样的交谈难以为继，所以我换了个话题。“你家人都还好吗？”

保罗变得高兴起来，咧嘴笑了笑，接着便开始列举他那俩孩子取得的成绩。

我并不需要听他讲这些，于是敷衍地边听边点头。内心焦虑和长途跋涉已经让我疲惫不堪；相比之下，让他还以为我这个“继姑姑”对此很感兴趣，要比继续同他唇枪舌战要简单得多。他永远别指望取得我的原谅，但至少他可以假装我俩是在巴士上偶遇的陌生人，并轻轻松松地同我聊天。我此刻太累了，无法再去计较他的话。或许保罗是对的，或许所有的事就是遥远的过去了。

“那么，你住在哪儿呢？哪个宾馆？”

“就在这里，我就住米德宾馆，睡在禁烟区的单人沙发上。”

“这可不大好。来我家吧，你可以睡下铺。”

“对我而言那的确很吸引人，但我就是为了回家而来的。我曾睡过更糟糕的沙发。”

“我认为妈妈不会执意不让你住的。你懂得怎么看护病人，这也是为何我们觉得你该回来的原因。”

我并没有期待和他坦诚相见，所以当他如此直白的告诉我实话，说叫我回家并非因为我是父亲的女儿时，我感到惊讶——我是被叫来服侍他的。“这样的话，就说得过去了。”

“可是拜托啊，你不必睡在沙发上的。”

“谢谢。咱们还是静观其变罢。”我想我的意思是，等着看要过多久阿黛尔才会改变主意，但是这么说太奇怪了；此外，我也没说自己很可能不会逗留太久，但是我有我自己的生活。我听人说“死生皆有命、半点不由人”，可很多时候天不随人愿、大限之日也许迟迟未至。父亲起身如厕，向我证明了所谓父亲的病情“命悬一线”实为夸大之辞。如此，我可能等不到他谢世之时便已离开。我到这儿不是来做临终护理的，只是为了向他道别；不是来握手言和的，而是因为我被凯蒂说服了，又被她催促着搭上亚迪的卡车，以及听信了她那句天真的“这样你就不会抱憾终生了”。

我在这儿，我就会尽力帮忙。这不是说我欠谁的情；我并不亏欠任何人任何东西。我这么做，是因为我知道该怎么做。

20. 正确的事

这天清晨，艾丽斯和狗从外面散步归来。后门的挂钩平日里是用来挂钥匙、雨衣和购物袋的，她将牵引带挂在上面，就像它一直都挂在那里似的。“它真是个乖狗狗，从不会使劲儿拽我。”

埃德一直忙着制作8.5x14英寸的招贴纸板，听到她的话后便抬起头来。他在板子上用近乎完美的大写印刷体写道：本人拾获灰白色长毛狗一只，无项圈，双眼一只蓝色一只棕色。他将板子扭转过来，让艾丽斯也看看：“你觉得怎么样？”

艾丽斯只觉得他让人讨厌，早上的好心情就此一去不返。“我看不出好坏，也还说得过去吧。”

“咱们应该试着给它照张相贴上去。”

“它这么漂亮——我们怎能知道来的人是否只为了得到它呢？”

埃德耸耸肩膀：“我怀疑有人真会这么做，但即便是这样，难道咱们不能从狗看到旧主人的反应辨别出来吗？”

“如果它曾被主人虐待，恐怕会看不出来。”

“艾丽斯，你真觉得它被虐待过吗？”埃德摆手示意她看狗，它正像一只猫似的，在优雅地舔着自己的前爪。

“它没吃没喝的被人落在了马路边，那就算是虐待了。”艾丽斯清楚自己的语气几乎是敌对的，她并不想这样，但以这样的语气说话，要比直接袒露心中所想更容易；而不是告诉埃德，真该死，他们要养着这只狗，因为她想要它，是她在照看着房子，就像她照看其他事物一样，都是她的责任。可她没有这么说。相反，她用力拉开冰箱门，将佳能保鲜盒推来搡去，试图集中精力在有人喊饿之前想出晚餐吃什么。

“我现在要把这些个贴出去啦。”埃德说着，将厨房里的椅子放回原位，可却弄出刺耳的刮擦声，让艾丽斯听得咬牙切齿。摩擦形成的痕迹永久地侵蚀在了地板瓷砖上。埃德刚把钥匙从挂钩上取下来，狗就靠近他脚边，蹦跳到后门这里，像是想要埃德带它出去兜兜风。

“你想去吗？”

狗垫着后脚欢蹦乱跳的，前爪则向上攀着。

“把它带去吗？”

艾丽斯背靠着刚关上的冰箱门，打量着眼前这一对，说：“它看着像是很想去。可能它就是喜欢坐车呐。”

埃德拍拍它的腿说：“走咯！”

狗叫着应了一声，那是它在开心地说：“好耶”，这很好理解。

“拴着它吧。”艾丽斯说，那模样就像是在提醒他最好系紧小孩儿的安全带。这是基于母性的一种条件反射；可能只是多此一举，然而她必须这么关照一句，只有这样，例行公事的护身咒才能起到作用。

同样出于条件反射，埃德回答说：“当然要拴。”

让他们都很吃惊的是，狗自己从挂钩上拽下了牵引带、衔过来交给埃德后，蹲坐在他身前，黑色尼龙项圈从他凸出的嘴上悬荡下来，毛茸茸的尾巴在地板上扫来扫去。

“哇噢，有点儿吓人呢。”

艾丽斯点点头：“它真的很聪明。”

“要我说，可真是独一无二啊。”埃德将牵引带挂在狗的新项圈上：“某个人肯定想死它了。”

“我知道。”

“咱们得把它丢失的事情广而告之。”

“我已经在报上发过启事了。”艾丽斯错过了这周的截稿时间，所以启事在下周四之前是不会出现在本镇周报上的。“本人拾获具有柯利犬特征的狗一只，灰白色毛，眼睛一只蓝色一只棕色。家住古道附近，失主请联系……”艾丽斯真希望自己没有写得这么详细。

埃德从挂钩上拿下他的帽子，说：“可能没人会看呢。”

艾丽斯一手捂着嘴，她知道，爱德华也知道，做正确的事可能意味着损失；但是不去做正确的事——比如现在就是公布狗丢失的事情——是不被允许的。这跟他们俩从小所受的教育无关。他们小时候都是童子军。

艾丽斯·蕾·汤普森初次见到埃德·帕马利的时候，他正在“冰雪皇后”[①]冷饮店里排队。

她的工作职责，便是在柜台后面为顾客递上软冰淇淋甜筒，要么在上面洒满巧克力碎屑的香草巧克力、要么浇上固化为壳的巧克力酱。这是她在暑假的工作；一旦她要回到当地的社区大学上课，就会辞职。在排队的那群无所事事的年轻人中，她注意到眉清目秀的他，头发恰好长至衣领，而不是留着披肩长发向同伴们炫耀；有那么一刻，她怀疑他是个去过越南的退役老兵。在他来到她的窗口前，艾

① Dairy Queen，简称DQ，也叫“奶品皇后”，是世界销量第一的软冰淇淋专家和全球连锁快餐业巨头之一。

丽斯肯定，不，他不可能在服兵役、或者新近退伍；他神情显得坦诚而愉悦，不像她那些朋友的哥哥们，不去上大学却要当兵、或者被安排入伍。他们从军营里返回家时，大多数看上去像是三十岁、而不是二十岁，而且面无笑容。

爱德华·帕马利，黑头发蓝眼睛、身高6.3英尺①，因为高中时曾是篮球队员，所以他身材清瘦。他看到艾丽斯·汤普森在冰雪皇后的服务窗中，便对着她露出微笑。她还记得这第一次，她面红耳赤、脸上的热度直传向发根；她当时甚至能感受到，那种灼热顺着头顶、沿着两侧长长的蜂蜜色金发一路刺痛而下的感觉。

埃德的微笑在她灵魂中打开一条缝，那里面是从未被触及、未被开采的地方。她好不容易结结巴巴地用正确的词语说出他的点餐。

“巧克力、彩虹糖屑，你的电话是？”埃德文质彬彬，听到这话就脸红了，于是她知道他从未跟女孩子这样搭讪过，这是一次出格行动。

他那天晚些时候打来电话时，两人刚开口便笑了起来，他们意识到自己都还没有问过对方的名字。“是你吗？”

“是的，我叫艾丽斯。”

“我是埃德·帕马利。我在工厂工作。”

艾丽斯站在厨房中央，她曾设想将这里装修一下：拓宽通往客厅的门廊，添置一个岛式柜台，再用墨西哥瓷砖铺地。前不久，她不再去想给家里的东西换代的事情。不知为何，就让它们保持原样似乎更好一些；真的

① 1英尺=0.3048米，6.3英尺约1米92。

要做什么，仅是清理和时不时地重新刷漆就可以了。多少年来这房子都让人觉得太小，而现在却使人感到杂乱无章、充满空虚。室内的拥挤杂乱，曾在这儿住的第三个人所制造的凌乱与肮脏，现在只剩下间小卧室每月供她除尘一次；那个房间里的东西都未被挪动过，连床单都不需要换。

艾丽斯灌满茶壶，放到炉上，点燃炉火。她忙着选择茶杯，从茶罐里抽出一袋茶包，重新加满糖钵。该把洗碗机里的碗拿出来了、垃圾桶也满了。喝完一杯茶后，她再去处理那些家常事务。埃德会和狗一起回来，然后把袋装垃圾拿到垃圾桶那儿去。埃德说可能没人会去看那个失狗招领的启事，可能他也希望狗能留下来；但因为他早已说过不想养这只狗，他就会找一个合意方法把这变成是他的主意。艾丽斯将水倒入茶杯，提着茶包上下拉动几次。她微微一笑，埃德就要觉悟了，她就知道会这样。

21. 张贴启事

狗机警地蹲坐在卡特拉斯的副驾座上，显得开心极了，好像自己就是那位黛茜小姐，而埃德是司机摩根·弗里曼[①]；狗的脑袋时而左右转动，好像在用它那突出的鼻子为汽车指引着方向：朝这边开，别那么走。突然间，狗变得兴奋起来，从副驾座上站起身，朝着窗外目不转睛地看着——原来埃德正驾车驶过当初艾丽斯找到它的那个墓园大门。狗使劲儿摇尾，尾巴上的毛不停扫过埃德的胳膊。可埃德不仅没有放慢车速，也没有朝着狗注视的地方望出去，明知它渴望停车，却故意视而不见。埃德不会停下车来，至少不会停在那个地方。

他得先去波特杂货店张贴启事。蒂姆·波特，这位将杂货店代代相传的波特家族的第四代子孙，正忙着将商品放到货架上。当初蒂姆的父亲经营这店时，货架上摆满了缝纫什物和鱼钩这类比较实用的东西。埃德再不会钓鱼了，因此年轻的蒂姆将店面修缮一新、不再出售六个品种的钓鱼线或是诱饵，在他看来已无关紧要。现在波特杂货店出售的尽是芒果和番石榴果酱、香醋和顶级初榨橄榄油、或者花式罐装的卡拉马塔橄榄这类价格昂贵的特色食品，要是搁在以前，他可宁愿拿这笔钱换回一箱汽油。容量为一蒲式耳[②]的圆篮子里装满了精致喜人的、仿19世纪风格的小物什儿，

① Driving Miss Daisy，1989年拍摄的美国电影《为黛西小姐开车》，讲述老年寡妇黛茜（杰西卡·泰蒂Jessica Tandy 饰）与忠实的黑人司机霍克（摩根·弗里曼 Morgan Freeman饰）之间的故事，再现了美国南部25年来种族关系转变的时代特点。

② Bushel，谷物、水果、蔬菜等的容量单位，在美国等于35.238升。

比如手工蜡烛、锡制饼干模具什么的，还有苦汁薄荷糖一类的老式装饰糖果。埃德心想：坦白地说，在这个名不见经传的小镇上，要是蒂姆能出售手机充电器和招贴纸板之类的东西，那么跟自己有相同需求的人就不用长途跋涉到沃尔玛去消费了，而他的生意也会做得更好些；要是赏叶的游客会到莫霍克风景道[①]那么远的地方去探险，他卖的夏巴塔面包[②]才可能不愁销路。

“我能把这个贴在你这儿的什么地方吗？”为了让蒂姆清楚自己在说什么，埃德举起了他自制的启事。

蒂姆正忙着重新整理陈列在货架上的那些缅因汤姆牙膏[③]，所以只能动动下巴，示意埃德往他所指的方向看。那是块不大的布告栏，上面贴满了花里胡哨、包罗万象的广告宣传单，譬如庭院旧货摊、马匹租赁、当地小学和图书馆组织的筹款活动云云。“你最好先弄掉一些。”蒂姆说。

在拿下那张去年音乐会的过期广告之前，埃德仔细研究了上面的内容，接着占用了广告上的图钉，将其戳进自己这张板子上的卡纸中。他的启事比其他任何纸张都要大，将它的棱角铺展开来，能径直横跨两张海报，把图书馆义卖的宣传单和即将在镇公所举行的垃圾回收讲座的公告单全给覆盖掉了。也许对于上面的只言片语来说，这张启事的确太大了。他最终并没在启事上贴照片，那显得太过小题大做了。

① Mohawk Trail，最初由古印第安人的莫霍克部落开掘而来，现位于马萨诸塞州2号公路沿线，从富兰克林县的奥兰治镇延伸至伯克夏县的威廉斯顿镇，全长约65英里，为新英格兰地区第一风景大道。

② Ciabatta Bread，一款意大利乡村面包，面包的形状非常像一只扁拖鞋，因此也叫“拖鞋面包”。

③ Tom’s of Maine，生产全天然个人护理产品的制造商极其商品品牌。

埃德将他的牌子取下折起来，使它变得小些；接着他用手摁住图钉，图钉帽坏了，弄得他的拇指生疼。他吮吸自己被刺伤的手指，现在总算没人能看到这块牌子了，因为它一旦混杂在其它纸张和眼花缭乱的信息之中，就不再那么引人瞩目。埃德又将他的牌子取下来，扫视整个布告栏，想寻个更合适的地方；最后，他将“失狗启事”钉在了最边缘的地方，结果倒使它更像最后添上去的东西。他想，早知如此，就该用颜色鲜艳的马克笔了。

埃德选了一包牛肉干，他并不是真的想买，也不能让艾丽斯发现，但他就是认为该在波特杂货店买点儿什么，毕竟他用了那块信息栏。倒不因为蒂姆是那种斤斤计较的人，只是他需要这么做；那种“明知故问”的自虐情结就近在眼前，他只好勇敢直面、并付诸实践了。

正当埃德回到车上时，狗马上活跃起来，对肉干表示出了好奇。“喔，想来点，是吗？”埃德往嘴里塞了一块，边咀嚼边享受着咸咸的味道。“你不可能爱吃这个，我都不爱吃。”

狗蹲在后座上，耳朵朝前耷着，两眼注视着埃德手中油腻腻的塑料套，粉红色小舌头不住地在嘴边舔来舔去，一副垂涎欲滴的可怜样儿。

“你到底有多想吃呢？”

狗的回复很有说服力。它优雅地坐起来，小巧的前爪悬空上下摆动，熟练地背靠在座位上，那模样像是在说：“还要我怎么求你，才能让你让我尝尝呢？”

“好吧，这算是你应得的。”埃德掰下一块，给狗递了过去。狗优雅地接受了这份馈赠，而不是囫囵吞枣地吃了下去。

“现在该说谢谢了。”

让埃德震惊的是，狗的确照办了。它短促地尖叫了一声，伸出一只爪子，和埃德握了握手。

“别以为你这样就没什么事了。可你要是会这么多小把戏，此时此刻肯定有人快想死你了。他不来找你是他的错。”开车驶离波特杂货店后，埃德试着回想他还要去什么地方贴启事。可时间来不及了，他还想修剪草坪，但愿是这个季度的最后一次；此外，他还一直拖延着没去修整篱笆。何妨将下一张启事推迟到明天再贴呢？

狗继续像黛茜小姐一样坐到位子上，眼睛直视着前方，只是每隔一阵儿它就偏过脑袋看着埃德，目光里满是渴望，想再吃一块牛肉干；直到发现那只是自己在一厢情愿，它才安分下来。

“想回家了吗？”埃德刚说到“家”，狗便抬起了头。“看这意思是想。”

埃德驾车驶过墓园大门，最初他们就是在那儿看到狗的。狗开始呜咽，正如每次经过那里它所做的一样；而每次驾车路过的时候，埃德都不会停下来，他不愿这么做。

艾丽斯和埃德坐在小小的厨房餐桌旁，餐盘都被推到了一边，就这么等着茶水烧开。艾丽斯边等边将手指放到书上，以让自己不会搞错正在读哪一页。埃德则不知看着什么地方发呆。

嘎吱！狗蹦跶着跳进厨房，嘴里紧咬着那个橘色消防栓，它让这个软胶玩具发出了好似说话的声音。**嘎吱！嘎叽！嘎嘎！**

埃德伸手去抓玩具，狗便兴冲冲地在房间里狂奔，它的尾巴在空中挥舞，眼里闪烁着喜悦之情。它将玩具搁到埃德面前，然后前腿叉开地站着，翘首盼着追逐游戏。埃德掷出的玩具穿过拱门落到了客厅，狗飞跃过去，接着衔回玩具，塞进了艾丽斯的手里。就这样她也参与其中，不一会儿，他们仨就都在玩这个狗狗发明的游戏了。

22. 无儿无女

艾丽斯再次进入车库、从好市多[1]壁橱拿出一盒垃圾袋时，埃德正在后院里开动割草机除草。她必须从卡特拉斯旁边挤过去，而每次都差点擦到墙壁上——她希望埃德能去眼科挂个号——不然他怎么会看不到白色招贴纸板依旧在汽车后座上，旁边还放着个空的牛肉干包装袋。看来这下有理由让他买花给自己以赔罪了。

埃德会做不好一份差事，这实在是罕见。他更应是勇往直前、顶着暴雪都要去商店，还高喊"该死的鱼雷[2]"的那种人；他一贯如此。让艾丽斯感到困惑的是，埃德没完成任务就回家了，甚至都没装作漫不经心的样子来解释原因。他脑子短路了吗？他连波特杂货店那张都没去贴吗？

仅从他们刚回来的模样，她就知道自己终于如愿以偿——狗和人蹦蹦跳跳地一块进屋、仿佛好哥俩刚冒险归来一样；狗直立身子、跳来跳去地向她热情致敬，就像它简直不能相信会再见到她似的。埃德将牵引带吊在挂钩上，接着挂好帽子，一直背对着她，直到她喂完了精力旺盛的狗，直起身来。他露出似曾相识的微笑，想当年他俩风华正茂、每次见面都难舍难分时，他也曾对她这么笑过。以前他这般微笑时，连双眼都饱含笑意；可那双曾经笑盈盈的深蓝眼睛，现在却因常年不戴太阳镜而满布皱纹。埃

① Costco，是美国最大的连锁会员制仓储量贩店。

② Damn the torpedoes! Full speed ahead! "该死的鱼雷！全速前进！"是美国国内战争时期，海军上将戴维·法拉格特的著名战斗口号。作者在此借用了前半句。

德一直笑着，只字不提没贴启事这回事儿。他只是说："它真是只聪明的狗，你该看看它都有些什么能耐。"

见着这些没被张贴的启事，她笑了起来；从车后的玻璃窗上，她模糊地看到衰老的自己，那个会在男友打来电话时露出迷人笑容的女孩的幻影。

当他们彻底放弃为人父母的奢望时，会寻找别的什么方式来满足养儿育女的心愿也是情有可原的。他们收养了一对已成年的猫，但并不温柔可亲，也无法填补他们内心的寂寞。他们向"救助儿童会"[①]寄了钱，每隔几个月就能收到一个由他们资助的秘鲁小女孩写来的信。但他们从未听到过她的声音，或以其他方式去更为真实地感知她的存在。后来埃德升职为楼层主管，便投入大量时间去工作了，指望靠着多付出的心血使自己能在退休后过上舒适的生活。他还得照顾艾丽斯，鼓励她报名选修了社区大学的课程，搜寻能让她感到充实的各种活动。然而覆水难收，那么些年倍受挫折的尝试都已失败；现如今他们只想休养生息，坦然面对现实、尽情享受余生。膝下无子不再是他们心中难以面对的无底洞——从未拥有，何谈失去呢？

可是后来，他们偏有了孩子。

在39岁生日的前夜，艾丽斯发现自己怀孕了。

而他们再度回归无儿无女的境地后，便不再寻求什么寄托了。艾丽斯拒绝埃德的无私奉献，她气愤过头了。很长一段时间里，她整日无事可做，只等着白天过去，盼着晚上能够睡上个把小时。不过她所指的最多也就是两三个小时——而在这期间，千回百转的忧思会平静下来，让她也能

① Save the Children，是全球最大的独立儿童慈善组织，在约120个国家进行救助活动。

够稍作歇息；在这期间，“为何如此”、“如若当初”和自我怀疑，以及竭力去寻找什么理由等尝试，都因难敌倦意袭来而宣告失败，从而使她安然无忧地睡去，直到黎明前醒来，面对难以置信的真相而吓得睁大双眼。

23. 出去兜风

每当埃德坐进卡特拉斯，后座上的那些启事似乎都在为他逃避任务而嘲笑、唠叨个不停。而他一走出车库，便把它们抛到了九霄云外；尤其是和狗在一起，他能忘得一干二净。只消“呸！“一声，万事就没影儿了；等想起来时——哟，该记着把那事儿办了。今天埃德记起来了，带着牌子出去，把它们整齐地撕成四等分，塞进垃圾袋中，准备等会儿再当做今天偶尔捡到的什么东西给倒进垃圾桶里。

他被艾丽斯逮个正着，立刻反驳道：“都看不到启事被谁揭走，你难道不觉得奇怪吗？不管这小家伙打哪儿来，反正不会是这附近的。它既不是从家里逃出来的，又不是遭人遗弃的，更说不清它到底走了多远。我们那些启事和广告很可能都没贴对地方。我看还是算了吧。”

她脸上的表情引起了埃德的注意，那样子既有释然，还带有不明就里的感激之情。埃德跨出了房门，并没有看她，因为他已很长一段时间没在他妻子脸上看到过那样的表情了。

虽不是同一码事，但埃德记得那天他在床笫之上提议不再避孕时，她也露出了这样的笑容。她没有一听到他说生孩子，就焦眉苦脸、挤眉弄眼或叹息不止；可他就是知道她到底怎么想的，结婚好几年了，她日益变得闷闷不乐。“咱们就顺其自然吧。”他当时就是这么笨嘴拙舌的。但人们会想，他与其提出这个建议，不如直接送她钻石更来得事半功倍；可是，爱德华这个马大哈，明知他妻子也想有孩子，只不过没有说透罢了。那是他们婚姻中的重大时刻。当然，他们从未料想到瓜熟蒂落会经过这么久以后才得以实现。然而，那个惬意的微笑仍旧徜徉在他的记忆中，只要他想起最初的日子，在生活变得艰辛之前的那些年，他的脑海中就会浮现起艾丽斯那样微笑的画面。

生活被分成了大相径庭的三个部分：在斯黛西出生之前，为人父母，在那件事发生之后。他们失去她的岁月是拥有她的时间的两倍。而且，在那件事发生之后，埃德对艾丽斯再也无法做到心领神会了。她的话语总是含糊不清、她的表情变化也难以捉摸，不然，就是他丧失了这个本领。要么就是读懂她的心实在是太难了，以致他们彼此曾有的那种心电感应就像老电缆里的金属线，常年磨损、危机四伏，在某个灾难性时刻，他们的联系就被切断了。

埃德转动着割草机，这是一台电机启动的自驱力托罗牌割草机，拥有强力出众的16英寸刀片。秋天的时候，他总会恋恋不舍地将托罗放回机械底座上，但这种遗憾在下一个夏天到来时便消失无踪。并不是说夏天就会发生什么特别的事，现在他已度过第一个完全不用上班的夏天了，也不用再去期盼着假期，就像他那些在莉尔咖啡馆的好哥们儿所说的那样，如今每天都是假期了；除非是八月三伏、酷热难耐的时候，埃德平日是无法感知季节变化的。那时，浇水和除草的工作就没完没了——除草、浇水，等草长起来再将其割掉。埃德用防水布将托罗包裹起来，接着用一段晾衣绳捆扎好，再将它塞进车库的角落中。不久他就得把吹雪机带去检修了，他可不愿等到每个人都想起这事儿的时候，那时斯坦拖拉机维修店和割草机维修店人满为患。

一阵突如其来的绝望使埃德感到苦恼不安。他这辈子就是与随季节变化的机械相协调的。他想到了那首叫做《如此而已？》的歌。唱这歌的歌手声音嘶哑，听上去很性感。他现在只能想起合唱部分的一段了，他的脑海中余音缭绕：如此而已？如此而已？

埃德直起身来。就在他弯下腰时，他才有了一种奇怪的感觉：这没什么不好的，这样好极了，通常情况下，日常生活都好极了。

忽然，狗出现在他身后，嘴里咬着那个可笑的发声玩具，把它猛烈地摇晃，就像那是个老鼠之类的。玩具吱吱吱地像个老鼠一样叫着，因此它会以假当真也说得过去了。

“嘿，你想玩吗？把那个给我吧！”埃德费好大劲儿才从狗嘴里拿到了玩具，接着玩了会儿抛接球，顺便走到离狗远一点儿地方。这狗居然看上去就像是在笑，埃德将消防栓玩具扔到半空，它便像个不停尥蹶子的小马似地跑去追。

狗将玩具放到埃德的脚边，满怀期待地望着他，接着坐好。“你真是个乖狗狗，是乖狗狗吗？”埃德突然蹲下身抱住了狗，将鼻子埋进它脖子上的白毛里：“谁是乖狗狗呢？”

艾丽斯一直在楼梯上看着埃德和狗玩。听到埃德的低语，她想，要是他这样让他的朋友知道，肯定会认为他疯了。他看着并不像那种会学小孩腔的人，可他却真的会这样。她哄不了孩子的时候，埃德出马总能拿下。他将斯黛西紧紧搂住，贴在宽阔的胸上，低声给她唱摇篮曲：“如果反舌鸟不唱歌，爹地给你买个钻石戒。”

我的小宝贝女儿是谁呢？

尽管这个男人带它“出去兜风”了好几次，他们却都没有带它去找贾丝汀。马克喜欢“出去兜风”。至少在兜风结束，坐进那辆卡车的驾驶室之前，它一直挺喜欢的。而这个男人不会离开太远或太久，而且只会让它独自在车里等一会儿。要是自己趴着打盹儿呢，他可能就要去得久一些；要是它就选择在副驾座上坐着，尾巴蜷到前爪上，双眼注视着男人离去的地方，那么他用不了多久就会回来。男人回来的时候，会送给它一整条熏肉肠。训练有素的马克便会彬彬有礼地接受他的款待，摇一下尾巴，接着很快地上下摆脑袋。熏肉通常被贾丝汀用来训练它学做选择。她会先将熏肉切成小碎屑，以方便藏在手中；接着按照需要完成动作的步骤，依次在恰当的地方放置少量的碎屑：顺时针旋转，逆时针旋转和侧跨。而这个男人任何表示熏肉的手势都没做；他只是将一整条都递过来给了自己。要是有人问它，马克倒更愿意做完那些动作，不过这样也可以。所以，“出去兜风”真是太好啦。只是，没有被带到它想去的地方。

每当艾丽斯穿上做瑜伽的裤子和运动鞋，马克就会以为他们要一起跳舞了。于是它欢悦地踏着前爪，尖吻咧着笑似的随她走到后门。可能——只是可能——贾丝汀就在这个女人带它去跳舞的那个地方，它将在那儿找到贾丝汀啦。

贾丝汀第一次教马克跳舞的时候，它以为那与他们很长一段时间以来做的训练没多大区别。它喜欢向别的狗狗炫耀，自己能比它们更久也更专注地“坐着别动”。它酷爱跨过一个个横栏、飞快地穿过织布做的隧道。它能从最浅显的层面上去理解——像是触碰跳台上的特定位置、准确而迅速地跳过栅栏、犹如水獭般在立杆之间迂回穿行等所有的动作——都是训练的要点。当它竭力完成时，总会响起一片响亮的掌声。有时，它还得独自站在赛场中，看着贵宾颁东西给贾丝汀，贾丝汀笑着接过来，总会让它嗅嗅气味——不会给别的狗，就只给它嗅。

后来贾丝汀不再叫它在立杆之间来回穿行了，而是在她的双腿之间；不再叫它跳过一根竿子了，而是一根短手杖。它得边立起身子用后腿站立、边扭动尾巴，将前爪放在她的背上向后走、向前走。某些手势是那样地难以察觉，它必须始终注视着她才行；有时因为两个动作间只有一点儿区别，它必须判断她所表达的意思。她要它学会鞠躬，而不再歪着脑袋，步行或是匍匐前进。

因此，当艾丽斯穿上她的瑜伽裤、系好脚上的那双白色软底鞋时，马克立刻兴奋起来——那是做练习的行头，贾丝汀那么穿时，就表示他们就要和桑德拉以及她的那群狗狗们在高中的体育馆碰头了。朱希总会到场的，还有蓝眼睛的爱斯基摩犬桑布卡——马克一直挺迷恋它的。有时候格里夫也在，它是那种勤能补拙的类型。

如果艾丽斯没有穿上“去学跳舞”的行头，马克就会安分地在家等上一天了，可现在她穿上了，于是它也随之兴奋起来。它甚至短促地尖叫了一声，就为了让她知道，自己很愿意回到舞台上接着表演。也许贾丝汀会在那儿呐！

可艾丽斯并没有带着它一起去她要去的地方。后来，她身上带着股汗味回来了，但那不是别的狗的气味，也不是贾丝汀的。

“出去兜风”很好玩，散步也挺好玩的。尽管狗粮不同了，但味道还不错。沙发睡着还行，就是比它以前在家和贾丝汀睡的那张沙发上的软靠垫要硬一些。艾丽斯走到户外上楼去后，它安心趴在右侧的靠垫上，使自己紧紧地裹成一团，鼻子藏在尾巴下。这是它的默认姿势，这么着它才感到最舒服。一旦它睡着了，它便会像朵绽放的花般舒展四肢、占去半个靠垫；然而一开始，它喜欢使自己显得紧凑小巧，伪装成是苔原上的一匹狼。起初，艾丽斯会让它从沙发上下来，可现在她明白蜷在沙发上是很惬意的。马克已经让她知道，它把脑袋放在她的腿上、任她抚摸，便会觉得舒适。她也弄清楚它耳朵里哪些地方摸上去会使它慢慢平静了。他们仍然不知道它的名字，它也没有把握一定能让他们听懂。

埃德已经知道了该怎么跟它玩球，这很好，毕竟他比贾丝汀掷得远得多，游戏也变得更有挑战性了。马克喜欢后院那个长长的斜坡，因为它必须将自己的脚扎进土里，才能避免自己冲进灌木丛中去。疯狂地追到了球后，它便匆忙跑到小山尖上，埃德在那儿一面等着它，一面拍着膝盖来鼓励它奋进。它追逐吱吱叫玩具也很在行；贾丝汀以前也是这样边抛接玩具、边叫它不要靠近的。

马克不知道自己已经在这儿跟艾丽斯和埃德待了多久了，它也不知道贾丝汀失踪多久了。它没有时间的概念，虽然会用吃饭和散步的间隔来计量时间，但是从未将它们加起来过。马克已经习惯了这家子的生活节奏，知道她最先起床、他最后上床，也知道吃早饭的时候要默不出声。它比起初来的时候更快掌握生活惯例了。就像贾丝汀那样，艾丽斯也有一套包括食物、锻炼和儿语在内的特定模式；埃德没那么些可供它猜测意思的花样，但他似乎喜欢用车钥匙来作出指挥。

艾丽斯带着它去散步，尽管有时它们在路上走着，她会用严肃而悲伤的口吻跟它说话。当她这样的时候，马克就知道开玩笑是让她换个调子的好方法。因此，它会轻轻地用牙齿拽住她的袖子，或者假装一点点地咬她的鞋跟，好像在说："在跟你逗乐呢，继续走吧。"有时它会一直叫个不停，直到她开怀一笑、摆脱掉坏情绪，心猿意马地警告它别叫了。

家中的氛围发生了一些变化，不只是天气变得更冷了，屋里的人也以一种新的方式对待它。最开始的时候，他们就是害羞，便对它很客气，还有那么一点儿距离，但不过分；它在他们家也是个外人。而现在，他们对它更随和、从容了。埃德不断给它带来新的玩具，今天的是一个填充玩偶。马克很爱玩填充玩偶，不像它的那些同胞，它不会为了取出吱吱叫的东西便将里面的填充物全掏出来；马克只是温和地咬毛茸茸的骨头状的玩具，使其发出让人无法抗拒的声音，接着再把它当做自己的枕头。

在这儿做客有很多让它喜欢的地方，但它仍旧希望贾丝汀能来接它回家。

每一次他们向马克提出"出去兜风"，它便认为会遇到贾丝汀。每一次他们驾车驶过墓园大门，它叫着想让他们放自己出去，让它去闻闻地上有没有她的气味的痕迹，让它去看看贾丝汀是不是来接它了。然而他们却从不曾停下车来。

24. 给狗取名

“该给它取个名儿。”艾丽斯边满嘴嚼着意大利面边说，像要借着吃东西时顺口说出取名设想、其实却是想说养狗的事儿。至于狗呢，正蹲在稍远的地方，两眼密切注视着她右手举起的叉子。它本身并不是在乞求食物，可又的确对他们吃的东西颇感兴趣。

埃德把桌上的意大利面包撕下一大块，满满地抹上艾丽斯买的代脂黄酱，对他们来说，这东西应该比她之前买的人造黄油更健康。他没有回应她的话，但她知道他在思索这个问题。她耐心地等待着，因为她很了解埃德思考时的迹象。埃德从不会将心里如何思考的表达出来。终于，就在她又卷好另一口意大利面时，他放下手里的叉子，问：“你想管它叫什么呢？”

“没想好。最好能与众不同。要是知道它原本叫什么就好了。”

“那样的话，咱们就该知道它打哪儿来的了。”

“叫西尔维尔怎么样？它的毛就是银色的[①]。”

“别介。还是叫布奇吧？”

“没门儿。卡尔顿呢？”

“卡尔顿？怎么是卡尔顿？”

“我喜欢这个名字。”

“噢不，别叫卡尔顿。我无法想象自己有只叫卡尔顿的狗。”

① Silver，银子，银白色。

"那你给个主意啊。"

埃德刚把又一大口意大利面送进嘴里，突然想起来："巴蒂，这名字好，你看着——"他赶紧咽下面条，用那一大块面包摩擦着餐盘，说："到这儿来，巴蒂。"

狗一下子来到了他跟前。

"看到了吗？说不定它原本就叫这名儿，反应多快啊。"埃德将餐盘放到厨房地板上，狗开心地用它那小巧的舌头将上面的酱汁一点儿不落地舔了个干净。

"埃德，你太让我吃惊了，"艾丽斯故意在餐盘里剩下一点儿酱汁和一小块香肠，"巴蒂不错，就这么定了。"她拾起埃德那被舔得亮堂堂的餐盘，再把她自己那个递给了狗。

"唷，你才让我吃惊呢。会让狗舔你的盘子，这哪是你的风格啊，"埃德拿起两个近乎锃光瓦亮的餐盘，放进洗碗机中，"我们如果要养它，得有个执照才行。我明天就去办。"

艾丽斯很高兴自己是背对着埃德的，她原本以为两人会为此争执。她已经准备好了，就像人常说的"严阵以待"。埃德以前总让她时刻警惕着，而现在她唯一能做的，只能是竭力不让自己大笑出来。"有道理。"艾丽斯弯下腰抚摸狗的嘴巴，不让埃德看到自己为他的话而喜出望外的样子。

"天上不会掉馅饼"，埃德空手离开镇上的办事处时，就这么想着。巴蒂需要有狂犬疫苗的注射证明，才能带上属于自己的狗牌。现在他必须去找个兽医，安排好见面预约，要多少钱鬼才知道；那时，也只有到那时，他才能拿到价值10美元的狗牌……怪不得有那么些人藐视法律呢。“说什么呐，老兄？想要逍遥法外吗？”埃德自我调侃着，而狗却对镇公所外垃圾筒附近的气味表示出了更大的兴趣。

他们曾将那两只性情乖张的猫带到101号公路旁的穆迪镇兽医诊所去看病。可距离他们最后一只猫上天堂去捉老鼠已有很长一段时间了，埃德不知道那个地方还在不在。这一次，他想到了打电话给艾丽斯，告诉她自己会晚些回去吃午饭。

“好吧，我们反正都要带它去做检查，看看你今天能否赶上预约吧。如果不行，只要你能在我不去图书馆的日子里跟医生预约，我可以带它去。”

“想让我去接你还是怎么着？”埃德把手机紧贴在自己脸上，他仍然无法相信自己不用再对着那一头大声喊话了，“别指望让我记住你的日程安排。”

艾丽斯毫不犹豫地回答说：“记不住没关系。”

等埃德驾车驶进家里的车道时，艾丽斯早就提前打电话给诊所并预约成功，她知道这样会使埃德高兴，因为他不管为什么事等待都没耐心；而幸运的是，刚好有人取消了预约。这天，因为副驾座是艾丽斯的位置，巴蒂就坐到了后座上。它将下巴搁到车座靠背上，以表明他们俩之间该有个它的位置；直到发现他俩都没有邀请它上前排去坐的意思，便乖乖地坐到左手边的车座上，欣赏窗外飞逝的风景。

穆迪镇兽医诊所与他们曾经带着猫来的时候已是截然不同。那个用香柏树做墙板建造起来的四四方方的房子，房外曾有两个铁丝网围场，现已发展成为建筑结构精心设计的、带有人造花园的动物医院。要是这里有围场的话，也会很好地掩藏在茂盛的黄杨木篱笆后面。医生的业务技术很明显有所提高，如今在职的共有四个兽医，而不再只是老克莱顿医生一个人，他们在这个镇上安家了这么长时间，有条路就是以他们命名的。克莱顿的名字依旧能在刊头上看到，后面跟着他女儿和其他两个人的名字。

一名工作人员递给他们一块写字板，面上有一张表格，他问："想要办保险吗？"

埃德还以为自己一不留神就把狗带到了给人治病的诊所："保险？"不过这时工作人员去接响起的电话，他的问题也没人回应了。从什么时候起动物有了健康保险？这是奥巴马一系列的医保政策之一吗？这就是为何人们会那样大动肝火吗？艾丽斯拿起写字板，仔细看过后，在那个问题的"不"选项上划了勾。

从这张表上看得出，他们对这只狗真是一无所知，除了他们自己的名字和联系资料，大部分地方都空着没填——名字：巴蒂。品种：像是喜乐蒂牧羊犬？年龄：不清楚。上一次接种的疫苗：不清楚。有无疾病：不清楚。是否植入微型芯片……看到这儿，艾丽斯抬起头，指着那个问题说："要是他植入了怎么办？"

"那么我们就能找到它的主人是谁了。"埃德从艾丽斯那儿拿过写字板。

候诊室里没有动物的气息，诊断室里几乎也是。一位技师给它做完了所有的常规检查，也就是测量了体重（32磅）和体温（正常）。之后，年轻的克莱顿医生来到诊断室里接见他们。巴蒂信心百倍、照单全收，就像一条习惯了兽医检查的狗。那个写着微型芯片问题的写字板现在被克莱顿医生拿在了手上，她要是提问，埃德就让艾丽斯来回答，因为这跟带着孩子去儿科医生的办公室没什么不同——该由妈妈出面回答那些问题，爸爸则该退居二线。

食欲良好，肠胃健康，无咳嗽症状，淘气活泼。它平日就睡在沙发上，那样是不是很糟糕呢？……兽医自始自终都在问她最常见的健康问题；艾丽斯则不停地抚摸着巴蒂，手指捋过它脖子上厚厚的毛发，松散下来的一丛丛茸毛飘浮到了空中。

埃德等着兽医问他们怎么得到它的，如果她真这么问了，她会坚持检查它是不是植入了芯片吗？只见她一边掰开巴蒂的嘴、看着它的牙齿，一边双手顺着它的身体两侧一直摸到腹部，并在那儿花了更多时间进行触摸检查；接着还查看了它的耳朵内侧和瞳孔的状况。埃德注视着兽医双手沿着它的背部摩挲，完后，她对它举起大拇指赞许道："好样的。"

巴蒂用鼻子摩擦着兽医的脸颊，看着像是同意她的说法。

"它的腹部有一块疤，我想应该是手术留下的。如果它曾经打过麻醉药，那么它可能就植入过芯片。可以让我看看吗？"

艾丽斯没有作答，只是在手上缠绕着牵引绳，将它抓得更紧了。

"它身上没芯片，"埃德伸出一只手，放在艾丽斯的肩上："给我们这狗的人没给它装过。"

他通过自己的手，感到艾丽斯此刻松了一口气。

埃德能感受到，兽医并不相信他的话，可她并没有抓住这个问题不放。她注射了狂犬病和犬瘟热的疫苗，抽血做了个心丝虫检测，再向巴蒂的鼻子里注射了一点儿防治犬窝咳的药。"它真可爱。你们非常幸运，它以前的主人无疑将它照顾得很好。"

"是的，那家人很会照顾，不过后来他们就没法继续照顾它了。"

付过225美元的诊费后，埃德、艾丽斯和巴蒂启程回家。这一回，轮到巴蒂坐在前排的副驾座上了。

马克从不曾同时跟两个人生活在一起。以前跟着贾丝汀时，家里来过访客，也有过夜的，但从没有遇到两个人同在一个屋檐下，也就不会有他们睡在一张床上、于是便能在过道上不期而遇的情况。这么些天来，它看到了埃德和艾丽斯是怎么过日子的。她的口头禅包括像是“晚餐”这样的、容易听懂的词儿，而他的则是“不”。埃德经常对艾丽斯说“不”，大部分情况是她向他提问时，就能听到“我不知道”、“不用了，谢谢”或者“我怎么会知道呢”。他们俩跟对方说话时，往往言简意赅，即便是只狗，都能看出这种交流并不正常。有趣的是，它单独和他们中的任何一个在一起时，他们便会用柔和流畅的口吻说话——那是人们高兴时才会用的口吻，轻快的语调上还能听出细微差别来。突然之间，他们反复对它说着一个词儿，它意识到那是他们给它取的名字：巴蒂。不管叫什么都没关系，这是个耳熟能详的名字，只要他们需要，它就会作出回应。

麻烦的是，他们很少待在同一个房间里。巴蒂（马克）还无法适应两个人给出的不同指令；它不得不徘徊在电视房和厨房之间，先是去找埃德、再到艾丽斯那儿。它那牧羊犬的本职告诉它，他们应该同处一室的。后来，艾丽斯来到了电视房，可埃德却去了浴室。巴蒂（马克）只好在拱门那儿耐心地等着，这样才能同时监视电视房和浴室的情况。埃德从浴室出来了，它放松地摇起了尾巴。这下好了，它能把埃德带到艾丽斯所在的房间了。然而埃德拍了拍它的脑袋，从它身边绕了过去，到卧室看另一台电视去了。

今天艾丽斯第一次没有同它一起待在家里，巴蒂（马克）听懂了她说的“工作”，所以它认为晚上她可能会身上带着食物的香味儿回家，因为贾丝汀告诉它自己去“工作”时，总是带回这股味道。一想到食物，巴蒂（马克）便垂涎欲滴地期盼着，也许今晚这两个新朋友能从工作的地方给自己带回点好吃的。每天出去兜风后，埃德也会让它独自留在家中，自己又出门去。巴蒂（马克）想告诉埃德，完全可以放心地让它待在院子里，可它又没法让埃德知道。因此它跳到沙发上，蜷着身子，再将尾巴盖在鼻子上。它不会睡得太沉，而是竖起一只耳朵，捕捉两人回来的声音。

自从巴蒂（马克）决定继续留在这里等待贾丝汀，它就没再深眠过，只是打盹儿；而缺乏深度睡眠，开始让它疲倦不堪。由于害怕自己听不到贾丝汀来这儿的声音，再加上那么一点儿陌生人照顾自己而产生的紧张，使它不允许自己补个满意的觉。它没做在奔跑的梦，它从没有做过追逐的梦。它就像它那独自狩猎的祖先一样用最原始的方式睡觉——时时刻刻保持警惕。

今天它第一次感到自己睡得很沉了，巴蒂（马克）没有意识到自己进入了“快速眼动睡眠期”[①]，它只知道自己身处在安全的地方，终于能够不知不觉、倍感轻松地睡个喜乐蒂牧羊犬该享受的好觉了。

巴蒂（马克）叹了口气，释放掉过去几天以来感受到的各种紧张不安。它将尾巴下的鼻子埋得更深了，而新得到的动物抱枕就枕在身下。

它很确信，如果此刻贾丝汀来了，她会叫醒自己的。

① REM，全称Rapid Eye Movement，是睡眠的一个阶段，眼球在此阶段时会快速移动。多数醒来后能够回忆的栩栩如生的梦都是这个阶段发生的。

25. 和狗跳舞

艾丽斯穿过厨房的门，巴蒂蹦跶了一小会儿，以表达自己的问候。它又蹦又跳地绕着她兜圈子、轻轻发出嗷嗷的声音表示欢迎，就是想得到她的注意，而她也被弄得都没时间将绿色的购物袋放下了。“乖孩子怎么啦？你想我了吗？我出去了整整五个小时，你以为我回不来了么？”艾丽斯学着童声说着，就像她以前哄她的孩子那样，她也曾用这个声音来模仿尚在成长的斯黛西发脾气的样子。“谁是乖孩子？”

“巴蒂是个乖孩子。”埃德说着，出现在厨房和餐厅之间的拱门那儿，他脸上有一道什么东西，像是鼓捣机械留下的；偶尔他会决定自己来修理电器。“我们今天去了斯坦维修店，我把吹雪机放那儿了。”

艾丽斯脱下身上的薄夹克衫。“看上去你或许想过自己动手修理嘛。”她照着埃德脸上那道脏东西的地方，指着自己的脸说。

“呃？噢……”埃德用一根手指抹了抹那道脏东西，接着又将脏手指揩在自己的裤腿上，他那绿色旧工作裤因为多年的磨损，已经变得软塌塌的了，“哪有什么脏东西？”

艾丽斯蘸湿了一张纸巾，示意埃德靠近自己，接着用力拭去那道污迹。巴蒂用它那牧羊犬的专注看着他俩彼此面对面。“这下干净了。可别穿着这条脏裤子就坐椅子上啊。”

“不会的。”

“我想在开饭之前，带着巴蒂一道走着去我妈那儿。”图书馆的轮值结束后，艾丽斯在杂货铺待的时间比她预计的要长；排队的时候，前面站着某个不按标识排队的傻瓜——当然，“12件以下快速通道”从文法上看就有待商榷——而她一直在担心埃德是否已经带着巴蒂出门进行傍晚之前的散步了。她从没说过自己对此是多么的期待，正如她期待自己在忙碌一天后，能随意地沿着蜿蜒小路漫步到保护区去，享受森林的清新气息和静谧的独处时光；诚然，狗也能从中获得乐趣，她希望自己是带给狗这份快乐的人。

“它会愿意跟着去的，我们差不多刚好完成了任务。它之前已在后院里大便过了，”埃德说着，解开皮带、让脏裤子滑到厨房地板上，“今天它没做什么激烈的运动。”他从裤管中跨出双腿，但一只脚的脚跟勾住了裤脚边儿，因此那条裤腿被完全翻了出来。他光着下身站在那儿，粗纹牛仔衬衫刚好遮住了臀部，一双白皙的长腿与深色衬衫形成强烈对比。“除非你数过它解了多少次大便。”

艾丽斯从埃德手上拿过脏裤子，将翻出来的裤腿收了回去。尽管许多年来在工厂地板上来回行走，他的双腿看上去依旧好极了。埃德并没有像大多数他这个年纪的男人那样发福，但问题并不在她——她很会做饭，虽然没有登峰造极。她从没做过昂贵的酱汁或花哨的点心，而是像在家政课上学到的那样注重营养丰富；她日常会做一类基本的食物，偶尔会添上一些特别美食。艾丽斯听到公众抗议肥胖的时候，显得嗤之以鼻——她的家里就没出过胖子。

“我本想带它去散步的，但也知道你会想要在回家后带它去。”

埃德理解她的想法，这让艾丽斯很吃惊。

巴蒂倒在地板上，仅靠着晃来晃去的尾巴来表明它并不是在休息、而在期待着什么消遣活动。埃德用脚趾轻推着它："嘿，巴蒂，别丧气了，艾丽斯会带你去做你想做的。"

狗一跃而起，轻轻叫了一声。

"我想我只得去洗澡了。"

正是他说的"只得"让艾丽斯感到内疚，听上去埃德就像是从游戏中不幸出局的男孩儿似的。埃德一整天都跟狗待在一起，那为何他会是感到被剥夺的那个人呢？艾丽斯想要独处的机会，既然现在埃德下岗了，这样的散步就成为她唯一能够独处的方式了。她希望他那时在另找一份工作上没那么固执，便至少能使他离开这个家做点事，而不是只知道去莉尔咖啡馆待着。眼不见，心不烦。

埃德弯下腰，将它从头到尾一身毛弄得乱蓬蓬的。狗转过头来用那双鸳鸯眼看着埃德，舌头懒洋洋地垂着，洋溢着狗狗的乐趣。

结婚那天的黎明时分，艾丽斯醒了过来，想着自己是否被喜悦冲昏了头，就这么要跟这个男人结婚了。她认为他善良、迷人，而且对自己做决定的能力非常自信——而对他的这个特点，即便还在当时那个花前月下、儿女情长的时期，艾丽斯也知道，从今往后不管怎样、她都会认为他是对的。

"能帮我给它系上牵引带吗？"

巴蒂懂得的英语够多了，足以对艾丽斯说的话做出反应。它跳起来冲向后门，准备好要表演它的某一项绝活了。

艾丽斯在结婚那天早晨醒过来时，的确既兴奋又紧张、以至于甚至还有点作呕，但她那时并没有怀疑自己的选择——当然这么说，不过是她近来才给出的解释，是她用35年来的为妻经历回过头去对那个年轻的新娘心中所期待的美梦锦上添花罢了。

而在近十年里，埃德已经辛酸地体会到马有失蹄处、人有失手时。

埃德接过狗衔在嘴里的牵引绳，再将它扣到项圈上。消防栓形状的狗牌敲击在金属扣上叮当作响，这个声音说明该狗是能让人安心接近的。艾丽斯还想给它做一个名牌，上面印有他们的电话号码和地址。这主意不错，不怕一万、就怕万一。

“玩得开心点儿。”

艾丽斯很快地离开了家，为自己这么做感到了一点儿羞愧。

巴蒂（马克）在暖阳照耀下的露天平台上伸展四肢，长叹一口气后，释放出的热量使得它全身颤抖起来。艾丽斯一直在给它梳毛，它的皮肤能感到刺痛感，却又特别舒适。散落的毛发一簇一簇地随着微风漂浮，向上越飘越远，鸣鸟们若想要拿去做窝也为时已晚了。

艾丽斯又穿上那套行头了，正好与贾丝汀跟它去跳舞所穿的一样。巴蒂（马克）享受了理想的日光浴，站起身来欢蹦乱跳，向艾丽斯表明自己能够跟她一起去跳舞的地方。在它看来，艾丽斯带它去一个它所知道的地方是完全合情合理的，何况贾丝汀也会在那儿等着它。它不懂得为什么她会如此的不明就里。

“噢不，巴蒂，你不能去上瑜伽课。我敢肯定埃德会带你去什么地方玩的。”巴蒂（马克）只听懂了她并不会让它跟着自己，但没听懂她的话到底什么意思，也就不会懂得问题出在哪儿。艾丽斯穿着跳舞的衣服——而每当它看到紧身黑裤和白鞋、车钥匙、与它和贾丝汀共用的那个几乎相同的水壶，它总是能去跳舞的。它能够不计较她一次没带着它去，但是再次这样可不行。它警觉地站着，蓝眼睛和棕眼睛都密切注视着艾丽斯的脸，等着她的下一步行动。

接下来艾丽斯做了个手势，即便一只狗也知道她并不想要它作出回应，可它还是回应了，十分高兴地炫耀着它的才能。艾丽斯右手手心向上翻开，巴蒂（马克）就用后腿站立并转了圈。它能从她的神情上看出她很吃惊——人类的嘴巴能够暴露出太多他们的想法了。巴蒂（马克）注视着她，看她是否要做出其他熟悉的手势。果不其然，她迅速地敬了个礼，巴蒂（马克）便仍旧用后腿站立着，跟在她身后走，后脑勺十分吻合地贴在她的臀后。只要她向前移动，它就会跟着移动；她转而向旁边移动，它也会紧跟着。它等候着另外的手势，接着它自行决定“背靠背”这个动作已经完成了，于是便依旧保持着后腿站立的姿势，臀部像跳嘻哈舞一样撅着，来到艾丽斯面前。她向它的前爪伸出双手，它便递过去给她。它的嘴巴裂开像是在大笑一样。她在和它跳舞啦！

现在我们能上路了吗？

26. 米契来电

我曾在疗养院工作过，也想过要考取助理护士的认证，可一直没抽出空来。我学会了如何在病人不离床的情况下更换床单被褥，了解了褥疮的知识，还观看过助理护士如何给病人喂食、洗澡、换衣，同老年人说话时还得模仿令人害臊的儿语，把他们当做是没有思考能力的低能儿来对待——仅仅就因为他们上了年纪、或是被疾病剥夺了说话或行动的能力。我对此并无厌恶之感，既然能有这么一份每小时能挣上17美元的好工作，一个不得不独立养活自己和儿子的女人是不会再漫天要价的。

我守在父亲身旁，等着他示意说还要再吃一勺汤。他可以自己进食，但宁愿睡衣上留下西红柿的污渍、也要别人来喂。

“再来一勺吗？”

“不了，我吃饱了。拿走吧。”

我俯视着他那被毯子遮盖的双膝，试着不去细想这场病使他变得有多瘦骨嶙峋。只要父亲受得住，别管是汤还是蛋白质饮料，阿黛尔可以一股脑全给他灌下去，但仍旧没法逆转病情恶化的趋势；我收回之前所做的评判，父亲其实已病入膏肓、要不久于人世了。

“就一勺。”我听上去就像以前哄托尼吃豆子的口吻。

“都说不了。我吃饱了。”父亲听上去则像托尼那时不愿吃下去的样子。太难伺候了。这个老大不小的男人何时变得刚愎自用了？在我的印象中，他是个安静、顺从、或许还在那个取代我母亲的女人面前忍气吞声过，但从不曾蛮不讲理啊。

“好吧。”我只得将他下巴下面垫着的茶巾抽了出来。

“把遥控器给我。”

我最终抑制住自己，没让他说“请”；递给他遥控器后，我便离开了房间。

阿黛尔休息去了，我独自在厨房清理残渣，那是加热金宝汤罐头时不小心溅出来的。别看就只有一个炖锅和一把长柄勺，要不出声响地清洗还挺麻烦，不然会吵到“正在休息”和“濒临垂死”的那两位；终于捣腾完后，我已是精疲力竭。我在厨房中找到了那些年里一直属于我的那把椅子，瘫倒在上面、后背抵着墙壁。我需要考虑好下一步的打算，便把桌上纸巾盒里塞着的那本记事薄拿了出来，还找到一支铅笔。新贝德福德的电话簿还原封不动地放在最上面的抽屉里，我找到后，试想着能给谁打电话。或许本地的救援部门可以帮我搜寻，但我真正需要的是一台接入互联网的电脑，这样才能在网上筹划出一个囊括全国的战略来。我打开电话薄，在黄页上搜寻“动物救助”，结果却无意看到了“汽车及配件”门类下面的“马卡姆汽车公司”。

我父亲为马卡姆汽车公司效劳了40年。他起初负责销售雪佛兰，在该公司扩展国外汽车市场之后，便转而经销本田汽车——尽管他自己一直都还在开雪佛兰。每年马卡姆公司都要颁发销售奖励，而每年父亲也几乎都能在他办公室的墙上再添一块铜牌奖状，以至于“马卡姆”在我家里成为了神圣不可侵犯的字眼儿。如今不同了，人们不停地更换工作，从一个领域“跳槽”到另一个领域；可想当年，特别是对像我父亲这样的人来说，对工作尽职尽忠是件可敬可佩的事。只要还自认是马卡姆公司的一份子，父亲就感到满足。除了努力工作直至退休，他从未料想过其他的事。

我不再看着这列电话号码，把黄页翻回到了动物一类的列表。还没能找到“动物救助”，我的手机就响了起来。我一开始并没有认出屏幕上的号码，接着又想起来了：“是米契？”

“嗨。就是想问候一下，看看你那边的情况如何。现在什么地方呢？”

“我顺利抵达了新贝德福德。”

“狗呢？”

“还没任何消息。”

“很遗憾。”

“谢谢你，”我曾紧搂着走过一千英里的这个陌生男人还在想着我，让我十分感动，“我有了好几条线索，卡车司机也在试着用他们车上的民用波段确定亚迪的位置。”我有点儿言过其实了，可又庆幸自己能这么说。

“我在我的脸谱网页上发布了你丢狗这事儿，好多人留了言。”

“你真是太周到了。”

“那么多人通过一只丢失的狗彼此联系起来，真让人感动得想哭！”

想到这个貌似粗野、骑着哈雷的独腿小提琴师嚎啕大哭的样子，我禁不住笑了。

“老家的情况如何呢？”

“还好吧，”这么说也让我自己感觉好了一些：“你的音乐会进行的怎么样？”

“还不是老样子。现代乐器吹奏那么点儿维瓦尔第[①]，根本就听不出什么旋

① Vivaldi，1678－1741，是一位意大利神父和巴洛克音乐作曲家，同时还是一名小提琴演奏家，其最著名的作品为《四季》。

律了。”

我笑道：“也许我哪天会去参加你的一场音乐会，我倒想听听维瓦尔第。”我是认真的，不是没话找话说。这么些年来，我已经显露出对优美音乐的鉴赏能力。夜里酒馆打烊后，我会匆忙地将古典音乐的CD碟片放进播放器中；凯蒂不会制止我，当然，要在最后一位顾客离开之后才可以这么做。

“听我说，贾丝汀，我们刚结束了夏季演出的最后一场，冬季系列演出的排练还要再等几周才会开始。所以接下来我就有一段休息的时间。”

他的“听我说”引起了我的注意，这个口语暗示着，接下来将会有比改变话题更大的举动。“短期休假，那，你想干吗呢？”

“可能我今晚就要跳上摩托车，骑到新贝德福德的捕鲸博物馆去看看。”

“这家博物馆倒很不错。”

“我明天就能到你们那儿，要是什么事儿耽搁了，就后天到。”

“那太好了。但我想你不该来的。”

“有什么不方便的吗？”

“是有点儿。我一直住在父亲的房子里，还不知道得继续住多久。”

“不是因为你出于礼貌，就不好意思叫我别多管闲事吧？”

“不，不是的。能有个友好的人在身边就太好了，”我能想起脸贴在米契的皮衣上的感觉，还能想起他的味道，却想不起他那双一路上始终藏在太阳镜后的眼睛：“朋友能来再好不过，但我想现在还不是时候。”

“我懂了。”

“只是……”只是什么？又一个想泡我的男人吗？还是我这辈子已身经百战，不会再为此受宠若惊了？可事实却并不是这样，我感觉自己本该会支持他这么做的，可却不是现在。我有一大堆情感上的事需要处理，根本没有心思去支持一个男人一时心血来潮，要从克利夫兰骑车到新贝德福德。“等这事儿过后，我离开家里，也许我就可以……”

“没关系，真的。也就只是个想法而已。我真笨，你忙得不可开交是当然的。我之前太意气用事了。”

“米契，没关系。你能那么想真的很贴心。或许在我回华盛顿的路上，还可以去找你。”

有那么一刻我俩沉默不语，彼此都在调整自己的思绪。他想来，我却不让；我赶不上路时是他骑车送了我一程，而现在他还挂念着我。

我听见阿黛尔在跟父亲说话，我必须挂掉电话，去听听她还想给我扣上几顶莫须有的帽子。

“要是我有你那狗的照片，这事儿搁脸谱网上就方便多了。”

听他这么说，我才第一次希望自己也能将一台集高级照相机、电子邮箱、收发短信和“洗衣主妇”小游戏的智能手机纳入囊中，可我所拥有的只是一部光能用来打电话的老式诺基亚。“我身上没带它的照片，可我的朋友桑德拉有。我可以叫她发给你。”桑德拉是我们那个犬类自由式比赛上的非正式摄影师，她照了好多狗狗表演的相片，一定能从那里面找出一张马克的，用电子邮件发给米契。

拿到他的电子邮件地址后，我说：“米契，谢谢你帮我的忙，也谢谢你给我打这个电话。我真的非常感激。”我只是无法赞同他这时候出现在我家，这会让我心里没着没落的，至少这一次，我得集中注意别出半点儿纰漏了。

“需要帮忙的时候，尽管向我开口。”米契听上去很真诚，但我怀疑他不再会这么热心地帮我了。要搁在过去，我可能早就把他招来身边；可现在我年纪大了、也更稳重了，我懂得心猿意马是件多么诱人的事，也懂得那会让人多么难以自拔。

离开安东尼后，我去了南方，毕竟那里气候更暖和、据说生活开销也要少些。我在奥兰多做过女招待，在新奥尔良的疗养院工作过，在达拉斯找到了份接待员的职位……于是到了托尼五岁的时候，我已形同枯槁。在这个两口之家中，只靠我一个人付出情感、做出决策、给予奖励和惩罚，这使我不堪重负；而我在各类工作中遇见的其他女孩子还在挥霍着青春。当她们在晚上九点外出玩乐时，我却和儿子都已各自上床，夜晚的光亮照在他床上的那些恐龙玩具上；她们出于礼貌而邀我去酒吧，我无法像她们那样潇洒、只能谢绝好意，因为我没法放心把托尼留给保姆照管、也喝不起什么玛格丽塔[①]。由于当初的不顾后果，小孩子只能靠我一个人来抚养；我依照自己的选择做了单亲妈妈，也全身心地投入其中。可即使是一位呕心沥血的母亲，也会有厌恶与泄气的时候。

当丹第一次约我出去、并说他来承担保姆的费用时，我对自己说这样没关系。事实上也的确如此。然后我又同卡尔约会、接着是布鲁斯，后来又结交了许多不只把我看做一位母亲的其他男人。即便他们对我的关注都很短暂，却又提醒了我：我仍旧年轻，才二十多岁，或许没必要一直单身下去。难道我就不该做一些成人的事吗？一天忙碌之后，让保姆延长工作

① Margarita，一种用龙舌兰酒配制的鸡尾酒。

个把小时，不会对我的孩子有什么影响的。何况，夫妻俩将孩子留给保姆照顾、自己出去的情况也是存在的。

我喜欢时不时享受点儿成年人的时间，后来也成为了一种习惯。精心打扮后外出，让我意识到除了母亲和抚养人的角色之外，我还能拥有自己的活法、能说些不同于家庭作业和玩伴聚会[1]的话题，还能收到甜蜜的吻——这些都让我意识到，自己仍旧拥有美好的生活。

可后来那些男人都离我而去、各奔前程了，那使我感到从未有过的孤单。尽管他们不曾确切地点明，但我知道带着个孩子就是个障碍，特别是托尼渐渐长大、不再那么容易被礼物所吸引、也不再喜欢被他们向上抛起的游戏了；他也不会再在我和“男客”等着保姆时，乖乖到一边去自己玩自己的，而是想要参与大人之间的谈话。

到了谈婚论嫁的时候，他们全都会想要一个了无牵挂的女人。每次失望之余，我都在心中发誓：决不放弃我的孩子，忘掉那些男人。我只是没有意识到，托尼并不是个不闻不问的小孩；他一边成长，一边密切地留意着我的失败人生。

不，我此刻万不能三心二意，我必须全神贯注于手头的事，暂时将儿女情长置之度外。

“贾丝汀。”阿黛尔在病房中召唤我过去。

我挂了电话，转身到她那儿去听取自己接下来要去达成的命令了。

① Play date，指的是西方国家里，家长因为忙碌于工作而没法照顾孩子，于是就约好特定时间，让两个或两个以上的孩子在一起玩耍，可以是户外、也可以是彼此的家中。

27. 光荣岁月

我所能给予的帮助，似乎主要就是跑腿打杂。阿黛尔打发我去杂货铺和药房不说，还要我去珠宝店——她把手表拿到那儿去修理了。她总是有一出没一出地布置这些任务，所以我出门的时间比待在屋里的还要多。就像是她将我召唤回家后倒把自己给吓着了，所以现在需要把我使唤开一样。我走就是了，待在那个家里等着把父亲的下一碗汤喂给他吃、或者坐在舒服得出奇的沙发上等着自己的下一项任命，都不比开着车东奔西跑地去执行傻帽儿任务让人感到自在。这是我最想念马克的时候，也是我需要它在身边的原因——它就是能给予我支持的伙伴，就是让我离开那个家的理由，说明我至少还能在一只狗的生命里扮演着至关重要的角色。

迄今为止，阿黛尔已把比较私人的护理工作做完了，我的“协助”多半都限制在了卧室门外的范围。我想她有点担心我和父亲独处，担心我可能会说些什么，或者他会承认什么。于是我奔波于驻步购物连锁店和顾客评价药店，在北达特茅斯购物商场稍作逗留之后，再去扎列珠宝商店取回了她的手表。利用这期间打电话给凯蒂询问情况时，我信步游走着、成为购物商场大道上闲逛的女人之一；我将手机贴在一侧耳边，远方朋友的声音则将周围的嘈杂统统遮掩住了。听到她说“凯蒂的家”时，我是那么想回家、回到那个有着马克的家啊。

“只要店里来了个卡车司机，我就问他们是否见过亚迪，可没人见过，而且大多数人还不认识他，仿佛他已消失在了世界尽头。”

“要不就是他一直在躲着我。”

“之前的确有人说他也许知道亚迪的代理人是谁，可记不得名字了。他说想起来再联系我。我不想让你被这种口说无凭的事儿给弄得心烦，所以没告诉你。”

“亚迪就跟隐身人似的，没人见过，也没人知道。”

“如果他遇见什么意外之类的怎么办呢？可能这就是他消失无踪的原因。”

这么想倒是没错，也不知怎样才能让州警察局告诉我，那个被卷入什么意外事故当中的亚瑟·施密特，是否有可能已经死了。只要他那时并没把我的狗带在身边，我就不必为此伤心。然而，我发现这主意也有站不住脚的地方：“他可是个吉普赛司机，他无所顾忌，不像我们似的有所牵挂。车震高手——这就是在路上开卡车的人仅了解他的地方。他很可能已经接到另一批货并跑到加拿大去了，要不就往南方去了，或者到了华盛顿之外的任何地方。”

“贾丝汀，他到底还得在某个地方啊，马克也是如此。”我能从凯蒂说话的音调听出她的心不在焉，一定是顾客趁着大清早来喝酒了。她那个时区才是早上九点。

一声“哔哔”响，提示我将凯蒂这个电话切换到另一通来电上，我不会去接的，除非那正是我等候已久的电话、能让我更快找到马克。每次手机响起来时，我的心总会空怀着希望而跳动不已。

是阿黛尔打来的，问我现在哪儿、为何不在家——不正因为她将我支出来了吗？我有那么几次真的怀疑她是否脑子有问题，她犯过的某些小失误曾让我大伤脑筋，像是有次她忘了叫我顺路去买厕纸，有时她会谈及一些根本与保罗的孩子不相符的事情、像是在说更小的小孩儿一样。我在疗养院工作的时候，曾被分配到阿尔茨海默病症的科室，所以便了解普通健忘与衰老引起的记忆力减退之间的差别；可我却没有接触到这类病症最初的心智开始收缩的阶段，所以不能确定自己所见的是否是衰老初期的症状——也许只是因为我对阿黛尔的印象太糟糕了，我希望是这样。

“你在回来的路上没有？”

“还得等会儿，我在等着他们找到你的手表。”

“别等了，现在就回来。”

通常阿黛尔会用生来傲慢的语气提出这个要求，可这次不同了，她听上去很恐慌。

“再等一刻钟，我现在就回去。”

阿黛尔挂了电话，一如既往地没有道声再见。

我笨手笨脚地从后门冲进了屋，把手上的东西全都丢在厨房地板上。阿黛尔正在父亲的房间里，我听到她的说话声；屋里的电视则被转到了某个访谈节目，主持人不管说出什么台词，观众们都没头没脑地报以掌声。我猛地关掉电视，顿时房内便安静了下来，阿黛尔也没再出声了。父亲平躺在床上，嘴却依然张开着，身上散发出刺鼻的尿臭味。阿黛尔在他身旁立着，手里还攥着块湿毛巾。

“怎么都叫不醒了。”

“他这样多久了？”我伸手去抓床边的电话。

“几分钟了。”

“那你打电话给我时他就已经这样了？”

“是的。”

“你为什么不叫救护车？”

“我不想他去医院。”

我拨了911。

“保罗在哪儿？”我以为她起初向他求助了的。

“我没打电话给保罗。”

“那好，我来打给他。”我可不想在这种情况下单独和他母亲在一起。

阿黛尔接着用冷掉的湿毛巾给父亲擦脸，说：“我不想送他去医院，因为他就该待在家里。”

“他就只是去一会儿罢了，我们会把他带回来的。”我不知道自己为何要这样保证，但我能十分肯定的是，最终的结果并没有给我们留下什么选择的余地。安慰她的话但说无妨。与此同时我意识到,自己将永远无法从父亲那儿得到十七岁以来便求之不得的——他的道歉了。如今没什么话能安慰我了。

大学第一年结束后的那个暑假，保罗回家以后，再次与高中那帮朋友交往甚密。他们都是参加过三个赛季的运动员，其中一两个靠着体育奖学金去了不错的学校；剩下的大部分则只能留在新贝德福德，要不就是子承父业，要不就在毕业之后进入技术学校学习九个月、最终拿到电工或水管工的学徒执照。保罗差不多就跟这样的孩子出去玩。他们每晚聚在一块儿的情形，正如布鲁斯·斯普林丝汀在《光荣岁月》那首歌里所唱的那样。

因为都还未成年，所以他们最喜欢出没的地方就是高中的露天篮球场；在那儿他们不用总去提防慢行巡夜的警车，还能在街球对阵[①]与百威淡啤[②]狂饮赛的游戏之间，挤坐在一辆车里。在他们自己看来，身为曾经叱咤在篮球场、棒球场、甚至是足球场上的传奇人物，任何看过他们打街头赛的人，都会回想起那些黄金时刻，并被他们这帮天王的仍能像高中时那样炫耀自己跳投的技巧而深深折服。他们喝得越高，就越能在毕业后体会到曾经的“光荣岁月”并非是十全十美的。有些人做着繁重的工作，被那些也曾做过“光荣少年”的老板们呼来喝去；或者，他们就像保罗一样，只不过是有点运动天分的普通大学生，即便能得到奖学金并加入水平一般的州级篮球队，也从没有成功打进过季后赛中。

罗尼·马卡姆也是他们当中靠体育奖学金成功升入高级学府的一员。他们总在议论将来他会如何地立身扬名；他的杰出技能使得他所就读的学校一次又一次名声大噪。他父亲作为这个地区最大也最成功的汽车经销商，也使罗尼获益不少；而承传三代的马卡姆汽车公司，在我们高中球场上也占有着相当数量的广告展位。

那时罗尼和保罗交往也有些时日了，罗尼比保罗大一岁，在波士顿大学读完了大二。他们在篮球场上重聚，于是在我们家能时常看到罗尼的身影了。他和保罗通常去高中投篮，然后会想玩什么便玩什么，一直玩到第二天凌晨。有几次我打开门，就看到他站在我家前门台阶那儿，还是那么英俊迷人，不愧为新贝德福德的美男子。“嘿，丫头，保罗在哪

① skins versus shirts，街球起源于美国黑人聚集区，为了区分对阵双方，通常一方穿着衣服，一方则赤裸上身。

② Bud Light，美国百威公司出品的一款清爽型淡啤。

儿？”——他对我的所有印象也仅限于此了。

可后来情况却有所改变。

那年夏天，马卡姆汽车公司为了削减成本、紧缩开支稍作整顿。我父亲的职位朝不保夕，毕竟他已好几年没得到铜奖了。

透过那堵改造后的衣橱的薄墙，我能听到他们在谈论着那事儿。阿黛尔死缠烂打地哀求父亲召集马卡姆公司的人面谈，向他指明自己在公司这么些年来取得的成就和积攒的经验。“告诉他，要是还算明智，就该升你当经理。经验才是重中之重。”我打小就挺机灵，明白经验并不总是办事的杀手锏，年轻才是。归根到底，年轻才是王道，老家伙们该退居幕后啦。

父亲默不作答，他说的话通常是无法穿透过墙的，只听他说了一个词儿：“不行”。

“是不敢才对吧。”

我父亲肯定在房间里踱来踱去，所以我才突然能清晰地听见他的声音：“我们还在收房租，差不多能过日子了。”

阿黛尔直接了当地表态说：“还不够。”

“又不能确定马卡姆会解雇我，咱们还是别担心了罢。”

“你说着倒轻巧，我可得靠着你的工资维持这个家。我容易吗我？本就不宽裕了。你不知道我现在也想稍微享受一下、改善一下生活吗？有些东西我已经忍痛推辞好些年了。他要是把你炒了，你认为那么点儿房租能支撑我们多久呢？那屋人几乎都不肯为那幢房子交保养费。必须得加房租了，说到底，还是得加租。”

那不是我第一次听见这样的谈话了。阿黛尔总为她认为不可避免的事而心神不宁，而父亲则会自欺欺人地逃避问题。他们从卧室一直商讨到厨房，谈话的主要内容也变成了最残酷的设想：如果马卡姆先生开除了父亲，我们要怎么养家糊口呢？

当罗尼·马卡姆开始频频出现在我家时，父亲用尽各种方法去促进这份友谊——真可谓千方百计了。最后，马卡姆先生没有开除父亲。我如今已永远无法判定，究竟是保罗的友谊、还是我与罗尼一塌糊涂的约会，让父亲保住了饭碗、一直干到了退休。

救护车终于到了，闪烁的灯光在卧室的墙壁上来回跃动。我拉起阿黛尔的手，拽着她走出了房间，以便急救医生们将我父亲一动不动的身子抬到担架上。有人试图从阿黛尔那里获取什么有用的信息，然而，仅此一次，她选择了沉默不语。

28. 服从练习

“要是它真这么聪明，你何不试着让它做服从练习呢？”萨莉·伯金斯——艾丽斯在图书馆的同事——将一满车的书重新放回架上。此刻正值下午三四点左右，平日里此时通常都过得很慢，对那些进馆来玩电脑游戏而非做家庭作业的孩子们来说，现在还太早；而对坐小型巴士前来的老年人们来说，为时比较晚了。大概也只有家庭主妇们，才会在这时漫无目的地徘徊在多层书架之间，在小孩下车回家之前，随便翻看爱情小说和励志书籍来消磨时间了。

关于巴蒂如何自发地表演后腿站着转圈的特技这事儿，艾丽斯把来龙去脉全都告诉给了萨莉。她理书的速度领先于萨莉，正忙着将架上那些摆放得杂乱无章的书放回原位。为什么读者无法做到在哪儿找的便放回哪儿去呢？标有“941.45 HE”的这本该放在“941.45 HI”的左边，艾丽斯将架上非小说类文学作品的次序颠倒了过来。“它早就掌握了些基本动作，像是坐下、原地不动和趴下什么的。”尽管她从未要求过，巴蒂其实连紧随身后这一项都掌握了。每次它表演了什么特技、或是遵从了什么命令，艾丽斯都试图不去给予过多的赞赏——要是它真这么熟练，它的主人肯定花了很多功夫——这条思路使她感到紧张不安，毕竟不管是谁丢了这只狗，艾丽斯不难设身处地感受到那份失去的痛苦。

“接下来你能带它学习高等阶段的课程了，这会很有趣的。”萨莉这辈子都在和狗打交道。艾丽斯发现她的许多朋友都喜欢自称为“爱狗之人”。就拿玛丽·杰克逊来说吧，艾丽斯打小就认识玛丽了，也知道她离开了狗就无法生活；但直到艾丽斯开始谈到巴蒂之后，玛丽才像说起自己的孩子那样、敞开了她所钟爱的狮子狗的话题。萨莉也不例外，也是自那以后才喋喋不休地说起自己所救下的那只比特犬拉尔夫。忽然之间，这个共同点使她们彼此的友谊更进了一步，或许，也可说成是填补了两人的一道隔阂。

在那件事发生以后，艾丽斯的朋友们不再谈起他们的孩子。艾丽斯知道他们这样是因为对她所遭受的损失有所顾虑，同时也由此避免自己沾染上她的厄运。在她的朋友们看来，这远比不去提醒她所发生的事更加重要，仿佛沉默便能使她不再分分秒秒、日日夜夜地为那件事所困。此外，他们这样做也是出于对她和她的遭遇的担忧，担忧他们自己的孩子会因此而暴露于危险之前，引发最为严重的后果。即便艾丽斯独来独往也是于事无补，他们发现，任何形式的谈话都会伤害到她脆弱的神经。她不去留意波特杂货店的豌豆价格，也对小镇近来的流言蜚语没有半点儿兴趣——而当时正值教会秘书挪用专款购买即刮奖券的事被公之于众。艾丽斯发现自己不管看到谁都会生气，还会在心里想着“他们难道不清楚发生了什么事吗？他们怎么能去在乎什么电视节目、或是某场棒球比赛的胜负呢？”很长一段时间里，艾丽斯憎恨着世上没有经历丧子之痛的每一个人。

“我不清楚，这附近有没有谁在做狗狗训练的？”艾丽斯将几本顺序被打乱了的书调换了位置，“而且，对我们来说这狗已经懂得够多的了。为何它之前要学那些东西呢？”

“就只为了好玩儿吧。你可以帮它报名参加服从技能表演。获胜的狗狗会被颁发证书，就像大学生获得文科学士或者理科学士的学位一样。狗狗们得到的是CD的头衔——伴侣犬或者其他什么的。它也可能成为出色的治疗犬，你就能把它带去疗养院了。”

艾丽斯想象着她这只银白色的狗将它的头放在某位坐轮椅的老年人的双膝之上，不管老人在说什么，那两笔黑色“眉纹”都能使它看上去仿佛正在专注地倾听。这种事情对狗来说似乎是易如反掌的。它坐着的时候，始终将下巴搁在她的膝盖上的，那双鸳鸯眼仔细地注视着她的脸，就好像期盼着她做些什么似的。艾丽斯回味着用手轻抚那身柔软茸毛时的触感，抚摩着它的时候是多么容易叫人心荡神摇啊。

萨莉拿起推车中的一本书，将其放回架上：“我正在考虑再养一只，外面有那么多流离失所的野狗。要不我再收养一只，然后我们让狗一同去参加培训？”

艾丽斯将大卫·麦卡洛夫[①]的书插进了传记类书架上的正确位置：“你想收养什么狗呢？”

“大概还是比特犬罢，可能是某只从新贝德福德的那次突袭中幸存下来的小狗。”

“那么你盘算这个很久啰？”

“没有，不过……也许是吧。一听到那些小狗的消息，我就在考虑收养了。一听说你家收养了巴蒂，我那种哺养小狗的冲动便又开始蠢蠢欲动了。”

艾丽斯仔细翻看着从推车里拿出的最后一本书，书名叫做《莫儿的

① David McCullough，美国著名传记作家、历史学家和教师，生于1933年。他曾经为罗斯福、杜鲁门等人作传，并著有多部历史纪录性文集，内容涉及广泛。

门》[1]，讲的是作者与一只无拘无束的狗相伴相依而得出的生活感悟；她将这本书夹在腋下，准备拿回家阅读。她已飞快看完了《马利和我》[2]这本书，庆幸自己发现的这只并非涎水滴答的拉布拉多犬，而是一只端庄优雅的喜乐蒂牧羊犬。她曾在馆里读完一本介绍犬类品种的书，现在她知道巴蒂属于芸石色的类别，而这一类多为蓝色眼瞳；这样，她便对自己已经掌握的信息更加确信了：这只狗属于聪明伶俐的品种，会欣然接受一份工作的。

她想萨莉是对的，和狗在一起做些像是服从表演或是治疗训练的事情，是十分有趣的。"我再考虑一下狗狗的事，可能真的会很好玩罢。"

想当初艾丽斯没法怀上孩子，她把探讨这个问题的书看了个遍；而她终于成为高龄产妇后，又找来所有介绍妊娠的书学习。等斯黛西半岁大的时候，艾丽斯就没有时间和精力再去阅读了。而那件事发生以后，好心好意的朋友们硬塞给她回忆录和散文选——其主旨都在于启发开导，使人茅塞顿开、甚至对书中所讲心服首肯。这些书被她搁置一旁，犹如崭新的砖块般堆砌在茶几上，只是偶尔用抹布擦拭一下书的封面。接着她一本接一本地归还了它们，也没向人说起自己从不曾看过。

① Merle's Door，作者泰德·凯拉索（Ted Kerasote）是美国当代重要的描摹自然的作家，曾为《国家地理》、《纽约时报》等50余种知名刊物撰稿，并有若干著书。本书记录了作者自己在野营时遇见这只他取名为莫尔的荒野之狗、并与其相依为命十三年的感人故事。本书曾蝉联《纽约时报》书籍排行榜20余周，被多伦多《环球邮报》评为"百大好书"，并获得亚马逊网上书店动物类书籍第一名、读者五星感动推荐。

② Marley & Me，约翰·杰罗甘（John Grogan），现为宾夕法尼亚《费城调查者》报的专栏作家。小说讲述了一个家庭从一只极其捣蛋的狗的身上，领悟到了什么才是生活中真正重要的东西。作品出版后荣获包括《纽约时报》、《出版家周刊》、《华盛顿邮报》等13个畅销榜单第一名。

29. 破败墓园

埃德驾车驶过墓园大门——要从家里到达穆迪镇的主干道，此处是必经之路。就像他们每次经过这里一样，巴蒂弓着脖子、转动耳朵，面朝艾丽斯起初遇见它的地方看了出去。它张开大嘴、伸出舌头，短促地喘着气，而不是气喘吁吁，不像是它热了或者刚跑了下来，更像是在发声，在问着："嗯？嗯？"

往常埃德在此时都会加速，踩上油门让这辆老态龙钟的卡特拉斯加大马力，可今天他却在墓园对面的车道上停了下来。巴蒂飞快地从副驾座跳到了后排座位上，快得只见一阵模糊的灰白影儿。它越过埃德，将前爪搭在驾驶座一侧的窗上。很明显它十分兴奋，埃德却不明白是什么原因。他打开车门，狗突然跳了出去，于是埃德没能来得及抓住迅速被它拉出去的牵引带。谢天谢地，路上没有迎面而来的车，要是这狗有个什么三长两短……埃德简直不敢再想下去了。停下车来真是太糟糕了，他为自己的一时冲动后悔不已。

狗跑进了墓园中，顺着龟裂的、杂草丛生的车道时上时下地飞奔而去。埃德想，它一定是看到松鼠了，那东西对狗有着致命的吸引力。然而，狗并不是朝着树林的方向跑去的。它站在那儿，上扬的鼻子嗅着空气，接着沿着车道一路追踪下去，比埃德松开牵引带让它自己跑时还要快。有那么一瞬间，埃德担心这狗会在某个坟墓撒尿而玷污亡灵，但幸好它没有。

墓园车道两侧屹立着砖砌的漆柱，埃德背靠着其中的一根，柱上的白漆已经剥落了，露出里面的砖块。这个破败的墓园已经完全被人遗忘了，除了草坪被修整过，其他地方没有变动；只有较新的墓看着像有人来拜访过。有些承袭于18世纪的家族墓葬仍旧有空余的墓位。如此多不堪一击的古老砖石，像是被遗弃在潮湿环境中混沌不堪的全麦饼干；其背后的传说故事，都随着时光流逝与日晒雨淋而不见天日了。每逢万圣节，园里都会再次出现塌倒的碑石。旧式造型的天使业已被侵蚀得无法辨认，它守护着家族墓葬、见证了小镇的兴衰过往。这里埋葬着曾经的奠基者与流氓无赖，而死后人人归为平等了。

再多走几步，他便会来到一处自己没有勇气去面对的地方，也是艾丽斯花了那么多时间来打理照料的地方。有时他会为此跟她发火，说她将所有精力都用在这上面了，好像这是个花圃；那个时候她就不该耽溺于此，而今他仍旧担心她再次陷入某种失落情绪中无法自拔。这是不利于健康的。不必看到墓碑上的字，他也能想起究竟发生过什么。他并没有因此变得更能接受、或是安心，或是相安无事；这块墓碑只会让他恼怒。可艾丽斯却无法理解。真该死，埃德想，让她种植菊花根本就是于事无补的。

狗回到埃德身边，牵引带拖在地上，它已不再那么兴奋了。它蹲坐下来，可鼻子仍旧嗅个不停，两个耳朵扭转起来，像一对小小的雷达探测器一样。埃德不得不说服自己别去想这狗正在等着什么人。尽管如此，狗那种失望的心情仍旧一目了然。

“该走啦。”埃德拾起牵引带的另一端。

“快看我啊，爸爸！”穿着圆点图案比基尼的小女孩喊着，成束的宛若海藻般的长发披在她的双肩。“看着我啊！”斯黛西第一百次从游泳池边跳进波浪翻腾的池中，接着迅速浮出水面、咧嘴大笑，为只有七岁的自己能够战胜淹水的恐惧而自豪。她划向扶梯，用力撑坐了上去，池水随之往外翻涌，她就像一个人世间的水泉女神。她冷得浑身颤抖，在池底灯光的辉映下，她看上去脸色苍白、微微泛蓝。她的欢声笑语在假日酒店的室内泳池的拱形天花板上回荡。埃德知道自己应该叫她上岸，但他却没有这样做。

巴蒂（马克）不明白为何贾丝汀没有在墓园里，埃德将它带到了那儿，似乎他也盼着贾丝汀能在那儿等着，拾起牵引带的那头，带着它回家。那么为何她没在呢？巴蒂（马克）没有思考的能力，它以为也许下次就能看到了吧。对于它来说，希望是持续不了几分钟的，也不由人力来解决。它不寄希望于埃德再次来到墓园，到“那儿”去，因为这不由它的希望来决定。它只能期待。它开始期待能坐车去莉尔咖啡馆，它期待一天能吃两顿饭，它期待能去散步，因为艾丽斯是个喜欢遵守习惯的人。

那次艾丽斯无意中做出了动作手势——暗示它转个圈或是站起来，鞠个躬或是摆臀——巴蒂（马克）并不是希望她会跟自己跳舞，而是期待。当她并没有如它所愿时，它只好满足于自己能逗她笑了。有时它会认为这两个新认识的人耳朵不好使，因为他们不能理解它最简单的请求、建议和评价。

值得欣喜的是，近来夜里，艾丽斯在厨房忙来忙去地折腾完、埃德把垃圾袋拿出去后，他俩肩并肩地坐在沙发上，它便能顺势躺在他俩之间、轮番将下巴分别搁在两个人的腿上。一开始，由埃德来抚摸它，他站起身去喝水或是去厕所时，巴蒂（马克）就转移到艾丽斯那儿。她捻玩它耳朵的方式跟贾丝汀一模一样，因此它待在她膝上的时间最长。他们开始在它头顶上说话，也谈论了它，它五次三番地听到了“巴蒂”这个词儿，有时会伴着人们高兴时喉咙发出的那种细微的声音。偶尔，它用自己使劲儿摇摆的尾巴来告诉他们它在倾听。埃德把玩着艾丽斯称为“遥控器”的东西，巴蒂（马克）不知道他会管那叫做什么，因为他从未让它去取来过。要是埃德说出自己怎么叫那玩意儿的，就等于发出了命令，他便会为巴蒂（马克）将它衔来搁在自己手中而大吃一惊。然而埃德却没有这个需要，所以巴蒂（马克）也就没能如愿去取来。

巴蒂（马克）在埃德和艾丽斯之间伸了懒腰，他俩之间间隔得足够让它把头放在她的膝上，把后腿置于他的腿上。他们现在没再说话了，但艾丽斯的手指仍在咯吱它的耳朵，埃德还是在用手轻抚它的臀部。

30. 艰难日子

今天是斯黛西的生日，想起来让人伤心，她今天该满22岁了。如果那件事没有发生，她就该大学毕业了。至今斯黛西该有个很不错的职业，她会考虑成为一名建筑师或者医生。10岁的时候，万事皆有可能；13岁时，选择没有界限。也许她还可能已经订婚，或者和朋友们游遍欧洲了。或许其他孩子在22岁时所获得的成就，今天也会庆祝；或许15岁将不再是所有梦想终结的标志。

巴蒂蹲坐在那个已作为自己专座的地方，在厨房的一个角落里，这样它不仅不会挡道，也能随时关注到她。只有在她处理好厨房的事、准备去铺床或者去收晾干的衣服时，它才会跑到沙发上等着她的下一项行动。今天，它跟着她来到卧室，坐在门口候着。艾丽斯往牛仔裤的包里塞进一张纸巾。马克真懂事，它正注视着她，竖着耳朵倾听着她接连不断的叹息声。她坐在床上，竭力抑制自己想要爬上去、将被子盖过头部、盯着过滤的灯光的冲动。埃德不知道出门干什么去了。今天家里什么事都与以前不同了，无论什么人什么事都在回避着她。

也许她今天就该安排去工作的，这样的话接连几个小时里，她就不得不与其他人交谈，听着别人的说话声，而不是现在这些占据了整个脑海的、提醒她失去了什么的声音。她就该那么做，然而她看着自己的日程安排时，从未想过要有所改变。要萨莉在短时间内安排出一份拼凑起来的倒班时间表，以让包括兼职和志愿者在内的每个员工都毫无异议，已经是很难的事情了。

巴蒂在门口轻声地汪汪叫着，声音里充满了疑惑，仿佛在问她“我们今天有什么安排吗？”它抬起头来，很明显在好奇她为何会坐在那里。即使是这只狗，也知道她在做完最后一件家务之前是不会坐下来的。它又“汪”地叫了一声，这一声更多了一分引人注意，更多一分请求的意思。

“是想出去了吗？”

为了回答这个问题，狗站了起来，从头到尾颤抖全身。她的话令它感到兴奋，于是稍稍地跳跃了两步。

“好吧，”艾丽斯放下胡乱揉在手中的毯子，说：“咱们走。”

开着车四处转悠是无法逃避心中所想的；为了注意路面安全、或是欣赏窗外飞逝的风景，心情会渐趋平静，但那些想法却会随之陷得更深。广播无法掩饰心中的想法，只会以像是加布里埃尔·福雷的《安魂曲》这般动人的音乐来使之加剧，而电台里的谈话声则会沦为背景音。然而，这个厢式旅行车里有巴蒂在她身边坐着，似乎让她感到好受些。它的头转向哪儿，他们就往哪儿行驶。他们路过墓园大门时，它发出了悲嗥声，可她却没有放慢车速。她稍后会独自来这儿，将那些凋谢了的菊花摘取下来。这段时间一直没下雨，因此她还会给花浇水、再悄声说句：“生日快乐”。埃德跟往常一样，不仅不会与她同行，还会认为她自寻烦恼。他总是自欺欺人地设想自己并没有看到那个坟墓有任何细微的改变；他不能因为自己没有帮她种花，而假装那件事没有发生。

根本不是她想要做祈祷，只是她需要去劳神费力地做些什么，让自己仍然能和斯黛西有所联系。有些父母会对着墓碑说话、装作孩子在聆听他们的每一个想法似的，或者将细小的巧合怪罪于代表他们女儿的那位天使身上；可艾丽斯与他们不同，她是务实的，接受了孩子已死的事实。

萨莉推荐的训狗师住在阿默斯特①。天气不错，驾车行驶在181号公路上也很愉快；要是她把在帕纳拉面包店的午餐、以及在汉普夏购物中心的彭尼百货商店闲逛一个小时左右包括在内的话，时间会顺势延长，这个短途旅行将是这一天里最关键的部分。艾丽斯已经事先给训狗师通过电话，并得到了评估见面的许可。孩子上学都得先经过评估，所以，很显然狗狗也需要这样。巴蒂会毫无悬念地名列前茅。

在搞错了几次方向后，艾丽斯找到了那个地方。她本以为会是个简陋的住所，却惊讶地在距离马萨诸塞大学不远的街巷里，找到了这幢朴素的科德角式平房②。当她和巴蒂站到房子的露台上时，没有听到狗吠声，然而这周围排列的旗帜却作出警告，指明这里安装有隐秘的电网、以防动物闯入。她摁了两次门铃才终于等来个开门的女人，肘弯里还抱着一团毛茸茸的东西。

“进来吧，屋里乱糟糟的，别介意。”

她所指的凌乱似乎就是若干空着的狗窝，还有随意覆盖着台布却颇具艺术感的两个狗笼，这样做似乎是想把笼子变为家具。房子里的确有些许动物的痕迹，但从其他方面来看，还是挺干净的。

“我是阿拉贝拉。你就是艾丽斯吗？”阿拉贝拉将抱着的毛球“扑通”一声放进其中一个笼子里。那其实是条伪装得很好的小狗，它对着巴蒂呲牙，还一度狂吠不止，接着因为过于用力而精疲力竭，便蜷起身子睡

① Amherst，马萨诸塞州汉普夏县（Hampshire County）的一个小镇。

② Cape-style，指那种一层或一层半高且结构紧凑的房屋，有一中央带烟囱的三角形屋顶。房子简洁小巧，易于建造、维修和改造。在20世纪前半叶是美国新英格兰地区最普遍的住宅形式。

起觉来。

“是的，我是艾丽斯·帕马利，这是巴蒂。”

阿拉贝拉并不像其他看到巴蒂的人那样，会弯下身子来向它打招呼。实际上她故意离它很远，可艾丽斯看出她扫了它一眼，在心中作出评价。

“它很可爱，多大了？”

艾丽斯已经准备好了如何回答：“它是只遭遗弃的狗，被人救了下来，我们才收养它不久，兽医认为它顶多不过四岁。它挺聪明的。”

“行为上有什么问题吗?像是乱咬乱嚼、在屋里乱撒尿什么的？”

“没有过。它表现得很好，没出过任何差错。”

“那你为何还要来找我呢？”

“我的朋友萨莉觉得它能成为一条治疗犬。”

“你怎么看呢？”

巴蒂今天显然让她做些什么时，它想成为一只治疗犬，但她并没有说这个：“我认为它很适合做这个。它还会不少特技呢。”

“也许它适合待在马戏团。”

“肯定适合，你看着。”艾丽斯翻过自己的手，可狗却光坐在那儿巴望着她，好像它以前从未看到过那个手势一样。“巴蒂，你知道这是什么意思啊。”艾丽斯又试了一次，调整了自己手掌的角度，可巴蒂并没有用后腿站起来，只是摇着头打了个喷嚏。“真的，它会用后腿站起来转那么一小圈。”艾丽斯又试了一次，狗还是原地坐着。

“可能它是怕生吧。”

“可能吧，”如果它是个孩子，她会使个恶狠狠的眼神，让它知道等会儿回到车里，免不了要对它说教说教。可它是只狗，没什么可说教的。

“好吧，我能帮到你的就是……”阿拉贝拉概述了一下培训治疗犬的程序，最后以高昂的费用结束了她的这番招揽生意的高谈阔论，迫使艾丽斯不得不模棱两可地回答说：“我再考虑考虑吧”。对于一项业余消遣来说，这笔开销实在是太多了；若是让埃德知道了，他会勃然大怒的。她坐进厢式车里，“咔嚓”一声系好她的安全带。别管埃德怎么想了，要是她想这么做，就去做，埃德没什么发言权。

埃德这天忙着给自己编造些任务。他顺道去了图利的店里，想看看厢式车的发动机维修工具。他从没有开过艾丽斯的车，也总是记不起艾丽斯的发动机需要修理。然而今天早晨他却想到了这个，停车下来为她做了预约。之后，他和图利吹牛瞎侃了一会儿——图利几乎在埃德搬到穆迪镇那天，便成为了他的汽车修理工了。接下来，埃德在莉尔咖啡馆里待着久久不肯离去，她便问他要不要看看午餐菜单，他答应了。

吃过一个培根三明治后，埃德发现他再也想不出什么理由不回家了。他无法逃避自己在这一天将艾丽斯独自留在家的事实，而由于内疚，他拖拖拉拉了很久才回到家。只是今天这个日子，比其他的纪念日更加特殊，对她来说是最难面对的；而无法让这种情况有所好转，则让他感到气馁不已。每次他试图让她高兴、或者劝说她、或者转移艾丽斯对这天的注意力，一番努力都只会引起她的恼怒与指责，并且还会让两个人的烦恼因此而变本加厉。有好几年都是如此了，特别是在早先的两三年里，他们彼此无话可讲，因为一旦开口便只有恶言相向。

埃德知道自己是在逃避无法逃避的事情，可他还是绕着道回家。

双车车库的第二个车位是空着的，埃德将卡特拉斯停靠进去，然后熄火，接着触动按钮关上车库的门。自动门在埃德的身后缓慢降下所发出的轰鸣声，遮掩了他忽而潸然泪下的声音。

只是短暂的情感爆发罢了，埃德用手背擦去了眼泪，长长地吁了口气，接着开门下车，再“砰”地关上，然后像往常一样打开了好市多塑料壁橱。

七年以来，与悲伤咨询师和善意的牧师不计其数的谈话，都没有让他们忘掉这些问题，他们也没有给出让人满意的答案——至关重要的问题是：为什么？

艾丽斯留给他一张便签和一块三明治；尽管已在莉尔咖啡馆用过餐，埃德还是吃了下去。他们的床铺还未整理，却出奇的诱人想睡上去。埃德全身舒展着躺了下来，望着天花板上的褪色水印，那是因屋顶漏雨而产生的，似乎没法修好了。艾丽斯留话说她带着狗去见训狗师了、不知自己何时能返。埃德对将巴蒂变成一只类似于杂耍狗熊的想法嗤之以鼻，可这毕竟让艾丽斯今天出了家门，就为这个他也觉得感激不尽了。养这只狗对她来说是件好事。自从那件事发生以后，艾丽斯就变得失魂落魄的。大多数日子里，他只能在她机械地应付日常生活时看到她的模糊身影。家里莫名其妙地有了这只狗后，艾丽斯为它忙活的同时也欣赏到它的那些鬼把戏，渐渐地变得有了气色。

现在他独自一人在家了。即使是妻子就在眼前的这种令人遗憾的情况，也比一个人在家里只有思想作伴强。让埃德欣慰的是，在今天这个关键的日子里，有狗陪着艾丽斯，可他倒希望狗能在身边，在这儿陪着自己。

埃德翻身下床，来到卧室对面斯黛西的房间。房中满是她的东西，却显得死气沉沉、毫无生机——等待好戏上演的舞台，不对，是曲终人寰的舞台。他们原封不动地留着所有东西，就像斯黛西只是走了出去、暂时不在房中一样。房间主人显然是一位正值豆蔻年华的少女。由于想着孩子要升高中了，芭比娃娃们被收进衣柜中已久，而不是分散地放在房间各处。书架上排放的不再是《临时保姆俱乐部》之类的儿童故事书，而变成了小说和诗歌：例如普拉斯①、伍尔夫②和莎士比亚等——都是女孩子应该接触的那些优异英文作品中的典范。墙上挂着那张著名油画——奥菲丽娅漂浮在溪水中，宁静安详、娇容无损；她张开双臂、凝视上方，嘴里还在吟唱。这幅画是斯黛西在某次学校的实考察地旅行时带回家的。

埃德触摸着斯黛西八年级时在足球比赛中赢得的奖杯，他将它稍稍转动了一下，只为了打破艾丽斯所营造的、那种博物馆级别的死板格局。

正当他要离开这个房间时，他的脚踢到了什么东西。埃德弯下腰，找到了这只狗最新的填充玩具——那个没眼睛没嘴的泰迪熊。埃德想不出为何狗的玩具会在那个地方。

今天带着巴蒂（马克）“出去兜风”的目的地，离它心目中贾丝汀找到自己的地方甚远。起先，它以为艾丽斯会带着自己直接回家。即便在一只狗看来，这次车程也远远超过了以往任何一次出行的距离，也许已到了回家的时间了。当他们最终到了那幢带有狗的气息的房子时，巴蒂（马克）期待着有什么事情发生，可除了艾丽斯笨手笨脚地尝试着让它做表演之外、什么都没有，它大失所望了。它所能想到的，只是艾丽斯带错了寻

① Sylvia Plath，西尔维娅·普拉斯（1932—1963），是继艾米莉·狄金森和伊丽莎白·毕肖普之后最重要的美国女诗人和小说家。

② Virginia Woolf，弗吉尼亚·伍尔夫 (1882—1941)，英国女作家，被认为是二十世纪现代主义与女性主义的先锋之一。

找贾丝汀的地方。这里有一点儿像桑德拉和她的那群狗的房子，只是寂静得令人不安。有谁会养那种不去欢迎访客的狗呢？终于，艾丽斯带它回到了车上，接着开车回家；一路上她都在喋喋不休，好像试图要说服自己做什么事情似的。

他们从后门进屋时，埃德上前迎接了它，他久久地抓挠着它的后背，贴着它的脖子轻声细语地说了很多话。接着埃德站起身来，走到艾丽斯一直站着的门口这儿。他们彼此凝视了好一会儿，让巴蒂（马克）都担心起来。他们就像初次邂逅的两只互不相识的狗，仔细地观察对方所表现的是恐惧还是友好、敌意还是吸引。最终，他们做了件巴蒂（马克）从未见他俩做过的事：他们相互爱抚了。

巴蒂（马克）小心地用它那双牧羊犬的眼睛看着艾丽斯和埃德彼此靠近、相互爱抚了很久很久，直到它认为自己该去打断他们了，毕竟一只狗还是得吃晚餐的。

31. 特别聚餐

“要是你放上音乐，那它就很像是在跳舞了。”珍伸出手，从她男友德里克那儿接过啤酒。珍·库尔特从六年级起就在帕马利一家的隔壁住下了，在他们生下斯黛西后还帮着带过孩子，他们几乎可以说是朝夕相处的。她父母后来搬到了佛罗里达州，而珍这个从业护士则买下了他们的房子，现跟德里克同居，而她的这位男友越来越像个房主了。斯黛西长大之后不再需要他人来看护，可珍仍旧是她的好朋友；当初那个十几岁的临时保姆变成了他们的好邻居，而只有她这位朋友才始终记得这个艰难的日子。在九月份的这个特殊日子里，大家自然而然地聚在一起，已经成为一个传统。没人事先计划好，至少没人正式声明。也许有天珍不会再来参加，她将忘记这天的重要性、继续过她自己的生活。然而，每次珍打电话来说“可以上你家聚聚吗？”总是令人高兴的。接着，甚至在知道他们要来之前，埃德就会带回六听一件的啤酒；艾丽斯则会正好在这时解冻她冷藏了好几周的烤牛肉。所有这些看似巧合的决定，合在一起成为他们周三晚上聚餐的动因，却没人会说出他们为何要这样做的真实原因。艾丽斯很高兴自己今天出了一趟门，就像她同样也为自己按时回家烤牛肉高兴一样。

“根本不是这样，你看着。”艾丽斯穿过头看着狗，它仍旧用后腿站立着。艾丽斯慢慢旋转手指、比划了个不规则的圈儿，狗便随之转了个圈儿。接着它四肢站立，全神贯注地看着艾丽斯，等待着下一个指示。“我想不通它之前为何不肯当着那个训狗师的面做这些，它当时就像那种拒绝在客人面前表演的小孩儿似的。”

“埃德，你有CD播放器或者录音机什么的吗？”珍说着，将手里的啤酒递回给了德里克。

埃德拿出他在工厂使用的那个小巧的播放器，又从自己收藏的CD唱片中拿出若干近乎都是经典摇滚音乐的碟片。

珍大致浏览了他所选取的碟子，选出了披头士的《白色专辑》[①]：“把这张碟子放进去，找到《生命继续》这首歌。”

埃德照办了，接着往后退了些，让艾丽斯和狗有足够的空间活动。德里克将他新买的iPhone准备就绪，埃德播放了音乐。

随着娓娓动听的音乐声，狗的动作突然有了新的含义。珍说得没错，这狗是在跳舞。艾丽斯带着它跳了几下自己无意中发现的特定动作，接着又试了几个纯粹编造出来的手势，看看还会发生什么事情。一开始，它无动于衷，而且还停了下来。她又尝试了一次，忽而它跟上了反应，以后腿为支点绕了个完美的圈。它停了下来，等待艾丽斯给出更多指示。她朝它招手，它便走近了些，只不过用的是两只前腿，它翘起了后半身子，尾巴摇得像是微风中的三角旗。当在场所有人为这只狗鼓掌时，它低着头将一只前爪缩至胸前，相当优雅地鞠了个躬。

“艾丽斯，再来一次，看看能不能把动作做得更流畅些。德里克，你准备好录像了吗？”珍将场地内的家具推到了镜头之外，接着有人把灯光

① White Album，披头士（The Beatles）在1968年发行的第九张专辑，内含两张CD。其中《生命继续》（Ob-La-Di, Ob-La-Da）这首歌是由成员之一的保罗·麦卡尼谱写的经典代表作之一，整首歌散发出热带海岛欢愉气氛。

转了过来，照亮了逐渐黯淡的房间。

艾丽斯等着音乐响起，她问道：“准备好了吗，巴蒂？”她翻过手掌，巴蒂便重复了它之前的那些动作。半分钟之内，他们表演了一套舞蹈动作，狗还献上了几个即兴发挥的姿势。最后，所有人都拍手大笑，狗则叫个不停，显然对自己的表现颇为得意。德里克已经用他那部新iPhone里的诸多应用程序将这一段录制了下来。

珍和德里克在九点左右告辞回家，只是临别拥抱要比朋友之间平常聚餐后所做的更紧、更久。埃德和艾丽斯站在前门台阶上向他们挥手告别。埃德用一只胳膊搂住艾丽斯，温柔地搂紧了她；她没有挣脱，却轻轻地叹了口气。巴蒂（马克）往二人中间加塞儿，使自己正好处于二人的腿之间。隔壁门廊的灯熄灭之后很长时间，他们仨还是那样站着没动。

他们仨站在厨房餐桌前，桌上放着一个小蛋糕，上面插满了16支蜡烛，在这餐厅的昏暗光线中闪耀着灼热的光芒。斯黛西仿佛被催眠了似的着迷地盯着那些蜡烛。“许个愿吧，亲爱的。”埃德将录像机对准了她，他俩等着斯黛西许完愿，再吹灭15支蜡烛的那一刻，剩下那支代表了好运。

斯黛西从恍惚中清醒过来，抬头看着举着机器的埃德，对他说：“别拍了。”

埃德十分不舍地放下了录像机。

斯黛西用手将头发紧握住，向着蜡烛靠了过去。当她吹完后，还剩下一支仍在燃烧。她伸出手指掐灭了烛火。

巴蒂（马克）躺在地上，摆出一副斯芬克斯的架势，专注地听着远处啄木鸟在树上啄个不停的声音。它更想有松鼠能让它去追着玩，它会以迅雷之势冲出去拼命追赶，最后将松鼠捉住。它总想着要捉到它追逐的那只松鼠，不过那只是它的梦而已。

艾丽斯在房子里用吸尘器做着清洁，埃德在车库中捣弄着跟汽车有关的事，巴蒂（马克）则享受着自己独处的这几分钟。与贾丝汀曾让它独自待上好长时间不同，这两个人似乎更喜欢与它为伴。并不是说相伴相依有什么不妥，只是它因此而不能好好地睡上一觉了。总是有人在爱抚它，或者对它说话，或让它到自己身旁；他们还会不断地想出新的冒险活动：像是“出去兜风”啊、“出去散步”啊什么的。这两人平常就知道在自家周围打转，还必须要它密切关注着自己，把它弄得没什么闲工夫。从卧室出来，它便始终要跟在他们身后，一直到地下室、厨房或是客厅，这实在是件让它力不从心的差事。艾丽斯在用那个讨厌的机器时，叫它在露台上等着，这让它很高兴，因为这样它就能在露台上观察野生动物，打几分钟的盹儿，期待能有只松鼠让它来追逐。

不可思议的是，紧接着真的出现了一只松鼠。只见它肆无忌惮地潜入宽阔的后院中，不时地在四处停下来寻找想要得到的东西。它坐起身来，手里拿着什么小小的有用的东西，接着扔在地上，继续搜索。巴蒂（马克）站起身来，喉咙里发出低沉的咕噜咕噜的声音，保卫领地的激情传遍全身；它一个快步跃到对手身后，脚趾甲在楼板上错乱张开，使它无法抓住猎物。它直冲向台阶，措不及防地止住了脚步。它被拴住了。

它之前从没有遇到过这种情况，从没有谁把它给拴起来。只消一句“待着别动”，就能让巴蒂（马克）不再猛追着松鼠不放了，即便这个命令多么令它感到沮丧。可这种制止它的方法实在是一种耻辱。巴蒂（马克）颤抖起来，边看着松鼠继续着它那毫无压力的行径、边低沉哀叫，接着又回到斯芬克斯的姿态。再玩下去已是乐趣全无。这两个人怎能期望它在被拴住、就像一只被拴在露台栏杆处的野狗一样时还能保卫他们的财产呢？为何他们会发现它的保留舞蹈节目，而非它每天必须听从的简单的服从指令呢？同样的事也存在于艾丽斯带它出去散步时，它想告诉她完全可以对自己放心，只要听到她的呼唤，它便能回到她身边，然而她却甚至不肯将它的牵引带取掉。取掉牵引带是小狗崽的待遇，而它在以前好几年的时间里都能得到这样的待遇的。

巴蒂（马克）想起自己还在等待着贾丝汀。而被拴住只是今天才出现的情况，这帮人也无法理解它一直在等着谁。贾丝汀会告诉他们，它并不是那种需要被拴起来的狗。它得回到墓园大门处，贾丝汀会到那儿去接它。

埃德来到滑门这里，表示想带它“出去兜风”时，它还在安抚自己的挫败情绪。正如每次埃德要带它开车出门时那样，巴蒂（马克）这次又希望他们要去的是墓园，贾丝汀会在那里等着它。

32. 刮除油漆

埃德坐在卡特拉斯中，却没有发动车子。巴蒂坐在他身旁，耐心地等着他们启程。艾丽斯正像往常一样做着清早吸尘的家务活，自从家里有了这只毛茸茸的狗之后，她便清理得更加频繁了。又要去莉尔咖啡馆了，埃德叹了一口气，今天改变一下惯例又有何妨呢？他已经在家喝下两杯咖啡了，不想再来第三、第四杯。可除此之外他又能做什么呢？已经想不出什么家务事可做了。在他不再工作、也就是退休的这一年中，给房子刷过漆、修剪过树丛，负责了所有那些需要他花时间去处理的小事。事实上也并没有这么多可做的，而现在他只能随随便便地找些事来混日子了——比如清理车间啊、整理那些钉子和螺丝啊。他不是那种无所事事地观看日间电视节目的人，他实打实干，决不会从享其成。

这是九月里的一个明快而清爽的工作日早晨，他所面对的最好选择，就是在咖啡馆里同那帮家伙们坐在一块儿；除了都是提前退休、以及都住在这个小镇上，他们之间多少还是有些共同语言的——大家都拥护波士顿红袜队。好吧，就这么点儿相同点，可这样就行了吗？埃德下了车，巴蒂焦急不安地看着他，像是在说："怎么？不兜风了吗？"

"我马上就回来。"

狗仿佛点头答应着，可埃德知道那只是自己的想象罢了。

埃德走进车间，双层牧场式住宅的车库直通往他的工作间，以及艾丽斯的洗衣房。他打开满是涂料用具的橱柜时，洗衣机正发出饶有节奏的铿锵声。埃德拿出他的钢丝刷、一把掸帚和一个簸箕，接着将它们全放进衣箱中。他这么做自有他的目的。

车在墓园停了下来，巴蒂兴奋异常，它就像个被带去马戏团看表演的小孩儿似的，从后座跳到前排，小声地发出听上去很像是在打嗝的尖叫声。这一次，埃德将车停靠在了剥落的漆柱的另一侧，接着把它放了出去。巴蒂像之前那样顺着车道跑上跑下，直到它精疲力竭并倒在车子的阴影下休息。狗没有系牵引带，要是被过于溺爱它的艾丽斯知道了，会勃然大怒的；可这是他们之间的小秘密，巴蒂哪儿也不会去的。

埃德逐步掌握了刮去左侧柱子上剥落油漆的方法。他今晚会在电话里将墓园的情况告知巴克·富兰克林，要是公墓专员不能打理好墓园的这块地方，自己就不会在11月的选举中投他一票了。油漆就像含铅的雪花一样飘落下来，覆盖在埃德的鞋和脸上。他赤裸着的前臂开始变得斑斑点点，他也许还是该带着面具来的。

钢丝刷一边摩挲在粗糙的柱面上，一边唱着自己才能听懂的歌，它低声说着：斯黛西斯黛西斯黛西……

斯黛西出生时是个重7磅4盎司的漂亮女婴，他幻想着老一套的父女情怀：从自己手把手地教她开车，一直到挽着她的手走过教堂的红地毯。可随着她渐渐长大，他发现自己的“育女经”更像是所谓的“望子成龙”：他教她棒球中的弹指球技巧，教她打篮球时如何运球、教她橄榄球的各种战略，以及如何踢英式足球。

“你今天有选拔赛吗？”埃德在1975届毕业班捐赠给秋季运动选拔赛的大帐蓬上看到了体育部的那个公告。斯黛西打的是前锋，在初中时已是她所在的英式足球队的高分球员了，于是大家都认为她读高中后踢进后备校队不在话下。

斯黛西穿着牛仔裤和T恤衫，丝毫看不出她正在初中球队中效力的模样。

“我忘了去了。”斯黛西从灶上沸腾的锅中舀出一勺辣椒。艾丽斯在洗衣房，埃德可以听到运动鞋从烘干机中发出的“梆–梆–梆”的声音。

“咋会忘了呢？”

“我就是忘了。没什么大不了的”

“以后还会去参加选拔吗？”

“不知道，可能会去吧。”

“这事听上去好像对你来说并不重要？你难道不在乎吗？”

斯黛西舔了舔勺背，专注地看着某处，却不肯直视他的眼睛：“我想还是在乎的。”

“你认为你在乎？如果你不想踢球，没关系。只是不要‘忘记’去参加选拔。”

“我就是忘了，人们经常会忘这忘那的。这又不是什么世界末日。”

埃德明白自己该是放弃的时候了。此时正是父母与子女的自我意识针锋相对的时刻，他怀疑是否只是自己太想让她成为足球队员了。作为资深的前篮球队员，他明白成为团队的一份子、变得积极活跃、以及在高中有点名气将会有些什么样的好处。

埃德想斯黛西也许正处于讨厌体育竞技的阶段，他也意识到要让她自己做出抉择。然而他却不禁问道："你在害怕自己不能被选进队里吗？"

斯黛西又舀了一满勺，回答道："更确切的说，是害怕自己被选上了。"

埃德拿着钢丝刷一遍又一遍地顺着三排砖锉过去，直到他的右臂开始酸痛、汗水在衬衫后背浸出一道细长的印子。这看上去不是一个早晨就能够搞定的，可埃德有的是时间。

成啦！成啦！埃德终于明白了他们该在这儿等着贾丝汀了！真让人松了一口气啊。埃德找了些事儿做，似乎人们只有在活动时才会感到快乐。然而他在做这件事时表现出的某种疯狂，却使得巴蒂（马克）警觉起来——埃德这样子仿佛是在作战一样。

他们一直在那里待着，一开始还有块阴影遮住它，后来阴影消失不见了。即便有寒风吹过，巴蒂（马克）也感到了暖意。它站起身来抖了抖，然后坐了下来，看着埃德；接着又不停走动，到处嗅来嗅去。它听到了松鼠的声音，畅想到了追逐大战。

埃德终于感到了疲惫，无力地坐了下来，背靠在他一直在强有力地摩擦的那根柱子上。巴蒂（马克）来到他身边坐下，为他俩都在这儿坐着等贾丝汀而高兴。

几分钟后，埃德边发着牢骚，边爬起身来。他打开车门，说："咱们走吧。”

巴蒂（马克）失望得垂下了耳朵。

贾丝汀还是没有来。

33. 似曾相识

他现在与狗在一块儿做的按部就班的一些事情，就跟当初对待斯黛西时如出一辙——即做个有趣的家长，变成搞笑且独占的那个他。艾丽斯双臂交叉抱在胸前，透过客厅的玻璃窗看向外面，等着埃德和狗回家，这样才能及时赶上它的第一堂训练课。埃德明知道她预约的就是今天，那他为何又要带着巴蒂一同出去呢？

斯黛西出生的时候，艾丽斯立刻辞掉医疗秘书的工作、在四十岁时做个纯正的全职妈妈——就像他们所说的，是顺理成章的事。她每天至少要花八个小时来负责家务事宜：像是照顾他们的女儿啊、制定饮食计划啊、当斯黛西和她的小伙伴们在后院玩耍时透过后窗密切关注着啊；还要负责接送孩子、并在她不听话时悉心商议；此外，在斯黛西不愿回到舞蹈学校上课时要表现出自己的失望，在她开始踢足球时要报名加入后援团。然而，当埃德出现时，却只有他才能深得女儿欢心。

现如今埃德进门，轮到巴蒂欢喜得手舞足蹈了。

埃德甚至还没给车熄火，艾丽斯就走出屋外说："就要迟到了。"

"为什么事？"

"它的第一堂课。"

"我搞忘了。"

埃德从车里爬出来时，艾丽斯上下打量了一番：他从头至尾被雪白的墙屑覆盖着。"狗也像你这么一团糟么？"

巴蒂从卡特拉斯上跳了出来，站在艾丽斯身边。它伸出粉红舌头，并不是因为喘气，而是因为之前和埃德去墓园待了很久，它仍沉浸在喜悦之中。

“它的牵引带呢？”

埃德无言以对。

艾丽斯在狗身上找了个遍，显然恼怒极了。她用一只手抚过它的后背，给它戴上必不可少的6英尺长训练皮带，用手指向厢式车开着的车门，示意它坐进去。

巴蒂看上去正为了被再次叫上外出兜风而异常高兴。

“你走前或许该给它喂些水。”

“带它进屋吧，动作快点儿。我得开车去阿默斯特呢。”

曾有一次，距离斯黛西的一项比赛之前还剩45分钟时，埃德带着她去了一家鞋店。他们俩都忘了比赛这回事儿，而艾丽斯当时在场外愤怒不已；教练来找他的这位球员时，她只好道歉，最后又开始担心起来。终于他们现身了，显得很不好意思，可又没表现出足够的悔意。可能就是从那时起，艾丽斯坚持要给他们配备手机。

巴蒂根本来不及舔舐多少水，就急着奔跑着回到了车库，坐进厢式车里它的老位置上。

“玩得开心。”埃德按下按钮，为艾丽斯升起了车库大门。

突然间这像极了做母亲的感觉，艾丽斯将车开到了他们所在的那条大街的尽头，接着又停在了路边。这实在是再熟悉不过了——她回味着上课路上的这种感觉，虽不完全“似曾相识”，却与以前的习惯如此接近。在九月的周六下午的气息中、以及光线照在路上的方式里有些东西，使得艾丽斯穿越回到那些年月——那时她花了更多时间待在这辆厢式车里，而不是在厨房。狗打了个喷嚏，另一位乘客的影子便落在了她身旁。

艾丽斯将手伸到车后，抚摸着狗的脑袋。这是只狗，是个安静的同伴，不是一个坐在后面的小孩；他们要去的是训狗课堂，去学习怎样让病人感觉好些、让老人开心起来的方法。“到前面来坐吧。”艾丽斯拍拍副驾座，巴蒂跃了过去。也许他们该买一条狗用安全带了，她边这么想着，边挂上车档、驶离了路边的停车标志。

艾丽斯试着不再怪罪埃德。悲伤咨询师曾建议她说，怪罪具有毁灭性，不该因为已经发生的事去责备任何人。可有那么一段时间，当过往回忆和九月和风的气息让她想起自己突然就被永远剥夺了母亲的角色、无法再有一个活生生的孩子时，她仍然会归咎于埃德。

艾丽斯浑身流露出不悦，巴蒂（马克）轻轻地悲嗥着，以作回应。坐在厢式车上时，他俩被中间的操纵杆给隔开了，因此它无法将头放在她的膝上；而在这之前，每当贾丝汀流露出些许不开心的模样时，它都能将这项技术活儿成功拿下：有时是她将手机重重地掷到地上之后；有时是在午夜里，它会从床脚蹑手蹑脚地爬上去，紧贴在她身旁，直到她用手臂抚过自己的身子，接着将它紧紧地搂住。

而艾丽斯仍旧不许它爬到她和埃德共享的那张床上，所以也不会将它搂紧，可巴蒂（马克）知道如果她这么做了，会令她感到好受些。他们睡觉时，它会在一边注视着，看到两人之间间隔着一只脚的距离，不管是谁在何时碰到了另一个，他们便会边咕噜着或是轻蔑地哼一声，边彼此分开。巴蒂（马克）认为他们之间的距离正好可供它自己悄悄钻进去，成为维系他俩的最后一环。

松鼠！

巴蒂（马克）看到一只长着龅牙的小不点儿飞快地从他们面前的马路蹿了过去。为了不撞上它，艾丽斯放慢了车速。**让我帮你把它捉回来吧！**可艾丽斯继续驾驶，没有觉察到身边这位技艺超群的猎手。它叫了一声，不过不是狂叫，而是在抱怨艾丽斯是个掉链子的狩猎同伴。

艾丽斯来到了墓园。嘿，瞧啊，她也顺着大门之间的车道一路开了进来，只不过，她都下车站到一块石头面前了，却没有将它放出车外。

巴蒂（马克）这时才叫了起来，用那短促而迫切的声音请求道：**请把我放出去吧！让我跟你一块儿等着！**

艾丽斯只是稍作下停顿，接着用手从石头顶上掸去了什么东西，又从菊花丛中摘下一支败蕾；她其间一直战抖着，接着回到了车中。"你嚷什么呢？"她抚摸着它的脑袋，一遍一遍地顺着鼻子捋向耳朵；最后，巴蒂（马克）感到艾丽斯的痛苦业已淡去，并准备好要离开此地了。

第三部　归属

34. 父亲离世

我从不曾将阿黛尔视为那种侍执巾节、无微不至的女人。他们为我父亲在安静的楼层中安排了一个床位，那儿的每个病人之间都相隔了好几个房间；医院会这么安排，似乎完全没有考虑到护士的辛苦。此时此刻，似乎所有医生都认为他并没有过世，只是昏迷过去了，不仅醒不过来，还会越迷越深。我的继母似乎难以相信那个总会出现的结局，她表现得像是电视剧里的情节似的，想以持续絮絮叨叨地聊天来挽救病人。所以这一次，正如我这么长时间以来所热识的那个她，阿黛尔仍旧喋喋不休，没完没了。我想她根本不在乎与之说话的那个人是否神志清醒。我无情地联想到，为了躲避她的啰里吧嗦，父亲会昏迷得更快、更沉。

要是以为她今夜是真心实意地在看护父亲，那就太可笑了。阿黛尔自导自演了这出哗众取宠的独角戏。我能听到那些玩宾戈游戏的女人们对她大唱赞歌，并将其想象成一曲施特劳斯的华尔兹："她一直守候在他身边，啦达啦达，不分离、不分离，啦达啦达……"

阿黛尔如此不依不饶地守在病房中，所以当她最后终于走了出去、让我能独自与父亲相处时，倒叫我吃了一惊。我俩都挺反感病房中的厕所，因此我想到，她出去是为了到大厅的另一头去上公共卫生间的。

父亲微微倾斜着身子，仿佛他躺在床上就是为了边观看挂壁式电视机里播放着的新闻节目，边休养生息。我伸手触摸到静盖在他身上的电热毯，它有点儿偏离中心了，我轻轻地将其拉直回来。与此同时，我感到他那一息尚存的身子仍旧是暖和的。他微弱地吐了一口气，我盯着他，竭力使自己专注于这一刻，使自己带着应有的正常情绪。我该追溯哪一段快乐回忆呢？又该摆脱掉哪一段痛苦的过往？

记得有一次我信步走进了阿黛尔家的厨房，看到父亲直视窗外、眺望着栅栏另一边我们曾经的那个家。那时他应该还没有再婚，因为我穿着一双过短的运动鞋，而他们结婚前一天我才有了一双新的。我之所以对这幅画面记忆忧新，是因为在那之前，我从未在他脸上看到过那样的表情：不是悲伤，甚至不是挥之不去的痛苦，而是近乎于恐慌的懊悔。

“你怎么了，爸爸？”

“没事。”

“你在干吗？”

“在想事情。”

“是妈妈的事吗？”

“我想是吧。”

“我想她了。”我仍旧只能看着他的背影说话，他双手揉搓着脸颊，一言不发。

“阿黛尔会变成我妈妈吗？”

“是的。”他说话时声音沙哑，像是嗓子疼似的。

“爸爸，我想回家。”

“这里现在就是家了。”

若是换了别人，那时也许就会伸出手去抱住自己的女儿，可他却已开始疏远我了。阿黛尔进屋时，他迅速转身，拥向了她。

我再次调整了电热毯，只为了确证他还有没有体温。

阿黛尔回来了，我离开他的身旁。

我并没有彻夜守护他，而是到保罗的办公室去上网查看邮件。我像往常一样收到了一些垃圾邮件，几封在线支付将从我的账户里扣钱的通知，这消息使我的骨头都发凉了，直到我查看自己的银行账户，看到我的老板兼密友——凯蒂·凯恩——已经直接将一份工资打进我的户头里、让我坐享其成了。我通常不会那么容易就哭哭啼啼的，可这却叫我眼泪不住地往外涌。我回复了一封感谢信，并保证自己会努力工作来答谢她的援助。凯蒂和桑德拉的邮件里都对我充满信心，并告诉我要“坚持下去”。

然而却没有一封邮件里写着“找到你的狗了”。我往下拖动页面，查看垃圾邮件夹。我不知道自己为何会将命运维系于一封邮件之上，但我的确是这么认为的；而没有看到这样的一封邮件，便使我极度失望了。丢狗警告已在全国上百万关于丢失宠物、援救喜乐蒂牧羊犬、倡导动物权益和其他相关领域网页上发布出去了。按照桑德拉发给我的列表，我将上面的链接依次打开，却找不到丁点儿有关马克下落的线索，只看到了那些表示支持的温馨评语。

回到医院后，我看到阿黛尔仍在对着我那昏迷不醒的父亲说话。我只能从心电监测仪不断发出的“哔哔”声，知道父亲还尚存口气。我看着屏幕就像看着电视直播一样，那根源源不断的绿线上下波动着，让我入了迷。我真的不知道这代表了什么，但只要它持续稳定地跳动，我们就还得待在这儿。

回来的路上我买好了午餐，阿黛尔将父亲病床上的餐桌板撤开，即便显然没有了吃饭的机能，他却不知为何已经被喂过午饭了。她瞅着夹有火腿和瑞士芝士的黑麦三明治，撇嘴问道："没买蛋黄酱？"

"在袋子里的，还没开封。"

"这玩意儿总那么难打开。"

我拿出蛋黄酱和芥子酱，咬住牢韧的塑料包装，用牙齿将两袋调料都撕扯开后，说："给，只管用挤的。"

阿黛尔从我手中接过俩袋子的样子，就像它们已经被玷污了一样，可还是挤了不少调料酱在面包上。

想到面对着垂死之人，我们俩都吃光了自己的三明治。

"我之前一直在跟你父亲说，只要他能出院，我们就该考虑卖房的事儿了。有一群人在那个大型综合仓库里造了一些独立的宿舍，我们可以搬到那里去。"你也亲眼看到家里的情况了，他已经难以维持这栋房子的开销了。"

我不再盯着监测仪，转过头去看到阿黛尔在做作地替我父亲盖好被子。她在向我父亲诉说自己是如何有的放矢的：在他从死神那儿逃离出来后，他们就到一处富人积聚的退休社区从事家政服务。接着我想通了，阿黛尔十分清楚地知道她必须得为了自己的后路而主动出击，但又不想让父亲认为她会弃他不顾；毕竟如果奇迹发生、父亲逃过此劫，就算看着再怎么病怏怏的，他却还是一家之主。

“卖了你那房子就能让你们吃喝不愁了；要不然将两栋房子全给卖了，能让你们维系好长一段时间呢。”我说这话只是就事论事，没别的意思。

只见阿黛尔撅着嘴，那熟悉的模样我打小时候就记忆深刻了，每当她要做出那独特的“公平裁决”时，就会摆出这样“我这可都是为了你好”的尖刻眼神。她控制住自己的情绪，问道：“都了解到了些什么呢？”

“什么意思？”

“你并不知道我们是怎么度日的。”

“我想我知道，我儿子把燕麦粥当晚饭的日子已经够多的了。”

“那都得怪你自己，是你要离家出走的；是你怀了孩子、又跟丈夫离了婚。你以为现在就可以想回就回，接手这个家了吗？”

简单的谈话一跃成为语言攻击，使我想到——早先我还以为阿黛尔表现出了阿尔茨海默病的症状——这种判断应该比认为她是小肚鸡肠更符合事实。

“我不是来接手任何东西的。”

“我们还要靠着那笔房租的，贾丝汀，现在还是这样。”

医院的这间小小病房里堆满了维系我父亲生命的各种仪器。他身旁的阿黛尔坐在屋里仅有的一把舒适的椅子上，我则在闭合式座便器上暂歇。空气中浸染着消毒剂和新陈代谢的气味；屋里仅有一扇嵌着铁格网的固式玻璃窗，刺目的阳光透过它投射进来，让电热毯上的白色和阿黛尔的白发都呈现出了光晕。我弃下座便器，离开了房间。我在此已经仁至义尽了。

再一次，我但愿自己会吸烟，那样我就可以加入围挤在街对面的那群医院职工，跟着他们一块儿吞云吐雾、将烟灰轻弹进排水沟里；他们之中有几个人啜饮着纸杯里的东西——纸杯来自医院入口往街区过去的半路上的一家小咖啡店，我不由自主地推门而入，使得门铃叮当作响。我要了外带的大杯咖啡，接着纳闷自己该往何处去。正当我在付钱时，手机响了。不知今后再遇到电话响起，我的心是否会继续砰砰乱跳。是特罗伊打来的。

“我找到它了。”

“马克吗？”为了不致于摔倒，我不得不倚靠在仿大理石柜台上，只听得心脏在胸腔里一声轰响：马克！

“不是它，抱歉，是车震高手。他卡车的引擎连杆崩了，他几天以来一直在伍斯特[①]枯等。我的一位老顾客今早上刚给他通过电话。要是你想知道，我有他的地址。”

我不会再吃盲目乐观的亏了。往女招待的手里塞了过多的钱后，我抢占了一张小桌、抓起一张纸巾，对着话筒道：“只管说吧。”

特罗伊给了我个地址，并简单说明了如何去A-1卡车修理中心。

“特罗伊，你认识的那个人有没有提到亚迪身边带着狗呢？”

“我该先告诉你的。他没提到。当然这是因为我那位熟人并没有问他。不过，他也有可能是带着狗的。”

我抑制住自己的失望，说：“我欠你人情啊，好朋友。”

“小事一桩。快去找它罢，但得告诉我接下来情况如何，说定了？”

我知道了亚迪的下落，只需几小时便可追上他。可唯一的问题在于，我怎么到那儿去呢？

① Worcester，马萨诸塞州第二大城市，位于州中部，90号州际公路沿线；是历史名城。

我和马克还在学习犬类自由式时，没人听得懂我所指的是什么。他们会问：狗跳舞吗？不是吧，类似于华尔兹吗？像马戏团里的狗那样吗？……后来，那档才艺秀的英国版为一位年轻女士和她的狗制作了专题节目，节目中她和那只边境牧羊犬随着邦德电影主题曲翩翩起舞，连以严厉著称的西蒙·考威尔[①]都为之折服。这段脍炙人口的视频迅速传播开来，狗狗跳舞这类主题也成功打入了YouTube等视频网站。甚至马克和我都曾在网上露过面，桑德拉制作了我俩所有比赛和表演的实录，并将其中最出色的视频发布到了网上。马克和我最喜欢的还是表演，大多数都被安排在大型狗展的间歇时刻，有点像是中场休息的演出。观众可以亲自加入表演当中，并随着音乐的节奏拍手喝彩、欢声大笑，为我们加油鼓劲。马克很能入戏，简直可谓乐在其中——观众越是热火朝天，它就越能淋漓尽致地展现自己。我总不忘使它保持尊严，而绝不会像我的同好那样，强迫自己的狗穿上那种奇装异服——往往小型犬会在所难逃。马克绝不能穿着什么金灿灿的表演服，像它这样有着天然银黑色毛皮的狗，只需戴上一条黑色领带模样的正式项圈就行，它的白色脖毛还能把黑领带映衬得时髦漂亮。噢，每当我拿出它的领带时，它看上去是多么地兴高采烈啊；它会扭来扭去，喉咙里间断地发出声音，以各种方式告诉我，他已经准备好去狂欢了。

① Simon Cowell，英国伦敦人，是现代流行音乐先河的开创者，曾在唱片业巨头BMG公司担任资深顾问时，就捧红了爱尔兰歌唱组合“西城男孩”（Westlife）；他也曾担任英美数档选秀节目的评委，风格犀利毒舌；此外，他也以爱狗闻名，宣布死后要把数百万家产留给可爱的宠物犬们。

周围的万事万物此刻都淡出了我的脑海。我现在才第一次有了夺回我的狗的真正机会，夺回我那只会跳舞的狗。

我的脑子急速运转起来，我如何才能到达亚迪被奇迹般地困住的那个地方呢？我必须即刻就到那儿去，即便他的卡车今天下午才能修好，一切还是会太迟了。我得立马出发。我能在两个小时内从新贝德福德赶到伍斯特去，要是收费公路上堵车，最迟就得花两个半小时。现在已是下午1点30分，他或许4点就能上路。我必须开车去，还得从阿黛尔那儿拿到车钥匙。我的心越跳越快，在我跑回医院时，忘记手里还拿着杯子，杯里的咖啡翻溅到了手上，于是我将它扔进了离自己最近的垃圾桶里。

探病人员的这部专用电梯让我叫苦不堪，不仅上升缓慢、而且逢楼必停，早知如此我就爬楼梯了。终于赶到病房时，看到保罗也在，而且还占去了大部分房中仅剩的活动空间。“保罗，你能送阿黛尔回家吗？我得借用一下汽车。”

保罗转过头来，满脸愁蹙地看着我说：“贾丝汀，他已经走了。”

一时间我还纳闷，为何保罗会知道亚迪走了的事，紧接着，才弄明白了他所指的意思。

我的父亲死了。

对此，我没有任何思想准备。这很荒唐，是的，我就是为此而来的。可他死了这件事，这个难以接受、无比残酷的事实，却仍然叫我惊愕不已。好比在坐过山车时，明知道接下来就要下坠了，自己会在猛然间感到失重、可能都要把早餐给吐出来，但到时候照样会胆战心惊、哭天喊地。

我倒没有惊叫出来，可的确伸手扶墙，好让自己在霎时的天旋地转中得以站稳。阿黛尔和保罗左右站开，我便看到躺在那儿的他，憔悴不堪、面呈蜡色。那双曾经起草不计其数的销售合同的手现在已经动弹不得了；即便他还在昏迷当中时，这双手也没有显得如此僵死、毫无生气。

我徒劳无益地想，自己可能是悲伤过度了。接着我不禁泪涌不止，这份悲恸是真实的。

阿黛尔背对着我坐在床上，一手放在父亲那不再插满塑料管的左手上。一度哔哔作响的心电监测仪此刻已是默然无声，被挤到一边去了。我本该在踏进房间的那一刻就该察出气氛不对的，屋内死寂沉沉，保罗还哭丧着告诉我这个消息。而我当时正为着自己的心事焦躁不安，以至于没能意识到过分的安宁。

可能是护士或助理的什么人，已给父亲清理过遗体；另一个或许是医生的人，则同意了"我们这一家人"希望能尽可能多花点时间守候在逝者身旁的请求。所以我们就这样坐着，不出所料，脑海里开始天马行空、千头万绪：谁会是第一个眨眼的？接下来又是谁？我们没有说话，装作是在冥思生命的意义、在祈祷。我本该为了父亲的灵魂而祈祷，可实际上却祈祷亚迪待那儿别动。

"他们会偷拿这些衣服的，务必将他所有东西都拿出储物柜。"阿黛尔头一个关心的问题既现实又得罪人。谁会想拿老头子的内衣裤呢？何况他被送来医院时，又是光着脚的，所以也没什么可寻思的了。我想冲着阿黛尔大声喊叫，告诉她把东西全留这儿吧，反正都没用了；就这么任其自生自灭，也比被人拿去捐赠给好意慈善超市强。可我没有喊出来。我站起身，从保罗身边挤了过去，打开储物柜，看到里面挂着个蓝色的袋子，里面是我父亲最后一次离开家时身上仅有的睡衣裤和袜子，而且还都有味道了。

“你能开车送阿黛尔回家吗？”现在已过了一个小时、可贵的一个小时。如果我现在就启程上路，刚入夜时便能回来。现在没什么需要做的了。我们收拾好房间的东西后，殡仪馆的工作人员马上就会进来将遗体抬走。阿黛尔是保罗的母亲，让他来应付她是理所当然的。明天我们就能商议遗产分配的事，而今天，我能找到马克。他们不会不让我去的。

“你要去哪儿？”他很怀疑我得这么赶时间，我也知道这样连自己都说服不了，但也无能为力，我能找回狗的时间已所剩不多。如果我错过了这次，也许再也没什么机会了。我知道现在离开很不是时候，可我没有办法，我现在不去追赶亚迪实在是说不通。

对于保罗的这个不难理解的疑问，我并没有做出回答，因为根本没法解释清楚：“求求你了，事关重大。”

终于见他点头答应，我便夺门而出。我一跑到车子那儿，就感到生命中沉甸甸的阴霾开始消散了，使我突然身轻如燕；等我找到亚迪，如果一切顺利的话，也找到马克后，要不是开着阿黛尔的车，我说不定就再也不会回头了。

35. 宝贝儿子

“安迪要成为我爸爸了吗？”托尼靠在我的卧室门口，问道。他只有十岁，却有一副三十岁人难偿所愿的厌世面孔。安迪已经走了，他拖着疲惫的身子起床按时上班去了。他是做筹划的，每天必须很早便去工作。我们已经约会了好几个月、说不定都半年了，托尼也很喜欢他，安迪关心他的时候他会很开心。这也许是因为安迪自己就是个大男孩罢，他比我年轻几岁，那种玩乐逍遥的心态还依稀尚存。安迪在我的电视上连接了一台游戏机，他每次来的时候，至少都会和托尼玩一个小时；现在他来得越来越频繁了，开始在我这儿过夜，下一步也许就要将他自己的东西往我这儿搬了。

我不知道如何回答托尼，这也不是他初次提出这种疑问了；在他更小的时候，我分别和马科、泰迪谈过两场认真的恋爱，那时他也是这么问我的。从那时起，他就不怎么关注我的男友了，因此他再问起安迪时，我立刻发觉到事态的严重。我喜欢安迪，也对这段关系的发展抱有希望；不过，安迪仍还没有向我许下任何承诺呢。

“我不知道，亲爱的。”

想要真正与前夫分道扬镳是不可能的；不管两人相距多远、分开多久，只要有了孩子，彼此就还藕断丝连。即使安东尼当初答应让我们母子离开，过去几年来，就算我从没有提出要求，他也不曾间断过电话联系，在孩子的抚养费上也表现得越来越慷慨。他来看过托尼两次，带着孩子出去吃饭，还满足其要求买了新玩具。我对这种联络持模棱两可的态度，我认为他并没有实际地参与到孩子的生活中，只是偶尔来干预一下罢了。托尼不管他叫"爸爸"，他不再以任何称谓来指称安东尼了。很久以前他就不再问起"爸爸何时会来"这样的问题，而如今他接起安东尼的电话，也只是含糊其辞地一语带过。我说不准托尼是否对他的父亲抱有某种怨恨的情绪，即使有，也是在情理之中的；或许，与此时此刻的安迪相比，那个男人对他来说，只不过是个陌生人。我想到这儿，不禁暗自高兴，便问他道："你愿意他当你的爸爸吗？"

托尼不再倚着门框，他说："不，我只想知道他何时会离开我们。"

"你怎么会这么想呢？"

"因为他们全都是这样的。"

学校来电告诉我说托尼打架了。我放下手头的工作，去接我那鼻青脸肿的儿子，同时对另一个肇事的孩子大为光火。

"米德太太，托尼承认是他自己挑起事端的，"他们的老师弗莱彻小姐，双臂交叉抱在胸前，以她为师的威仪怒视着我和儿子说，"托尼很喜欢挑衅别人，他不是第一次这样做了。"

"是这样吗？"我蹲下来面对托尼，问，"是你挑的头？"

"就算是吧。"

"为了什么呢？"

"不知道。"

他这么大的小孩儿就能摆出愁眉不展的模样，太可怕了。"托尼，你为何要和他打架？”

“我不喜欢他瞅我的眼神。”

一个留着夸张发型、打扮得像达拉斯选美少女的老师插话了，那架势就像她比我自己还更了解我的儿子：“年轻人，你知道那可不是借口，做了事就要承担后果。”

“你不介意的话，交给我来处理吧。我相信他生气一定有他的原因，有些事情是会让人发火的。”

“人的确会生气，可即使是个小孩儿，也该懂得不该拳脚相加。说话得注意用辞、就事论事罢。”

我拉着托尼的手，从那间教室走了出来，也从那所学校退了学。

离开达拉斯后，我们去了洛杉矶。在找到新工作之前，两人可以住在我的一个朋友那里。托尼将去一所新的学校、开始新的生活、交些新的朋友，这是一次重新开始的机会。安迪到底还是离开了我们的生活，与我想让这段感情进入下一个阶段所截然相反的是，两人的恋情宣布告吹。可想而知的是，一想到要和我与一个十岁孩子共处一室，他就临阵退缩了。

我沿着24号公路快速前进。在银城商业街附近因为交通堵塞而走走停停了一会儿，最后还是畅通无阻地经由495号公路西线开路出去。这条路像是对我敞开的康庄大道一般，即便遇见了无法避免的道路施工，也没有让我感到自己明显减速下来。我觉得自己仿佛就在飞行，看过里程表后，我知道自己的直觉无误。我将时速从80英里放慢到更合理的75英里，并希望这一带的警察不会发现这辆暗棕色雪佛兰已超出限速10英里了。我准备一旦被拦截下来就嚎啕大哭，我已想好怎么说服那个把我拦下的州警，让他一路把我护送到伍斯特去——只需他的警笛轰鸣、车灯闪烁，就能让其他车子自动给我这个义愤填膺的女人让出道来。

我左思右想、心神不定，一会儿相信狗一直跟在亚迪身边，一会儿又担心连他都不清楚狗身在何处。

去伍斯特的路程就像过了一辈子，我不准自己想到此去要不回马克、无功而返。我难以想象没有它的日子，为了找到它，我愿意走到世界尽头。我生命中有太多其他的人选择没有我的生活，而我不到绝望时，是不会选择没有马克的生活的。

一次在俄勒冈州的波特兰举办的狗展上，马克和我一直在决出总冠军之前的间歇时分进行表演。那是我们迄今所参加的最为重大的比赛，同往还有桑德拉和其他几个自由式俱乐部的成员，而且他们都已经完成了任务。马克和我将表演最新舞蹈的处女秀，这支舞的配乐选取的是披头士的《救命》，而不再是那首《珠光宝气》了，舞步动作上也大有变动。

我独自一人出现在台前，用舞姿诉说着自己是个孤独的女人，当歌词唱道“而如今我不再这么自以为是”时，马克从舞台侧面冲了出来，一会儿围着我又蹦又跳、一会儿顽皮地拉拽我的裤腿、一会儿又在我俯身时从背后腾空跃过，那意思像是试图帮我打气、让我不再沮丧。这是炫示的一部分，一来展现它跳得很高的技能，二来突出它表演喜剧的本领。

观众们对此反响不错。突然，马克在某个跳跃动作下落时显得有些吃力，在那短暂而糟透了的一刻，我想它是受伤了，然而霎时间它便置痛苦于不顾、专心地注视着我的每一个手势。我第一次想到我们不知还可以这样表演到何时，总有一天它会老去、不能再继续跳舞了。我们都会有告别这个舞台的时候。看到我给出不为人察觉的命令后，我的狗、同时也是我的舞伴，边用后腿站立绕着我旋转起来、边以完美的顺时针方向自转，宛若一个毛茸茸的小舞女。我歇了一口气——除非马克告诉我它不想再跳下去了，离我们告别舞台还早呢。

我边想着马克兴高采烈跳跃的样子，边用手摩挲着自己的嘴。我真是太想念它了，一生中只有它没有让我失望过。想当初，要在洛杉矶待个一年半载倒是没什么问题；我在一家健康护理中心找到了一份负责给病人喂食的工作，即使初次尝试那样的职务、也乐在其中。托尼进入了那里的高中，好像还挺喜欢那所学校的。我找到一处不大的地方租住，那里距离洛杉矶东部很近，他则同附近的三五个男孩们交上了朋友。

“米德太太，我们发现您的儿子同其他三个小伙子在一块儿喝伏特加。”说这话的校长是个西班牙人，长得五大三粗，为了遏制学校里那些无法无天的学生而一直在挣扎。他用“零容忍”这个词儿来表示意欲严惩不贷的态度，我那个正处于青春期的孩子因此被暂令停学。

“叫我女士，别叫太太。我该怎么做呢？”

“他还是得继续完成学校课业，他的老师会告诉您怎么办的。”

“我是指，该怎么样才能避免这样的事情再次发生呢？”

查韦斯先生看着我，目光中闪过一丝仿佛同情的眼神："首先，别再让他跟那些家伙鬼混啦；其次，得让他有事可做；再次，您也许可以试着动之以情、晓之以理。我希望这回只是他们出于孩子气的一番尝试，可您要知道，事情远不止这么简单。"

我的确清楚这点，他们打架斗殴、出言不逊，还被人发现伙同在男厕所里抽烟；他的成绩很不理想，并非他不懂课本上教授的内容，而是因为他不能很好地完成作业。事态已经很严重了，我必须有所应对；我不可能无时不刻地盯着他，再说，我小时候也被家长这样严防死守着，事实证明毫无助益，那么这招用在托尼身上怎么会管用呢？他是我的宝贝儿子、我唯一的家人，可这段时间以来，他却变得鬼鬼祟祟、言行鲁莽，令我倍感陌生。我不禁想哭，可我不会让泪水就此流下。"我会解决好这件事的。"

我驶达麻省收费公路，队伍前头还有五辆车，看到收费站的工作人员慵倦地将票据依次递给他们，我急躁不已。我希望车上装有快车道收发器，这样就不用再次停下车来，只需不动声色地通过伍斯特市的高速路出口、而后直取亚迪。我刚驶上收费公路，就立马停靠在韦斯特伯勒服务中心；为了轻松上阵，得上完厕所再打电话给卡车维修处、叫他们别放跑亚迪，这样我便可以与亚迪·施密特当面对质了。

正当我拨打特罗伊给我的号码时，我突然怀疑这么做否得当，我当然想知道亚迪是否还在那儿的，可要是那帮人给他通风报信，让他给跑了怎么办？到头来，我还是"啪"的一声阖上了手机盖。我很快研究了一下纸巾上字迹潦草的方向说明，相当确信自己能够找到A-1卡车修理中心，因为它就在11号出口附近。往右直冲、接着往左，接着又往右——这肯定很容易；高速路上可能有大而醒目的路标，因此开卡车的人才能轻松地找到它。一边开车，我一边掏出了缴过路费的钱、并拿在手中，我的时间再也耽搁不起了。

托尼十三岁时，我们离开加利福尼亚，辗转去了犹他州的卡纳布。有人应承让我去当酒店经理，但到头来那只不过是家主干道旁破旧衰败的汽车旅馆。我所做的第一件事便是从分给经理的那间简陋的宿舍搬出来，和儿子住进了公寓。在我俩四处奔波的日子里，那是两人所居住过的最好的地方。我没有租住那种带家具的房子，而是在一栋带圆形角楼的精雕细琢的维多利亚式房屋的第三层，找了两间空无一物的卧室。角楼突起处就是我们的客厅，窗外便是此起彼伏的山丘，看上去很像是保卫我们的屏障。我逐步给家里添置着虽是二手但也体面的家具，其中有些还是房东赠送的。

玛塔和亨利·桑切斯夫妇像对亲孙子那样疼爱着托尼。比起自己家，他更愿意待在他们家的厨房里，试吃玛塔烹饪的东西——玉米粉蒸肉、油煎面饼卷和自制红绿辣椒酱。我们两家共度了感恩节，我和儿子还在平安夜里不请自去他家讨了杯圣诞蛋酒、与其共享圣诞晚餐。亨利教托尼如何钉钉子、还有怎么给汽车换机油；玛塔则就是很爱他。

虽然这份工作并非我梦寐以求，可搬到卡纳布后托尼没再行为不当了。也许随着时间流逝，他总会慢慢懂事的；但对于他来说，能搬到卡纳布邂逅桑切斯夫妇更是件好事。

我和儿子在卡纳布的生活蒸蒸日上，直到一份难以拒绝的工作提供在我面前。

36. 知足常乐

“你应该来看看的，阿拉贝拉认为它能在四周内取得治疗犬的资格，它天生就有这样的本领。”艾丽斯一边说着，一边将牵引带垂在后门挂钩上；她知道自己显得兴奋过头了，可这半个小时的训练着实让她热情高涨。

“好吧，咱们知道它是一只聪明的狗，”埃德用双手顺着巴蒂的身子直上直下地乱抚它的毛，松散的毛发在空气中到处飘散，但艾丽斯并不介意。

“只要它拿到资格，咱们就能一周带它去两三次疗养院，病人们喜欢让动物去探班，因为他们能由此拥有家的感觉、不再那么寂寞了。”

“你可以先带去你妈那儿看看效果，”埃德说这话时，已经彻底搅乱了狗身上的毛发，而巴蒂则“扑通”一声瘫到他座椅背后的地板上，“她一定会很高兴的。”他突然意识到，艾丽斯之前用的词儿是“咱们”。

“这主意倒不错，”艾丽斯疲倦地倒在厨房的一把椅子上，一只手若即若离地抚着空中飞旋的毛发，接着又一把将其抓在手中，“要不要来杯咖啡？”

“听上去很棒。”他回答说，心里却还在揣测她用复数人称代词究竟意欲何为。除了义不容辞的家庭聚会，艾丽斯已经好几年没有带他去见家人了。是她一时口误，还是话里有话呢？

艾丽斯将身体探过桌面，对他说：“我认为这会是件好事，养着巴蒂没错儿。”

埃德将手伸到桌上、抓起艾丽斯的手说："我很高兴最后还是决定把它留下了。"

艾丽斯没有挣脱，而是稍稍紧握住他的指头——这在埃德看来意味深长。

巴蒂慢慢地翻过身来，大肚朝上、四脚大张，看上去像被拉长了似的。它没有扭来扭去，而是保持不动，就这样平躺在地上。它抬起头看着二人，像在确认他俩是否注意到自己，接着又翻转回来，跟尼罗河上晒太阳的鳄鱼异曲同工。

"我看它是想让人揉肚子了。"艾丽斯将手从埃德那里抽了出来。

埃德将脚滑出自己那只破旧的鞋子，开始用脚趾揉搓这狗摊开的肚皮；巴蒂舒服得扭动起来。"那么你一会儿要带它去你妈那儿，让它练练治疗技术吗？"他之前才捂了艾丽斯的手，现在还挺兴奋，这么做非他所料，因此他几乎感到困窘。他想要去握她的手，而她也出人意料地没有回避，这使埃德感到自己就像个泡进热水的茶包，渐渐地觉出些滋味儿了；可这又并不是什么生理反应，而是一种温存的感觉。埃德不断揉着巴蒂的肚皮，双眼始终盯在狗身上，而脑子却敏锐地关注着房间里的艾丽斯，听着她脚上的拖鞋踩在厨房地板上的轻轻的吱嘎声，还有打开冰箱门的声音……这简直就像是他的一位旧识再度来访一样。接着，埃德撇开了这种想法——艾丽斯就是艾丽斯。

艾丽斯倾身给埃德递上一杯茶，与此同时，埃德意识到究竟是什么令他感到似曾相识了——是艾丽斯的那份喜悦之情，她现在整个人又放松又快活；就这么一会儿，笼罩着她的阴影消失得无影无踪。抚摸完毕，巴蒂站起来抖动全身，四脚在地上小跳了几步，埃德则凝视着杯中的茶包。艾丽斯坐下来，一面将一盘“非凡农庄”[1]的饼干推向他，一面仍旧絮叨着培训课的事儿、一遍又一遍地夸赞巴蒂是多么的天资聪颖。

埃德抬头看着他的妻子并报以微笑，她现在看起来可真美。

狗蹲坐下来，接着便意识到这两个人一时半会儿不会离开这个房间了，于是它站起身来到客厅，并跳到了沙发上。埃德提线浸着自己的茶包，然后将其留在茶杯中，接着对狗说：“巴蒂，过来。”

狗欢跳着来到厨房，不管埃德想要给自己什么挑战或是奖励，它都显得跃跃欲试。

“坐下。”

巴蒂坐下了。

“口令是什么来着？”

“阿拉贝拉要求它‘致敬’。”

埃德拍着艾丽斯的膝盖，说：“巴蒂，来致敬。”

巴蒂将头放在艾丽斯的膝上，双眼往上盯着她，埃德也在观察着——不过不是狗，而是艾丽斯的反应。看哪，艾丽斯现在所做出的便是埃德已经七年没看到的表情、即那种她会继续好好活下去的表情；但那又不是幸福——他俩都不许自己再有那种幸福的感觉了——而是一定程度上的知足常乐。

“乖孩子，”埃德将狗举到自己怀中，将头埋进它的脖毛里，“乖孩子啊。”

① Pepperidge Farm，又译作“培珀莉农场”，是由美国康涅狄格州的玛格丽特·鲁金女士（Mrs. Margaret Rudkin）于1937年创立的一家手工食品公司，1961年该品牌被金宝汤公司收购。

这份新任务好是好玩，可也确实没什么技术含量。很显然，艾丽斯管其叫“阿拉贝拉”的那个女人明白如何发号施令和耐心指引；但那所有的命令全都是打发小狗崽儿的：坐下、别动、趴下……巴蒂（马克）随随便便地应付着做了这些动作，接着看着艾丽斯，想要听到一套更具挑战性的指令；于是，便有了新玩意儿——好吧，也并不新鲜，只是幼犬任务的变种而已。它要安静地将头搁在人的双膝上，既不嗅气味、也不要去舔，不要扭来扭曲。他们抚摸着它的脑袋，要它对一位老人做这个动作。在他们看来，这已经很了不起了；他们是不是还要让它表演跳跃或者转圈，甚至爬到小院子一角的那个斜坡上去呢？巴蒂（马克）觉得自己被大材小用了。它一边叹着气，一边即兴做了些小变动：伸出一只雪白的小爪子，和自己的脑袋一同放在老人的膝上，周围的人似乎都为此高兴不已。它抬起双眼，看着那位老人，双耳往后耷着，以一副服从的模样向她致敬。大家全都来爱抚它，夸它是“乖孩子”。

艾丽斯显然对它的表现十分满意，回家的路上一直在夸赞着它的这番平平常常的动作。她之前流露出的那种不悦的神情早已烟消云散，此刻她正跟着广播一起唱歌；在狗狗眼里，她看着更加容光焕发了。

能够再次跟谁成为搭档当然是件好事，可如果艾丽斯仅仅满足于和它所做的这类基本训练，那就太令它失望了。它早就想向她展示一下怎么跳舞，可为何她就不愿那样做呢？这样简单的动作，它不用任何指示便可以轻松完成。巴蒂（马克）现在所得到的奖励，在以前就只能从贾丝汀那儿得到——不是好比食物或者一句“好小子”之类的奖励，而是能与人相守相依的嘉许。

埃德表现出自己愿意结为舞伴的样子，可跟他在一起玩乐与成为搭档是两码事。他是个不错的主人，但现在他似乎做好准备想要入伙。艾丽斯很早以前就和它配合得十分默契了，所以当巴蒂（马克）想到如果埃德也加入其中，要让他俩待在同一个屋里会变得更容易些。他们已经试过不单纯为了吃饭而在厨房里逗留好长一段时间，而且两人也一同带着它去过一位老人的家里，让它表演了“致敬”的把戏。这真是太好了。他们现在不再只对着它说话了，尽管它也知道时常能听到“巴蒂”这个词儿，是因为他们正在谈论着自己。它喜欢埃德那轻柔而低沉的声音，而他俩每晚上床睡觉时，埃德也开始这么对着她说话了；每逢此刻，艾丽斯虽然不怎么开腔，可却时不时地会对他所说的话报以轻叹或者大笑。昨晚，他俩邀请它同床共枕，它栖身于他俩之间，身上承载着两只手臂的重量。能被邀请真是太好了，而它在他们入睡后却悄然离去，回到客厅里，舒展四肢地躺到了沙发上——这样才好更清晰地听到入侵者的声音。

巴蒂（马克）知道自己不再是他们的客人，它现在有责任保卫这个家的安全。

它现在是他俩的“巴蒂”了。

37. 视频剪辑

珍·库尔特找上门来，一只胳膊挽着个装有季末蔬菜的篮子，另一只胳膊抱着瓶葡萄酒。“我再也无法忍受家里满满当当的到处堆着这些东西啦，你最好帮忙把这些吃掉，要不就趁我看不到的时候全扔了，”她说着，将篮子放到水槽旁边的角落里，又把葡萄酒递给艾丽斯，“德里克的一个同事送了张红袜队比赛的门票给他，所以今天他去了波士顿，要午夜之后才能着家。我想咱俩可以趁此搭个伴儿了。”

珍知道埃德今晚会出门参加半月一次、枉费工夫的区域理事会，试图在会上固守陈规、不顾新事物给小镇带来的变化。珍还很年轻，所以才会理所当然地觉得艾丽斯应更愿有人相伴，而不是独守空房、无人分享自己最爱的电视节目。新一季节目马上就要开始了，她真的对此十分期待；艾丽斯微笑地看着珍，接过葡萄酒，表示她也希望自己正好有台可让视频暂停的硬盘录像机之类的机器。

“你看到YouTube上的那个视频剪辑了吗？”

艾丽斯正忙着寻找螺丝开瓶器：“关于什么的？”

“你和狗跳舞的那段儿，德里克把它放到网上了。我俩的所有朋友都对它大加赞赏，现在那段视频已经火了。”

艾丽斯找到了开瓶器，再拿出两个葡萄酒杯：“你是在告诉我，全世界都能看到我犯傻的模样啰？”

珍接过开瓶器，将螺丝顶端插入瓶子的软木盖中，只听得轻轻的一声

“砰”响，她便将盖子拽了出来。“那才不傻呢，是太棒了。倒两杯酒来，咱们就在你的电脑上一起欣赏欣赏。”

“不知道我能否接受自己出现在网上。”

珍只是大笑起来，好像艾丽斯天真到无可救药了一样。有时，珍似乎像是她的同辈；另一些时候，比如说现在吧，艾丽斯又觉得两人之间还是有年龄代沟的，别忘了她的年纪都能做珍的母亲了。不只是年纪问题，珍的母亲和她正好同岁，如果她早几年有了斯黛西，那么女儿有可能会是珍的朋友、而非她要临时照看的小孩。在这许许多多的假设里面，有一个令艾丽斯备受煎熬，那便是她四十岁的时候才生下斯黛西；而当斯黛西进入让人伤透脑筋的青春期时，她偏偏正值更年期，埃德管这叫“更年期撞上青春期——荷尔蒙大战”。然而，斯黛西在成长过程中所需要得到的来自母亲的影响、忍耐与通融，都被更年期的潮热和炎症给一并带过了。或许，当初没有对自己的生理变化如此暴躁不安的话，她便能更多地去关注斯黛西所遭遇的困惑。她的困惑用肉眼是难以察觉的，也是超出生理变化之外的——她长高了，却还不够高；身体本来像足球队员那么强健，可忽然之间就瘦若芦杆；她变得沉默了，而非只是安静。此外，她还出现了新的失眠症状。

“艾丽斯，珍是做护士的，她对自己所说的话是有分寸的。”埃德说着，踱步走到她前面。这是一个舒适的周六午后，斯黛西正在自己的卧室里，锁着门，甚至从门缝里都听不到屋内传出的丝毫音乐声。她是在睡觉、还是在哭呢？——他们就不得而知了。“珍说了，我们该把孩子带到能帮忙找出她为何这么闷闷不乐的人那儿去。”

“埃德，她可是个孩子，还未成年呢，就该是烦恼不安的时候。”另一阵潮热袭上心来，霎时她的脸颊通红、浑身灼热，令她想要一丝不挂地奔出屋外、直面三月的凛凛寒风。

“你知道这是两码事儿。”这就是典型的埃德的风格，他喜欢自诩权威、好像他万事皆通，真是刚愎自用。

“看啊，这就是了。”珍启动他们的电脑，登入了自己的YouTube账户。

艾丽斯看着她自己和巴蒂在小小屏幕里头跳舞的样子，它看上去是那样快乐，那身柔软的黑白色皮毛飞速运转的黑影在露台的泛光灯中时隐时现。德里克甚至还清晰地拍摄到了巴蒂那双独特的一蓝一棕的鸳鸯眼。狗垫着脚尖转圈，接着倾身谢幕。艾丽斯看得入迷——自己看上去并没有傻透了，事实上她的表现相当精彩，这使她感到高兴。这段剪辑只有差不多刚过一分钟的长度，所以他们倒回来又看了一遍。

“你也来注册个账号，就能随时随地看这个视频了。视频已经发布上去，谁都能看到。你只需搜索‘跳舞的狗’，就能找出好多相关视频，真叫人难以置信——可你们这段视频一出现，点击率就立刻排到了数一数二的位置。你可以把这段视频保存在账号中。”

“埃德会喜欢这个的。”艾丽斯抿了一小口葡萄酒，接着再回放了一次视频。这样下去，披头士的歌会在她的脑海中久久无法消散，但观看狗做着如此滑稽夸张的动作实在是很有趣。珍说得没错，网页上能看到的一整列视频缩略图全是关于狗狗跳舞的，其中一个给出的静止画面上的狗甚至看上去很像巴蒂，只是多出了根黑色小领带。

艾丽斯让珍帮忙设置了账号。也许今夜埃德回家不是太晚的话，她就能放给他看了。

38. 又见亚迪

距伍斯特广场就剩两英里了，前方却出了车祸，仿佛黑色电影中的情节似的，我就这样随着车流大军停滞了下来。也有可能是道路施工，无论如何，我在中间的车道上宛若一只受伤的蚂蚁一般缓速慢行着。我的心砰砰直跳，好像刚跑过马拉松的一半赛程，然而里程表上却显示着15英里的时速，接着是10英里、5英里，然后又回到15英里……我开始担心阿黛尔这辆车的引擎会因此过热，天知道它上一次是何时发动的了。

油然而生的恐慌使我感到喉咙发涩，就像夜里做了那种让人窒息的噩梦，梦里都大祸临头了，却要么为时已晚、要么求救无门，直到被吓醒过来，才发现不过一场虚惊罢了。不过，我现在所遭遇的并非只是一出梦魇，在收费公路上我每朝前驶进一步，就离亚迪越近一点儿。可这速度毕竟太慢，而时间又不等人。我已比预先计划慢了至少一个半小时，此时此刻我本该能与亚迪面对面地较量了。他的卡车需要多久就能修好上路呢？A–1卡车修理中心又会多久关门呢？现在已过了下午4点，我不出意外该早就到那儿了，而事实上我却可能因为这个混乱的场面，就因差之毫厘、而与马克失之交臂。

这真是一种煎熬，仿佛在黏着的糖浆中挣扎着前进，障碍重重、举步维艰；简直像是上天对我的嘲笑、抑或惩罚。难道这就是我爱狗更甚于爱绝大多数人所应得的天遣吗？就因为我抛下阿黛尔和保罗，在父亲刚死一个小时就弃他而去吗？

行进始终如此缓慢，我在考虑是否要打个电话过去了。A-1的号码仍旧显示在手机屏上，我只需轻轻一摁，就能连线询问亚迪是否仍在原处，还请他们千万别说出我要去的事；我要恳请电话那头的那位陌生人，告诉他他们务必将亚迪留住。一路上我尽靠着陌生人来帮忙了——先是米契、接着是汽车租赁公司的那个叫泰勒的孩子、最后是特罗伊，只需再来一位救星助我一臂之力了……此时，这段路又无缘无故地重新畅通起来，我也再次以75英里的时速继续前进。

幸运的是，A-1卡车修理中心并不难找。停车场中泊满了未连结挂车的拖车，三个巨大车间传出震耳欲聋的柴油引擎开足马力的声音。我将阿黛尔的车挤进两辆卡车之间，就像两块大圆面包中间夹着一片火腿似的。下车时，我将车钥匙放进口袋中，其他全留在了车内，这么做是为了能腾出双手。我迅速扫了一眼整个停车场，这里到处都停放着庞然大车，可就是不见亚迪的那辆。我不知道前面是喜是忧，可这是最后一个希望，车间里的其中一辆有可能正是亚迪的车。

我从这些敞开的车间门前慢慢走过。一辆漆黑铓亮的卡车停在第一个车间里，第二个则是辆褪色的红漆翻斗车，第三个放着辆引擎盖霍然大开的绿色卡车，我只有进入车间里面才能看清车门上的字。我注意到这辆车前有华盛顿州的标志，于是不顾“除工作人员，禁止他人入内”的警告，朝里走了进去。一看到“亚瑟·B·施密特货物运载”几个字，我便二话不说跳上踏板、拉开车门，还紧闭双眼疯狂地祈祷着。

驾驶室中空无一人，也不见马克，我甚至唤了唤它的名字，然而，打开车门之前我就知道它并不在这里面了。如果它真在这附近，我能听到它喜悦的吠声。它能在第一时间发觉我的到来，知道我终于找到它了。

忽然间我感到口渴难耐，嘴里干得舌头都黏到上颚了。“当面对峙”既然走到了这一步，我现在就去找亚迪·施密特算账。

“需要我帮忙吗？”见到有人擅自闯进他那“血性男儿”的私密空间，他的语调显然极为不爽。我转过身来，却看到一个虎背熊腰的家伙，身着烟灰色工作服，上面的A-1徽章上还缝有名字：阿尔。他脸上的那道油渍使我想到了士兵出战前抹在脸上的油彩。

“我在找这辆卡车的车主。”我关上车门，一手扶着挡泥板，像是害怕这家伙理解不了我所说的是哪辆车。

“他在那边的休息室里。”这个维修工突然伸出手来，指向一堵玻璃墙。我能看到那间房中有三个人，他们并排坐在椅上，后脑勺对着我、脸朝着电视机的大屏幕，正在观看ESPN电视台的篮球比赛。A-1用这种招人眼球的大屏幕的手段使他们的客户无法看到车间内的情况，我认为实在是妙。休息室内坐着的那三位都戴着帽子，所以从背后也无法认出到底哪个才是亚迪。

“谢了。”我说着，走向了玻璃墙。

“要进去得走办公室。”阿尔点头示意车间最远端的金属门。

我朝着那扇门走过去时，仍能感受到他跟随而来的目光。于是我特意一边走、一边稍稍地扭摆腰肢——要是一会儿亚迪使出下三滥的招数，我还需要这个家伙来救场呢。

整整一周，我都在设想这一刻到来时会是什么样子。我想象自己抓住亚迪那脏兮兮的衬衫，像马克摇晃碎布娃娃一样使劲儿摇晃他；我想象自己对着他放声怒吼，用各种不堪入耳的脏话将他骂得狗血淋头，甚至重重地打他一拳；我猜他会目中无人、甚至反唇相讥……而我所不曾想到的是，看到我再次毫无预兆地出现在面前时，他脸上会是怎样的惶恐不安。刚步入休息室的通道，我就已在他的视线之中。起先他做出了其他男人常有的反应，一脸“哇喔，今儿个可真是艳福不浅”的色相，对自己那副熊样儿却毫无自知之明；接着他便认出我来，然后显得恍然大悟——正是他把眼前这个女人甩在了俄亥俄高速公路上，也正是他偷走了她的狗。亚迪左右看了看房间里跟他在一起的另外两个人，就像是在O.K.牧场[①]的一场激烈枪战前寻觅后援一样。那两位也在看着我，而被调成静音的电视上一出现什么重要镜头，他俩的兴趣也随之转移了；接着二人为那重要的时刻欢呼喝彩，并纷纷从塑料椅子上站起身来，只留下亚迪和我还在面面相觑。

“你好啊，亚迪。”

“贾丝汀，嗨，你还好吧？”亚迪说着，摘下了头上的广告帽，紧握在两只手中。我倒要看看他是如何假装狼狈不堪的，可亚迪的脸色越来越差，从平日的惨白逐渐变成了腐烂的肉色。

“我的狗呢？”起初我还为自己捏了一把汗，而此刻却已是镇定自若了。即便已是九月，这个房里仍旧开着空调，可我的冷静并非仅源于此；我没有轻举妄动、更像是在如履薄冰，唯恐他说出什么话，让我彻底败下

① O.K. Corral，其中的“O.K.”是“老金德斯利”（Old Kindersley）的缩写，这个19世纪的畜马牧场当初位于亚利桑那州（Arizona）的新兴城市墓石镇（Tombstone）境内，1881年的10月26日，此地发生了一起著名枪战，交战双方是几名治安官和亡命牛仔；而美国后来的许多西部枪战片中都出现过这个场景，其中最著名的就叫做《OK牧场大决战》（Gunfight at the O.K. Corral），而此标题也成为一句习惯用语，用来形容突如其来的小规模枪战或斗殴。

阵来。

我身后的电视机再也不能吸引那两个人的注意力了，他俩这时候关注起亚迪与我之间的好戏来。

“你怎么找到我的？”

“马克在哪儿？你只需告诉我这个。”

“告诉她罢，兄弟，你都干了些什么啊？”那两个陌生人从椅子上站起来，将亚迪夹在中间质问着他，我勉强对这二位报以微笑，向他们为我打抱不平而致敬。

“我不知道，我不清楚它的下落。它，厄，自个儿跑掉了。”亚迪一直往我身后观望，就像我真的随身带着位地狱天使。

这两个陌生人逼近亚迪，他们一位差不多刚成年，另一位的年纪则可以做我父亲了。

“胡说八道，亚迪，你心里清楚自己在乱讲。你对我的狗都做了什么？”

“你就是那家伙，抛下一位女士又偷了她的狗的那个，”年轻人用手指着亚迪说道，并回过头来看着我，想得到我的肯定，“就是他吧？”

听到自己的遭遇从陌生人那儿脱口而出，我的惊讶难以言表。接着我反应了过来，说：“对，这就是那个‘车震高手’。”我所经历的事情已经通过民用波段传遍了整个联邦。

“你把她的狗怎么着了？”年龄稍大的那个卡车司机将一只粗壮的手放在亚迪肩上、并握紧了拳头，而亚迪畏畏缩缩，仿佛做了火神伏尔甘[①]的

① Vulcan，这是火神的罗马名，而在希腊神话中他叫做“赫淮斯托斯”（Hephaestus）。

阶下囚。

“放开我，不然你会因人身攻击而被逮捕的。”亚迪拼命扭动，可大块头却不肯听他的。

“狗在哪儿？”

这个问题听着如此简单，但亚迪显然不愿或是不能作出回答。卡车司机始终将他牢牢扣住，要不是我这么愤慨，我几乎都要为此感到抱歉了。直到亚迪泪水直涌，我便叫停了司机：“好了，没关系的，请放开他吧。”

上年纪的司机很不情愿地放开了手，显然挺不高兴我去阻拦他；他脸上的表情就像是自己的女儿被男友伤透了心，他这个当爹的要好好出口气、势必让那个负心人吃不了兜着走似的。

亚迪用手揉着自己的肩膀，说：“是这样，我不知道它最后会上哪儿去，可当时我是在往东行驶时，在8号出口附近让它下车的。”

“噢，我的上帝，你把它扔在了麻省收费公路上了？”我瞬间不再冷静，绝望得急出了一身冷汗。我的狗在那种环境下怎能活下去呢？高速路上被遗弃的动物注定难逃噩运。今天在来这里的路上，我见过被胡乱丢弃的、动物肩膀的残骸——都是浣熊、狐狸，还有走失的宠物。想到这儿，我都痛苦得快要窒息了。

“你这个蠢蛋，为啥要那样做啊？”年轻司机举起了拳头，但却并不敢接近亚迪。

亚迪注视着我、愤愤不平地说：“还不是因为你雇了打手来威胁我，如果这狗压根儿就没在我这儿，他们就抓不到任何把柄了。”

“他们是谁？”

“别装蒜了，”亚迪转而窃窃私语说，“就是地狱天使啊。”

“要是你打一开始就肯接我的电话，哪怕就接了一次，他也不会威胁你了。”看来米契的语音留言无疑还是有些作用的。

“我并不知道狗在我这儿，真的，最终发现它的时候，车都开进马萨诸塞了。我能怎么办呢？倒车回去吗？我还要送货啊。”亚迪用力将帽子扣回脑袋上，并看着其他两个司机，想得到他们的同情理解、或让他们也感同身受，总之想让那两位也觉得自己并不像是做了一件愚蠢而残忍的事；此计到底还是落了空。

“你真他妈的该死，把女士单独留在了休息站不说，还认为把狗弃在高速路上没什么大不了的吗？”年轻司机此刻冲到亚迪面前，而上年纪的司机并没有阻止他的意思。我只感到双腿发软，便一屁股坐到了其中的一把橘色椅子上，接着俯身将头埋在腿间；我这样子，不是快不省人事、就是要呕吐了。

“你要怎么对这位女士交代呢？啊？你还有什么话可说吗，老兄？”年轻司机还是一脸童稚的模样，却装成学校恶霸的口吻问道；或许是他认为还得再要耍横来证明自己极不好惹，于是便熟练地用一根瘦弱的手指直戳着亚迪的胸骨。上年纪的那位则站在亚迪身后，以防他就此躲开。

我得叫停他们的这番好意了：“很感谢你们俩，他已经坦白得差不多了，也没什么可交代的了。”我真的不在乎这孩子狠狠地教训一通亚迪，只是我特别需要静下来好好寻思一会儿。但他俩都原地不动、毫无后退的意思，我几乎能闻见这俩家伙身上所散发出来的雄性激素，他们都想借这个机会好好宣泄一下。

“抛下这位女士又扔下她的狗，你说你是不是个浑账啊？”年轻司机再次搬出这个问题，显然对亚迪之前的回答并不满意。

"她一直在耽搁我的行程，你能想象得到吧？我只想按照既定计划赶路。我确实不知道她那条天煞的狗就在后座上的，它本不该在那儿啊。"亚迪此刻举起了自己的手指，在那孩子面前晃来晃去。

"亚瑟·施密特吗？你的卡车修好了。"阿尔突然出现在通往休息室的门廊里，打断了我们的这番拷问。

为我打抱不平的这两位勇士退往一边，以让亚迪从阿尔手上接过发票。阿尔看着我们几个，耸耸肩，接着离开了休息室。只要亚迪付清了修理费，另外三个陌生人要联合起来把他怎么着，都不关阿尔的事了。

上年纪的司机始终站在亚迪身后，此时他倾身向前，将头靠在亚迪右耳边说道："你准备怎么解决这件事呢？"

"我能怎么样呢？我才不知道她那条该死的狗在哪儿。我该怎么做才行呢？"

上年纪的司机往亚迪背上使劲儿拍了一巴掌，还将他的脏帽檐转到前面："混账东西，赶快道歉！"

我都快笑出来了，就差那么一点儿，主要是亚迪的表情太过难得，然而这却并不是我想要他付出的代价。他对我所造成的伤害，实在是无法估量的。光是道歉无法让马克回到我身边，而我也特别怀疑亚迪根本不可能真诚地表达歉意、或是真的意识到该对我的损失负责。

不过，亚迪摘下了帽子，低垂着头说："贾丝汀，那时把你丢下，我真的很抱歉。可你——"这时，上年纪的司机又拍了他一巴掌，以挫败他欲将责任推卸到我身上的丝毫企图，"我很抱歉。"

"我不在乎你把我丢下不管，我生气的是你对我的狗做了那么过分的事。它是无辜的啊，你为何不——"这一次，他打断我的话。

“当时我别无选择啊，要是我又一次误了时限，那我今后就甭想再从代理人那儿接到活儿了。我自命不保啊。”

“那你为何不让它继续留在车上呢？带着它一道去波士顿，也就不会超过最后期限了，然后再打电话让我去接它，”我一时间喘不上气来，就像发了哮喘似的，“你何不直接接我的电话呢？那样的话一切就迎刃而解了啊！”

亚迪用手挤压着帽舌，接着再次将帽子戴到头上：“当时没想到这点。我得走了，回头再见。”

眼看他就要逃跑了，可只需我的一个眼神，两位新认识的朋友就上前挡住了他的去路。“女士，想要我们为你效劳吗？”上年纪的那位直视我的双眼问道；接着，二人架起亚迪的胳膊，我们仨又透过玻璃墙看向车间，确保这番行动没有被谁看到。

“我自己来就可以了。”我说着，使出吃奶的力气往亚迪的肚子狠揍了一拳，为我的狗报了仇。接着，那两位放开了他，而亚迪屈膝跪到了地上。

“有件事你必须得保证，亚迪·施密特，别让我再在凯蒂的酒馆看到你。”

亚迪倾身靠向一把塑料椅，以使自己站起身来。这一次，老少两位司机任他离开了房间，然后继续坐回去观看球赛；我站在玻璃墙前，看着亚迪走回他的车上，后来我想起一件事，便也跟着跑回了车间。

“等一下。”我跑到卡车右侧，拉开车门，踩着踏板进入到驾驶室里。我轻而易举地找到了想要找的东西：马克的项圈落在我的睡袋中了。我捡回了证明自己与马克有关的最后一件东西。手中掂量着它的皮制项圈，我心中又涌起一股愤怒与绝望之情：我的狗被抛弃在高速路上了。

亚迪爬到驾驶座上、盯着我，那样子像是早就料到我会再次回到驾驶室里似的。

“你根本没有兑现之前的承诺，我只知道你收了我的钱却又把我扔在半路上，所以你得退回一半的钱。”

“你知道我没钱，难道没看到我才拿钱给了阿尔吗？”

此刻我身边没有那两位勇士了，所以我只得放弃同他商量的意思：“你不是什么省油的灯，别再让我看到你！”

我站到一边，亚迪开足马力，奋劲驶出了大门敞开的车间，一番运作之后，他终于开到出口、离开了维修站。

我也得启程回去了，保罗和阿黛尔对我转身离开一定恨得咬牙切齿。我确信他俩想我尽快归还这辆车，宜早不宜迟。然而我还有一些得先办妥的事。将车驶出两辆卡车之前，我打电话给了托尼，他从未见过自己的这位外公，但必须得知道自己刚刚失去了他。

通常他的电话会转成语音留言，难道这种消息适合用语音的方式来传达吗？可在我们家，这样做就说得过去。“托尼，你的外公今天去世了，我想他走时应是很安祥的。我不知道往后该有什么打算，但我不久就要回家了。”

我本该西行回到华盛顿，可我没拿上自己的旅行包，而且也不喜欢被人指控为偷车贼。我找到了麻省收费高速路往东向的那个入口，取了自己的过路发票。可还没来的及将时速提到65英里，我就不得不歇火停靠在路边，来来往往的汽车从我身边呼啸而过，一辆半挂货车经过而掀起的气流让阿黛尔的破车就像小型地震一样颤抖个不停——天哪，马克怎么能受得了这些呢？

我流着眼泪、淌着鼻涕，伤心地将头埋进双臂，希望此时别来位什么好心的撒玛利亚人敲我的车窗、关心发生了什么事[1]。真有人问起，我该怎么说呢？作为一个人，我应该说自己为亡父哭泣、为死神将他从病痛中解脱出来而哭泣。可事实上我并非为此流泪，我哭的是马克，我为失去它而伤心，一想到它在这路上以最为残忍的方式死去，我就不能不泪如泉涌。

这辆车在川流不息的车流中震荡得厉害，我身边没带纸巾，只能沦落到用衣袖抹去满面狼藉的地步。我在阿黛尔这辆车上仪表盘下的储物箱中胡乱摸索，找到了一些舒洁纸巾。我被自己的胡思乱想吓得不轻，害怕自己这只跳舞的狗现在只能到天堂中翩翩起舞了。

① The good Samaritan，小说中作“well-meaning Samaritan”，出自《新约圣经》“路加福音”中耶稣基督所讲的寓言，讲述的是一个撒玛利亚人路遇一名被海盗打劫并重伤的犹太人，不顾教派隔阂善意照应他，还自己出钱把犹太人送进旅店的故事，这句话现已成为成语和口头语，意为“好心人、见义勇为者”。

39. 相似的狗

艾丽斯拿着几卷旧录影带大步走过断层式橱柜，很不耐烦地等着埃德回家。她快等不及给埃德看YouTube上那段巴蒂与自己跳舞的视频了。他今晚的这个会似乎也开得太长了；不过，也可能一向都折腾到这么晚，只是她从未意识到这点而已。她知道有时他会与另一个理事会的成员一同出去小酌几杯；他没退休前是从不会这样做的，可现如今不用大清早爬起来上班，他便不再顾及那么多了。他总会悄悄溜进屋里，好像蹑手蹑脚就不会吵到她似的，当然，这往往只会让她更加心烦而已。可不管她醒着也好、熟睡也罢，为了不把她闹着，他总是那么小心翼翼的。

在这段简短的视频中，德里克记录下埃德看她与狗跳舞时的模样了。他当时对镜头毫无戒备、笑得那么开怀，而他俩彼此都没有再这么高兴过。只有这只狗，才能让他俩都尽情欢笑。

珍回家了，将蔬果留在了艾丽斯的柜台上。巴蒂像个待客有道的主人般护送珍到门口，接着跳到沙发上蜷起身子、用一只眼瞅着她，那模样仿佛在说：“过来和我坐在这儿吧。”艾丽斯照办了，并打开电视机，正好赶上她想看的那个节目的结尾部分。现在是新闻播报时段了，她观看着谋杀和故意伤害的那个频道，可却心不在焉。

突然，巴蒂抬起头来，接着艾丽斯听到车库大门“轰隆隆”升起的声音。它从沙发上一跃而下，伸了个懒腰，背高高地弓着，尾巴还拍打到背上。它来到通往地下室的楼梯处坐了下来，等待埃德出现。艾丽斯边站在它的身后，边用一只手将松下来的一小股头发塞回发髻中。

埃德埋着头、脱了鞋，无声无息地轻步上楼。艾丽斯想，他看着很疲倦，今晚的会议肯定不怎么顺利。巴蒂跑下楼去接他，埃德没看到她在那儿，他弯腰接受了狗的问候、对着巴蒂的耳朵喃喃细语。埃德只觉得顿时倦意消散而去，难道还有比人与狗之间相互问候更让人惬意的了吗？

后来埃德向上看去，发现她正站在那儿的："噢，没想到你到现在都还没睡。"也许还有更惬意的问候，那就是丈夫在辛苦的会议之后，还对妻子的嘘寒问暖。埃德将狗一下子抱进怀中，踱步走上楼梯；虽然很高兴她在等着自己，他仍不免猜测道："发生什么事了吗？"

"不，没什么事。我只是有些东西想让你看看。"艾丽斯感到自己像个等着家长回家、好给他展示自己的新把戏的小孩儿。看啊，我可以办到这个！就像当初斯黛西学会骑车时的那种兴奋不已，或者更确切的说，像是她学会吹口哨后的模样。

他俩肩并肩地坐在电脑前，艾丽斯登入她新申请的账号，然后在搜索栏中输入"跳舞的狗"。"你看看这个，"狗狗跳舞视频的进度条加载完毕后，巴蒂的那个视频上出现一个小三角，示意她去点开播放，"珍对这种网络的事情很在行，可操作起来也确实不难。开始观看罢。"

小小的视频窗被打开来，屏幕上出现了他们的狗，不是在鞠躬致敬、就是在匍匐前进，不是跳来跳去就是以脚尖旋转。巴蒂充分展现了自己的魅力，它的嘴咧得那么开，就像是在笑一样；不可思议的是，它的舞步与披头士的歌曲结合得天衣无缝。

埃德和艾丽斯坐起身来——它所跳的是《救命》这首歌，和它伴舞的是另一个人。

“这个不是巴蒂，”埃德转过身来，不想看着电脑上的画面，“显然只是相似而已，但不是我们这只狗。我们这狗的视频呢？”

“很抱歉，我还以为第一个就是我们的视频，”艾丽斯滑动指针、顺着滚动条找到她所看过的那个自己的视频说，“我想它并不是唯一一只热衷跳舞的喜乐蒂牧羊犬。”

“只是巧合罢了，”埃德将手放在巴蒂的头上，把它小小的脑袋瓜扣在手掌中，“快找到咱们那个就行，我累死了。”

这一次艾丽斯就没弄错了，她一连播放了两次，在看到两人十分逗乐的即兴双人芭蕾舞部分，他俩都笑得前俯后仰；然而在潜意识中，他们都在想着另一只狗，它跟巴蒂是如此的相似，还会跳同样的舞蹈。

“太精彩了，真的很棒！”他一边说着，一边退出程序、关上电脑，“好了，咱们的巴蒂也该是时候回外面去了。”

艾丽斯独留在这第二间次卧中，仍坐在电脑前，她听见他们出去时滑门滑开的声音，心里十分担心埃德没将巴蒂拴住，也害怕它会去撵某个昼伏夜出的小动物、从此消失得无影无踪。接着她再次听到滑门打开的声音，埃德对巴蒂说了什么，然后是埃德将牵引带挂起来时、有挂扣的那一端拍击墙壁的声音。她这才放心地松下了一直憋着的那口气。

40. 前路迷茫

艾丽斯到图书馆去了，埃德独自留在家中。这个月的天气迄今为止都挺干热的，现在外面正下着一场及时雨。他在这种时候总会足不出户，就在家里到处瞎转悠，想办法让自己有事可做。他想回到墓园去，用钢丝刷打理锈迹斑斑的大门，但这个想法只能等到天晴以后才能付诸实践了。巴蒂耐心地跟着埃德楼上楼下地跑：到地下室去取螺丝刀，接着到楼上去修理松开的门把手，再下楼回到车库里从好市多壁橱里取出一盒新鲜的饼干，然后上楼做午餐，最后走到第二间次卧、也就是放电脑的那个房间。

埃德启动了电脑，在网上找到了YouTube上的那段视频，他甚至都没登入艾丽斯新申请的账户，只是在搜索栏中输入"狗跳舞"，许多公开的视频就显示了出来，整整一长串都注有"跳舞"的标题，其中包括他们的那个"与小狗巴蒂共舞"。埃德很生气，珍并没有保护好他们的隐私、也没有将这段一分半钟的视频设置成无法通过搜索找到的状态。他对此十分敏感，现如今的这帮孩子认为不管什么事儿都能搬到网上去公之于众、让大众俯拾即是。事实上这段视频一出现就几乎冲到了最前端，这意味着会有更多的人去点击它。然而，埃德并不想找巴蒂的这段，他慢慢地滑动鼠标、移下滚动条，直到另一只喜乐蒂牧羊犬的图像映入眼前。

在这个阴沉的雨天里，显示屏上闪烁的光芒好似一盏照亮房间的明灯。这间卧室的用途比较开放，除了有张铺好的床用以留宿极少数会在家过夜的客人，同时它也一直被当做缝纫室和电脑房，以及他们在大小适中的衣橱里收纳换季衣物的房间。它面南朝北，所以永远不会像其他卧室那样明亮；而正因为他们有了这间房，便完全不用把斯黛西房里的东西挪动一丝一毫。原先逐渐分散在房子各处的那些属于她的零碎东西，早在很久以前就被放回她的卧室去了。那条撕烂的运动短裤，现已被缝补好，放进了她的梳妆台抽屉中；而那些曾被艾丽斯用来裁制童装的小小纸样、自制万圣节装束的零边角料也全都被收理放好。于是，除了斯黛西自己的卧室，这家里的其他房间中都看不到他们女儿的任何东西了。

他们管这病叫做“抑郁症”。这是个再普通不过的词儿，就像某个形容气象、描述金融或者表达情感的词儿一样。从字面上来看，这个词儿暗示着只要对症下药，病还是能够治好的；这药开出来，是给一个小孩吃的。

随药而来的，还有禁忌症的说明册子。

埃德点击打开了那个很像巴蒂的狗的视频，只听得音箱里传出一个招摇的报幕员的声音：“现在欢迎贾丝汀·米德和她的狗狗马克西姆！”起初，舞台中只出现了一个高挑清瘦的女人，她身穿一件富有弹性的白色演出服，上面装点的金属饰片在灯光下熠熠闪烁。这时响起了披头士的那首耳熟能详的《救命》，她则装演起孤独无依的模样。忽然间一只狗、也就是她的狗，跑到了聚光灯下，用自己的可笑动作逗她开心。它又是蹦跳又是转圈，还准确无误地从她的背后飞跃过去。表演最后，报幕员再次提到了他们的名字：“他们是从华盛顿西雅图来的贾丝汀·米德，和她的喜乐蒂牧羊犬马克西姆！节目真的棒极了，谢谢贾丝汀和马克的表演！”

巴蒂就蹲坐在埃德身后，看样子它也特别想跟着一起观看这个视频。它竖起双耳、注视着埃德，等着他有所表示、有所行动。埃德回过头看着那个被暂停的喜乐蒂牧羊犬的图像——这两只狗的眼睛都能看得清清楚楚，这下不会搞错了。

“马克？”

马克一听到自己的名字，便抬起头。看来埃德知道这个词儿了，这真叫它兴奋啊，这家伙这下终于知道该怎么唤它了。马克一跃而起，短促而尖锐地叫了一声，就像在说：**哦-耶-！**它情不自禁地站起后腿转了个圈，接着又叫了一声：**哇噢！**

接着埃德又说了些其他的话，这一次用的却是“巴蒂”了。马克不懂得他在说什么，不过它听出他话里透着的悲伤，于是便不再叫唤、也没有转圈了。它猛然趴在了地毯上，但双眼仍旧向上看着埃德，不敢确定埃德究竟要干吗。真是只听话的狗，它注视着埃德的脸庞，等着他的解释；可过了很久都还是无事发生，埃德只是低下头来，双手紧扣着垂在膝间。

埃德站起身后，巴蒂跟着他走出这个空闲的房间，下楼来到车库里。巴蒂兴奋地期待着能坐车去兜风，于是发出了喜悦的叫声，以鼓舞埃德赶快行动。巴蒂认为，他可能只是想开车急速赶到波特杂货店去买牛肉干、或者又到莉尔咖啡馆去坐坐；其实去哪里都不重要，光是出去转转就很有意思了。埃德让巴蒂上了卡特拉斯，它抢坐到副驾驶的位子上，很快做好了出发前的准备，也乐意听从埃德的话——不仅要做个不闹事的乘客，还会帮他指出松鼠的位置。它转过头往埃德的方向看去，像是在说：准备好了吗？咱们出发吧！终于，车库大门“轰隆隆”地打开了，埃德发动汽车，倒退着开出车库。自从离开了那个空余房间后，他始终未发一言，不管“巴蒂”也好、“马克”也罢；可现在埃德开始说话时，却用了另外一个词儿。他自言自语的话中不时出现了“斯黛西”，到最后，巴蒂不再试图弄清那究竟是个命令还是句嘉奖：若不是埃德随口而出的胡话、就是注定不让狗去理解的人类专用的词儿罢。虽然不懂得埃德所说的是什么，它却知道自己该做出什么样的反应。

巴蒂从副驾座上挪到了前排中间的位置，使他俩的屁股紧挨在了一起，埃德则伸出右膀抱住了它。他不停地说着，娓娓道出一个即使一只狗也能听懂的故事，因为它此时此刻正对其所讲述的内容感同身受：

他俩都感到了前路的迷茫。

41. 溺水身亡

雨越下越小，埃德将雨刷调到间歇模式。他很烦恼自己不知该往何处去。他从来都不会做任何无谓的事情，每次开车出行都是有意为之的，就像每个男人都得养家一样。他提前退休——更确切的称呼是“失业”——所带来的负担使他感到羞耻难当。即便是斯黛西离开人世后最暗无天日的那阵子，他也还在工作，有地方能让他逃避丧女之实、逃避艾丽斯那无可反驳的悲恸。他同样很伤心，但艾丽斯的哀伤却像是一大片黯淡的蘑菇云，遮掩了生活中其他的色彩、使人彻底沉沦到绝望之中。他当时还以为她很享受那种悲痛之感呢。所以他只好寄托于工作，用那种方式来与烦闷的现实拉开距离；他任由自己的哀伤结下一道看似刚毅的厚厚伤疤。从来不会有人来询问他的感受如何，或握住他的手、拍打他的背以示安慰。在他的工厂中，工人们只在前几个月里对他稍显顺从，可接下来他们就任由他来掌控自己的悲观情绪了。

“那么，咱们去哪儿呢？巴蒂？”埃德对着狗的耳朵轻声问道。

狗发出了叹息般的声音，大吐一口气，它似乎领略到了埃德的悲恸，便倾身靠在他身上，仿佛要帮着承负起他的思想重担一样。

“我知道该去哪儿了。”

埃德驾车抵达老手枪厂的废墟时，天上已没再落雨了。马路沿途开辟出一个简陋的停车场，以供那些钓鱼和远足的人们泊车。砂石车道上遍布着被碾得东倒西歪的杂草、香烟屁股和湿漉漉的山毛榉果实。今天是上课日、也是工作日，现在又正值中午，除了他和巴蒂，此地空无一人。埃德意识到自己没拿上牵引带，离开家时是那么匆忙，完全搞忘记了。埃德抱起狗来到马路对面的废墟，以免它被迎面而来的车子撞到。狗被他抱着时纹丝不动，还舔了埃德的鼻子，仿佛在说：这好酷啊。

手枪厂外沿的砖墙原封不动地屹立着，只是所有窗户都被拆卸下来，里面的东西在过去几百年来已被洗劫一空。昨晚的区域会议上，有传言说某个开发商有意买下这块地，想搞出点什么名堂来：有人说将开发成私人公寓、有人又听说会是商店。谁要是打算在穆迪镇购买私人公寓，就能在本地传为笑谈，更别提想在此地经营数家时髦商店来吸引游客了。埃德希望这里能被某个小厂商给买下来，使其重操旧业。可能不做手枪了，但这里总可以用来制造其他的东西，毕竟这个地方的构造还是不错的。

埃德放下巴蒂，他俩一起爬下通往平台的陡峭楼梯，平台围绕厂房而建，直通贮水池和老路的台阶。很快，狗就着手进行追捕松鼠的活动了。“你已经把它们给吓跑了，”他拍着大腿说道，狗跳了回来，“紧跟着我，这里可能会有危险。”

贮水池不深，就在大坝边缘往下刚好一英尺的地方，酷暑燥热使得贮藏的池水濒临枯竭，断断续续地通过一扇打开的闸门流出。今天的雨使得往常平静的池面略微波动起来，树叶好像一只只无人搭乘的小船漂浮在水面上；流动的池水像跟它们作对似的，以一种看不见的力量将其三五成群地推向了岩石堆那儿。

埃德有七年没到这里来了。

他向下看着古铜色的贮水池水，曾经水力推动水车运转的画面，久已不能再见了；只有那些真正的老辈人记得水车还在时的模样，可即便那个时候，这里就已是破败不堪的工厂废墟了。

五英尺，储集起来的池水就仅有这么深，而正是闸口所释放的流水的巧劲儿转动了水轮。五英尺，足够让人在里面游泳了，也足够让鳟鱼存活其中，更足够让一个口袋里装满石头的人溺死在水里。

穆迪镇是没有警署的，如若发生了类似于两车相撞的紧急事件，常驻州警便会赶到现场作出相应处理；如若有谁拨打了911，救火志愿队啊、急救医生啊、街坊四邻啊、同僚啊，则都会前来出手相助。然而，当一心只想捕鱼的渔夫在贮水池开放日这天因鱼线被扯断而发现了一具年轻女孩溺水身亡的尸体时，若不是常驻州警继消防队和急救医生之后匆匆赶来，人们都不会想到，池中这个女孩很不幸的正是两天前打电话报警说有人失踪的那两个家长的孩子。消防队中尉和市镇救护车的司机都熟识帕马利夫妇，他俩你看看我、我看看你，为不用亲自上门传达这个噩耗而松了一口气——没人会愿意往邻居家传达这种消息的。

与一般父母默认自己的女儿被绑架不同，他们当时认为她准是离家出走了——埃德和艾丽斯都知道，这才是斯黛西的风格。尽管没留下什么纸条，家里也没见少了什么东西——甚至她那么大了仍然爱不释手的布偶兔子都还在——他们由此知道她不是被外面的人胁迫离开的。她还是个五岁左右的小女孩时，就曾下决心离家出走，并且不到无路可走绝不回头；然而，她那天告知父母的，却是自己并没有决意离开。艾丽斯看着她顺着大路快步走去，布偶兔子夹在一只胳膊下，芭比牌双肩包在小屁股上弹跳着。对于斯黛西来说，那次“离家出走”即使只有短短几分钟而已，却让她感觉好像此生第一次开口呼吸那么长久；在她眼里，等待生命的自由呼吸，与孩子气地威胁着要下决心是一样的。她能呼吸到自由的第一缕空气吗？要等多久之后才能去将她追回来呢？

过去一个月里，斯黛西看上去要开朗得多了。她脸上更常笑逐颜开，也听了更多欢快的音乐，花更多的时间与他们在餐桌上共进三餐，甚至还去了别的女孩家过夜。埃德悬着的一颗心终于放下来了，他想如果一切继续这样顺利发展下去，就能证明他坚持让她接受药物治疗，是万无一失的。他一直在收集证据，证明斯黛西逐渐变得正常了、变得更像他们所想要的那个她，同时这也展示了他对妻子的公然叫板。而最后的那次离家出走是个错误，缘于误解。他们知道抗抑郁药的副作用是使人行为异常。他们拨打了她的手机，却听见铃声从她那间空着的卧室里传出。他们给她的所有朋友打去电话，却没有一个人见到过她。她的自行车仍在车库中，钱包还放在柜子上。

后来，常驻州警罗斯曼上家来了，他们的失踪人员报告也是由他经手的。他向两人询问了斯黛西朋友的情况，并就她是否在吸毒这件事征求了他们的意见。

“只是因为抗抑郁药。”艾丽斯忿忿地说，埃德知道不管这件事如何了结，她都永远不会原谅州警的过分猜想了。

埃德坚持说他们是遵守医生的建议，才给斯黛西加大了抗抑郁药的剂量的。所谓的副作用，不过是制药公司推脱责任而玩弄的法律术语罢了。“我们必须做出尝试，她需要一些小小的外力帮助，心理咨询才会有效。”

“不是这样的。”作为母亲，艾丽斯一直认为不该这样做；斯黛西并不想吃药，而艾丽斯支持女儿的这种权力、也为她所做的决定进行辩护。她不是个小孩子了，她已变成了知道自己在想什么的年轻女子。

可母亲的抗议被驳回了。

州警罗斯曼此刻将警帽拿在了手中，没有了它的遮掩，他看上去更年轻、更平易近人了，同时还显出了些许遗憾之意。

后来，在四月的那天下午，夕阳逐渐没入西方的山后，空气清爽且湿润；就快下雨了——还将是四月里的第一场雨。埃德请州警进屋时，艾丽斯就站在他身后。埃德知道他请进的是位不幸的信使，一旦门一打开，就覆水难收；他本该关上门并用肩膀死死抵住的。

那一次他们没有进到客厅里，出于某种考虑，埃德将他们引进了厨房中，并伸出手示意州警坐到餐桌旁。接着，他为艾丽斯搬过一把椅子；她坐下时，并没有看他，只是一言不发。处方药瓶就在橱柜上的，标签正对着墙壁。

罗斯曼轻声慢语地道出在贮水池中找到斯黛西的消息时，艾丽斯仍然缄默不语。

“可我去了贮水池那儿的，没看到她啊，”埃德的意思并不是这人在说谎，而是他弄错了，“她在的话，我怎么可能看不到呢？”

“她那时就已经沉入水底了。”

埃德很想问那是否是个意外，然而这个需求却暴露出他的恐惧来：“她掉进去了？怎么会呢？”

“我们会调查清楚的。”

“可你认为那个”——埃德突然想到一个自己无法说出的词儿——“并不是意外吗？”

“我刚才说了，会调查清楚的，”罗斯曼之前就把他那顶州警的帽子放在桌旁的空椅上，此刻他正轻轻抚过帽顶，“我必须得问问，留下条子了吗？”他之前也这么问过，当时斯黛西还只是失踪而已；可这一次，到底留条与否好像已不再重要了，更像是为了断案而求取证据。

埃德想起了药瓶上的警告：初次服用本药品的人，自杀的意向可能会更加强烈。

艾丽斯凝视着州警，止不住以泪洗面，泪水划过脸颊渗进嘴角的细纹中。她就那样无声无息地流涕，丝毫没有抹去泪水的意思，仿佛她根本不知道自己在哭泣一样。

州警罗斯曼站起身来，将帽子置于胸前，说：“帕马利先生、帕马利太太，我对令嫒的离去深表哀悼。”

埃德将州警送出家门，接着他将艾丽斯抱入怀中，却不曾料到她迎面给了自己一巴掌。

“以后你别再来碰我。”

巴蒂没命似地从埃德身边嗖嗖跑了过去，伸手可得的松鼠诱惑对它来说实在是太致命了。忽然间，狗发现自己正处于大坝边缘，于是便像在平衡木上游刃有余的体操运动员一般，优雅地沿着边缘走过，迅速地朝水池对岸的方向远离了埃德所在的地方。

“巴蒂！”埃德眼看着狗消失在树丛中，“真是要命！巴蒂！”此时此刻他感到自己心脏病都快发作了。“巴蒂，快出来啊！”他试着吹口哨，可嘴唇太干了；他边拍手边呼唤，大声喊叫着狗的名字。埃德从没遇到过这种情况，他之前每次违抗艾丽斯的过度保护、没用牵引带拴着狗的时候，巴蒂听到他的呼唤都会箭步跑着回来。而现在只能听见那狗越跑越远、身子蹭过树丛之间的“嚓嚓”声。埃德双手扶膝，以平息心中突如其来的恐慌。它不久前才刚成为他们的狗，要是它从此永别他们该怎么办？

“巴蒂！”

就在此时，狗重新回到大坝上，沿着六英尺宽的围坎碎步小跑而来，宛若路边电线杆上的高空维修人员一样无所顾忌。它一看到埃德，便加快了脚步。

“小心啊，悠着点儿。”埃德双膝跪在滑溜溜的水泥桥墩上，狗就快要接近他时，前脚踩滑在散落着的湿树叶上，于是它在那一瞬间奋力爬了上来。埃德伸出双手，抓住了它的脖毛。

“天啊，我还以为自己永远失去你了。”

42. 不堪过往

我回到阿黛尔家中，却只发现空无一人，她很可能住在保罗那儿了；这么做不难理解，她何必还要回到这个空荡荡的房子里跟我独处呢？门前小道上有份报纸，我从地上拾起它后，停下脚来良久注视着隔壁我曾住过的那栋三层公寓。如果阿黛尔会像她所说的那样住到退休社区去，那么为了得到一笔流动资产，那栋房子很快就会被变卖；但还有种可能是，这份租金正好用来支付高级住宅的费用，她也就不用将房子出手了。

三层楼都开着灯，灯光透过阖上的窗帘或者百叶窗散射开来。即便在傍晚朦胧的光线下，我也能看出那栋房子需要上漆，或者做薄层色谱护理了。我突然想到，自己在那栋房子和在阿黛尔家里居住的时间几乎相同——都差不多是九年。自从搬出来后，我就再也没进去过，所以我仍旧只能将客厅的墙壁想成薄荷绿和奶黄色的，地毯则由橄榄与赤褐色的丝质编制而成。虽然以如今的审美看来那简直不堪入目，但那却是我深情怀念的画面。

我突然欣喜地想到：终于自由了，父亲一去世，我就与阿黛尔·罗斯毫无瓜葛。即使以前我已同他们断绝关系，却还会有那么些依存关系是我无法真正摆脱掉的。只要我父亲仍旧在世，我就还是得断断续续地与他们有所联系——就像这一次，我被叫来这里做了无偿照看他的护士；圣诞节时，我还曾收到一张内有25美元支票的贺卡，签名是阿黛尔的。这一切现在都有个了断了。

一楼大门打开了，一个女人走了出来，她端着焙盘炖菜，朝着我的方向走来。我并不认识她。她穿着一套运动衣，凸显了她那丰腴的身材，一头长发用发抓盘起，脚上蹬着双卡洛驰鞋。她的模样看上去很亲切，就像我成长过程中所接触到的那种丰满而又慷慨的女人，虽然有些碎嘴、但却心地善良。我还能闻见她身上的香烟味儿。

“你是贾丝汀吗？”

“没错。”

“听到你父亲过世了，我感到很遗憾。给你做了份这个——”我的这位新朋友将仍冒着热气的焙盘递了过来，我闻到菜里有金枪鱼和奶酪，霎时间便感到饥饿难耐，完全可以径直坐下将这盘菜全倒进肚里去。

“太谢谢你了。我想阿黛尔应该去保罗家了，介意我把这盘菜给他们拿过去吗？”

“没问题啊。你们吃完后，将盘子放在门廊就行，千万别洗它。”

“怎么称呼呢？”

“我叫黛安娜·桑托斯，我们一家已经在那房子里住了十年了，你父亲一直待我们很好，我会十分怀念他的。”难以置信的是她说到此时，真落下泪来，更让我觉得她就跟我所认识的这附近的那些妇女一样，说哭就哭、说笑就笑。

“我还不知道后面他们会怎么安排，但请你一定得来。”

她将一只手放到我手上，说：“我会的，如果有什么需要……”

“我会通知你的。”

黛安娜离开后，我仍站在家门前的人行道上，手中托着热乎乎的焙盘。她一边挥手一边转身走进那栋房子里——那个我曾与两位家人同住的地方。我之前差点儿想问她是否能进去看看了，我想进去找找，那里是否还留下什么能让我追忆起早年生活的蛛丝马迹。

我进了屋，将焙盘放在橱柜上。一股熟悉的香气在空气中弥散开来，这是我最喜欢的爽心美食的气味。我猛拉开盛有银质餐具的抽屉，从中拿出一把叉子来。我只会吃一小块罢了。之前的长途跋涉和与亚迪面对面的较量仍旧让我心烦意乱，我无法挥去脑海中自己的狗在路边郁郁死去的的画面。在去保罗家经受等待着我的风云万变之前，我需要一些时间来让自己重新振作起来。毫无疑问的是，他们会对我在父亲去世这天却半晌不着家感到极其愤怒。

我尝了一口金枪鱼堡面，吃起来完全和闻起来一样香，让我想到了托尼还是孩子的时候，我就曾为他做过这种焙盘。他从不让我使用黛安娜选的这种鸡蛋面条，而只能是通心粉。在某些问题上他有着自己作为小男孩的寸步不让——像是奶酪通心粉必须用哪种面团做的啊、金枪焙盘又是用哪种面团制成的啊；绝不吃小麦面包啊；只有白软面包才能用以制作花生果酱三明治啦。我怀疑他根本没有听到我那条关于父亲的消息，他到底听了我的留言没有？

我宣布要搬到华盛顿州的那个决定时，托尼几乎都已十六岁了。那并不是个武断的决策，而是个绝妙的机遇。我当时正与一位经营高档餐馆的男人约会，当他提出想让我在他那儿担任经理，不仅能拿工资、还能享受福利时，我认为那主意棒极了。格雷格所提供的这个工作能让我安定下来，甚至还有了自己的一番事业。我那时还年轻，还相信天上会有掉下来的馅饼，我所需做的只是上去接住就行了。做出尝试后的失败总比根本不敢去尝试强——我当时就是这样对托尼说的。

“在什么事情上失败呢？又一段‘感情’吗？”说这话的是我那个正值青春期的儿子，说到“感情”时，他举起双手做出双引号的手势、尽显对我的讽刺之意。

“这与‘感情’无关，这是踏出成功事业的第一步，”我学着他没大没小的样子，做出相同的“引号”手势说，“格雷格人倒不错，但这件事与爱情无关。他很有经商头脑，这个工作对我俩来说都是个好机会。”

“不，我不去。我简直受够了，我们在这里待的时间最长，我已喜欢上这里的生活了。”

“亲爱的，我能理解，东奔西走总叫人不好受。可这是一个千载难逢的好机会啊。”

“每次都是千载难逢的好机会，要不就是万里挑一的新男友，你何时才会知足呢？”

我无言以对，接着便恼羞成怒：“还不由你来为这个家做最好的打算，凡事还得听我的。”

“那么你觉得为了你这个最新的疯狂想法奋不顾身就是最好的打算了吗？你总是东奔西走，只因为你不能接受眼前就是我们所能得到的最好生活。我们现在有房子住、你有自己的工作，街坊邻居友善和睦，美好的生活不过如此了。”

“作为你唯一的抚养人，我必须得到我能求取的最好工作。”

“还有最新交往的那位无可挑剔的格雷格吗？”

“这事与格雷格无关。”

“那么与谁有关呢？”

“你。”

“从来没有什么事是为我考虑的，妈妈。即便搬到这里的决定，也是因为当初你想得到这里的好工作。”

我焦急地沿着角楼的弧形内壁绕圈走了六次，两只拳头握得是那样的紧，以至于双手掌心都留下了深深的指甲印。“你得关禁闭了。”我使出作为母亲能使出的最无能的一招。他早就触及到我的底线了，我所作出的每一步决定都是为了让他能过上更好的生活。

“就不能等到我毕业吗？那个时候我们就能搬走了。或者说你就能搬走了。”他听上去很不自信，且就只纠结那几个词儿不放。

“我决心已定。”

托尼笔直地站起身来，我惊讶地意识到他已是个头快到六英尺的大男孩了。他用手抚过那头浓密乌黑的头发的样子像极了他父亲，我不得不使劲儿眨眼睛，让自己明白立在眼前的并不是安东尼本人。“我不走。”他说。

“你当然得走，你是我的儿子啊。”

“桑切斯夫妇愿意让我在毕业之前住在他家里。”

“我认为玛塔和亨利不会愿意也没办法接纳一个十几岁的少年的，”我又绕着角楼走了一圈，说“你会这么想真是可笑。”

“不，一点也不。去问桑切斯夫人的意见吧，她会告诉你她毫无异议的。”

“你为什么会认为他们愿意让你住进他家呢？”

托尼居然被我问得有些害臊了，橄榄色的肌肤上泛起了蔷薇色的红晕，使他看起来既像个腼腆的孩子、又像个成熟的男人。因为急于求成，他说："他俩清楚我们一直处于走走停停的状态，自从三岁以来我们都迁居十个不同的地方了。他们知道这样不好，知道你会一直这样奔波下去，直到我……"

"怎么，直到你怎么样？"看来我该提醒他记得最后两次搬家有一半是他造成的，可作为一个家长，说出这话来又显得很不公道。

"离家出走为止。"

我深吸了一口气，他这么说，不过是半大不小孩子的那种"我要离家出走、要你好看"的空想罢了。我很清楚这类空想，是的，再熟悉不过了。

我跟前站着的托尼，俨然是对痛苦青年的完美诠释。他并没有大哭大闹，可嘴巴却拉成一条线、极力克制自己——到底是在克制意欲流下的眼泪、还是克制那些说不出口的气话，我不得而知。这好比眼看着两个个体苦苦挣扎着组成一个家庭。我所熟悉的这个孩子，他并不清楚，他这个几乎是成人的外表下的年轻男孩，对我来说已是个陌生人了。我俩面面相觑、间隔五英尺之遥；出于母性本能，我该走上前去抱住他，告诉他一切都会有好转的，他需要做的只是对我有所信心。可紧接着，他身上那个孩子的影子消失不见，我看到眼前站着的是位即将成人的男子，虽然还未完全定型，却已不再是个小男孩儿了。

"妈妈，我就是无法再继续过这样的生活了。"他的眼睫毛下滚动着大颗大颗的眼泪，但他不予理会，就这样任凭泪水流着，淌过他那张青少年的脸颊，汇聚到杂乱无章的胡须上，然后便消失得无影无踪。

这是一个一切明了的时刻，最终我有两个选择：搬去西雅图接受那个不错的工作，或者继续在华盛顿再待上个三年、直到另一个绝好的机会将我从这份该死的工作中解脱出来。我已是36岁的人了，渐渐开始领悟到机不可失、失不再来的道理，而格雷格正好提供给我至今为止最好的机会。此外，西雅图是个很棒的地方，对年轻小伙来说，可谓黄金遍地——在那里能进好的学校、能结交新的朋友，还能踏入音乐圈。

我知道这里有托尼的好伙伴，与他在洛杉矶所结交的那些截然不同；他甚至进入篮球队，没与任何人产生过冲突，还加入了优等生之列。可我也需要有所改变啊，我需要一份更好的工作，而不仅满足于汽车旅馆的廉价租房。

托尼除了乖乖听话、别无选择。

"我们得搬走。"

"你怎么能听不懂我在说些什么呢？"

"我听懂了的，你不想再继续东奔西走了，我理解这点。可我们得碰碰运气吧。"

"我就只求你再等三年，妈妈。"

"我没有办法再等三年了。"

"那你也就没有我这个儿子了。"

我吃完了另一大口炖菜，接着将焙盘用锡纸包好，该去保罗家了。

保罗住在费尔黑文[1]，从新贝德福德出发的话，得经过亚卡治尼特河[2]，他家就在240号公路附近。他做会计工作的薪水已足够买下一套水景房；诚然，房子并不大，就只是某些人的夏日别墅那样的规模，但从他家后面的露台上能看到亚卡治尼特河、以及河对岸新贝德福德的滨水地带。一进他家里，我就无法想象他是如何在这样的环境下带大自己的两个孩子的。他的妻子梅拉尼以为我此刻一定是悲痛欲绝的，便深表同情地接待了我。相比上次在他们的婚礼上的模样，她也更显臃肿了；然而她的臃肿却丝毫不显得别扭，她还为自己丰腴的身材感到自豪。她一直拉着我的手，领着我经由客厅来到餐厅，在一大堆杯盘碟碗、残羹剩炙中，为我手里的这份已不完整的焙盘炖菜找到了落脚之处。

“阿黛尔已经躺下了。要是你想进去探探她……”梅拉尼说这话时，丝毫不带嘲讽的意味。

“没关系，让她休息好了。保罗在哪儿？”

“他在那外面的。吃点什么东西吧！”

我什么都没吃，可还是拿过一瓶亚当斯冰镇啤酒来到了露台外，保罗和一帮人正聚在那里，就像今天是超级碗星期日[3]、毫不适合郁郁寡欢的情绪；在知道我是谁之前，他们欢声笑语、好不快乐。我不知道这些人姓谁名谁，可他们却低声向我表示了恰当的问候：“节哀顺变”。我始终觉得

① Fairhaven，是布里斯托尔县的一个小镇，位于新贝德福德以东，马萨诸塞州南海岸。

② Acushnet River，马萨诸塞州境内最大河流，经巴泽兹湾（Buzzards Bay）入海。

③ Super Bowl Sunday，是美国“国家美式足球联盟”（也称为国家橄榄球联盟，NFL）的年度冠军赛，胜者被称为“世界冠军”；伴随比赛会举行还会有盛大的庆祝活动。

他们是在说马克。我肯定他们认为我的一筹莫展是对亡故者的缅怀、是女儿对父亲自然而然的孝心。

他们该知道我很多年前就没有父亲了，那个损失才是深入骨髓的。对于他们的嘘寒问暖，我轻声做出相应的回复。保罗以主人的身份将他们一一介绍给我认识，我与他们分别握手、报以微笑，抑制自己想要呐喊的迫切需求。我很快地抿了一小口啤酒，告诉自己待人接物得像个成年人那样，要感谢他们在周日这天晚上相聚保罗家的露台、并对我如此关怀备至。

“还记得罗恩·马卡姆[①]吗？”

近三十多年的岁月改变了一个人，将一个男孩变成了男人，将当年那个玉树临风的美男子变成了肥头大耳的普通人。眼前的这个罗尼·马卡姆面色憔悴，一圈棕发稀稀拉拉地盖在光头顶上，相形之下，眉毛倒还略显精神些；胡须炫耀似的向外扎着，看上去简直就是典型的二手车销售员的胡子样式。他不请自来地握起我的手，于是我便发现他长着一双小巧纤细的女人的手。他歇斯底里地拍着我的手说：“贾丝汀，你父亲走了，我真的很难过。他一直是我们这里的最好雇员。”

“没错。”我将手从他的手里抽了出来——也只在马卡姆公司算是最好罢。

我太喜出望外了，那个朝思暮想的男孩不再将我遗忘脑后，还把我视为梦寐以求的女孩。那个天之骄子、足球场上的王者、传奇人物一般的罗尼·马卡姆，要和我出去约会。那时阿黛尔都露出了真心的笑颜，算是我能记得的为数不多的几次之一，仿佛我这只丑小鸭终于

① Ron是Ronnie的昵称。

变成了白天鹅；而我所约会的对象罗尼·马卡姆，显然就是她人际社交帽子上锦上添花的一片亮丽的羽毛。

我那时真是又惊又喜，宽大垫肩的花裙子会让他有惊艳的感觉吗？我决心不要打扮得太过花里胡哨，于是穿上了自己的那双黑丝袜，还有领口耷拉着的时髦上衣；我还用电卷发器将头发弄出波纹，再梳起刘海、使其蓬松地高耸在额上。罗恩来得有些早，正在厨房中与保罗一块儿喝着可乐。我走进屋里——噢，天啊——他站起来，仿佛一位来访的绅士般，帮我穿上了人造革的短夹克衫。真希望腋下除臭剂不会辜负于我，也希望胳肢窝那儿不会因为流汗而湿成一片、让我羞得无地自容。我真是太紧张了。

罗尼会约我出去，是经过再三思量后才决定的，他问我："嗨，贾丝汀，想什么时候出去玩玩吗？"

我当时就站在罗尼身后，巴望着保罗，心里保准这是个玩笑而已。可保罗并没有因此而笑掉大牙，所以我点点头说："好啊，当然想。"

"你看上去美极了。"罗尼这话听上去是真心的，尽管我看到保罗脸上似笑非笑的样子，仿佛他是在逗乐似的。我稍微等了一会儿，满心希望罗尼和保罗别再玩这种无聊的猜谜游戏了。

"你们两个家伙好好玩吧。"保罗拍拍罗恩的后背，当我们坐进停在路边的罗恩的车里时，他不停地挥手告别。如我所料，他开的是一辆崭新的卡玛洛[①]，车上各类花哨装备应有尽有；该车属于噪声低沉

① Chevy Camaro，是雪佛兰推出的汽车系列，设计于1960年，共经历五代。设计于1960年的第一代Camaro，代表着那个时代的乐观主义。使得Camaro成为美国标志的是其超过百万的销量，当时名为Chevy的它在开始的三年里就售出了699000辆，足见其受欢迎程度。

的大功率中型汽车，所以当罗尼将车驶离马路牙子时，那动静毫不逊色于发射火箭。

“我原计划咱俩先去‘比萨宫殿’吃饭，接下来可以开车出去兜兜风。”

“这主意听上去真不错。”我一面回答道，一面将紧握着的双手放在两膝之间，以免罗恩看出我无比紧张。一切都听上去好极了。在那之前，我从没有跟大学男生约会过，我想罗恩应该对高中生约会时的那些惯例毫无兴趣，比如去麦当劳或者游戏厅。事实上，这并不是让我望其项背的那种两对情侣的约会，可另一方面来说，我倒希望身边能有个朋友陪伴，这样就有人亲眼见证这段恋情的一帆风顺、抑或一败涂地；此外，我也能在约会后与朋友一同回家，并对他之前的一言一行都进行深入分析。

罗恩像极了他父亲，拥有汽车销售员那样的如簧翘舌；在餐厅吃饭时，他独掌大局、滔滔不绝，而相形之下，我却因为对他过于崇拜而变得语无伦次。他谈到自己在大学体育竞赛中取得的那些骄人成绩，接着又顺其自然地谈到了他在学术方面的卓越表现。最后，我发现他与我约会过的其他男孩并没有太大不同：只要我一直对他报以微笑、不停点头表示认同，他便能一发不可收拾地讲下去。

直到如此优秀的他头上的光环开始黯淡下来后，我才终于舒了一口气、实实在在地看着桌子另一头的他。我稍稍坐直身子，希望能有什么人、不管是谁，来到餐厅并且看到我——贾丝汀·米德，正与罗尼·马卡姆独坐在一起——那是我有生以来第一次心甘情愿地成为深受大家欢迎的保罗·罗斯那位异父异母的妹妹。

后来，我俩漫无目的地驾车四处游荡；最后车子开到了海边，停在一处热门的“亲热圣地”——特别是在气候尚暖时，在沙丘后的沙地上铺上一块毯子，简直就是天然爱巢。我俩坐在车里、透过宽大的挡风玻璃眺望海水，引擎轻轻地发着撞击声。

“你哥哥这人很不错。”

我们正坐在新贝德福德最为著名的亲热圣地，而他却说出这样的开场白，感觉似乎挺别扭的。

“他还行吧。”我今晚并不准备对保罗的行径抱怨连连。

“是他劝我约你出来玩的。”

我感到自己被狠狠地踢了一脚：“果不其然……他对你保证了什么？”

“那都无关紧要。我想说的是，我喜欢你，所以也很高兴能约你出来。”

“我不需要保罗来替我张罗约会。”

“不，不是因为他。我过去有眼无珠，是保罗让我看到了你的好。”

下车后，我感到有些热了，所以罗恩打开后备箱，取出一条毯子和一扎六听的啤酒来。我俩双肘支撑着身子半躺了下来，边喝着啤酒、边装作沉醉于满天繁星之中。啤酒并没有被冰镇过，那味道就像是掺着金属似的，可我却一口一口地抿着我的那一听，仿佛十分享受的样子。霎时，一颗流星划过天际。

“噢！快看那个！许个愿吧！”我朝着天穹的方向，许下了自己的愿望。

罗尼拍着我的膝头，接着抚摸了我的背。

我对着流星许下的愿望，便是希望他能吻我。当我迟迟等不来的时候，便凑上去吻了他。

我永远不会否认是自己先主动示爱的，可罗尼·马卡姆那时所做的却远远超出了我的预料。

现在应该称呼他为罗恩·马卡姆，而不再是那个我朝思暮想、温文尔雅的罗尼了；此刻他倾身贴近我的耳朵，温柔缱绻的形象不复存在，他说："知道吗？你父亲私底下来找过我。"

"我不知道。"

"那时你父亲还身强力壮的，我该比现在个头高点儿，可他一把抓住我的衬衫、将我推到墙上，毫不留情地警告我最好离你越远越好。我对他说了实情，说咱俩都是清白的。"

"你这话什么意思？清清白白吗？可有件事确实发生了。我叫你别那样时，你并没有住手。"

"我确实在大事不好前便及时住手了。可我当时情欲高涨、并没有像个谦谦君子。我年纪比你大，也就轻松地占了你的便宜。可你哥哥却说……"

"他说什么？"

"他说你是自愿的。一旦我意识到你并非如此，我便没有继续了。你不记得了吗？"

我记得他疯狂吻我的感觉，他终于脱掉我上衣后、手掌压着我的肌肤的感觉；我记得自己拼命拽住衣服、极力想要遮掩赤裸的身体，夜里湿冷的风让我不禁寒战连连。再后来，他抱着我的肩膀陪着我回到车里，就像我需要他的帮助似的……至于那段回忆的剩余部分，已被我删改得一干二净了。

那晚我回家后便一直坐在厨房里。我整整哭了一宿。“保罗设计陷害了我。”保罗一见我进门的样子——精心打造的发型乱作一团、模仿电影《闪电舞》[①]中女主角的那身上衣也穿戴不整、连涂抹的睫毛膏都花了——于是他二话没说马上开溜；他已看到了自己的所作所为都带来了怎样的恶果，便避而不敢再见我了。

“是他告诉罗尼能对我动手动脚的。”

“住口，”阿黛尔大步走到我面前，“他才不会做这种事情。你自己要穿得像个骚货，你这是自作自受。”

“我会和那个男孩好好谈谈的，”我父亲站在餐厅的拱门那儿，说，“我是指罗尼。”

“你别去，”阿黛尔抓住我的后脑勺，将我的头硬转向父亲，“你愿意为了她把工作赔掉吗？”

正是父亲那时的缄默使我感到他背叛了我。他绝不会勇敢地反抗阿黛尔，那时候是这样，一辈子也都如此。

在整件事上我从未将过错归咎于罗恩·马卡姆。至始至终都是我父亲的错，他不敢为我出头，导致我终生都无法将那份痛苦的记忆挥之而去。

① Flashdance，1983年上映，由詹妮弗·比尔斯、迈克尔·诺里主演，讲述了女主人公追求理想，热爱跳舞的奋斗过程。

而眼前就站着那个男人、当年那个差点儿夺去我贞操的男孩，他现在也已长大成人了。我从未曾料到，这么多人当中，竟然是他来告诉我，最后到底还是父亲去找他算了账。

这时，保罗简直是用力推搡着我们两个人离开露台，来到没人的院子里。我知道露台上的人太多，此时此刻那里面还有不少嫁做人妇的女人，一字一句他们都能听得清清楚楚。我并没有提高嗓门，可夜色逐渐变得朦胧起来，周围变得雾气缭绕、宛若露天舞台。

我听到她的声音从大雾中穿透而来。

先结婚、再生子、后离婚……回顾自己此生每隔几年的亲身遭遇，我还见证了911和两场伊拉克战争；可即便是那样，一看到阿黛尔·罗斯·米德站在露台上向下俯瞰自己的样子，我还是被吓得面如死灰。奇怪的是，露台上的泛光灯只照亮了她，而那上面其他的客人，好比希腊戏剧里的合唱队，业已隐没于阴影之中。我感到自己已经害怕得缩成了一团。

"贾丝汀进屋来，我有话要说。"就凭她这一句话，我便彻彻底底地被打回了十岁的记忆。

"米德太太，让我们再说几句罢。"罗恩并没有碰触我，可我还是跟着他走了几步，远离了露台，走进雾气弥漫的草丛深处，基本上无人再能听到我们的对话了。我怀疑这么做不太恰当，并不是想到他会对我做出点儿什么，只是这看上去像是我向他妥协了；而且，我想他的妻子——他肯定已经结婚了——铁定是不能理解这番行为的。

"不管那晚上发生了什么，希望你知道，我深感抱歉。对于一个男孩来说，那一切完全是另一回事。我并不是找理由为自己开脱，或者寻求你的谅解，可我真的很抱歉。"

他这话超出了我的意料——他，罗恩，在向我道歉。可这并不是我所希求的。

我猛然间想到，我父亲之所以从不曾向我道歉，是因为他确实没有任何过失。想到这里，我的眼角渗出了泪花。

“谢谢你这么说。”

我此刻有一种奇怪的感觉，感到自己就像是一头正在脱皮换毛的野兽，全身上下严实的保护层张裂开来，令我失魂落魄、赤身露体；而罗恩·马卡姆以一种拙劣生硬的方式，为我提供了匿身之所。

“贾丝汀？”阿黛尔的声音在迷雾中渐渐消逝，化作毫无意义的朦胧之音。

我的手机突然响起《珠光宝气》这首歌，刺耳的声音让两人都大吃一惊。这使得罗恩终于可以借机离开，于是他便消失在了大雾中，将我独自留在了院落边上。蟋蟀们兴致勃勃地鸣唱着九月之歌，而我则翻开手机屏——是米契，我那位独腿的小提琴师。我任手机响了三下才接起电话，一是为了使自己镇定下来，二是为了让说话声音不会因为情绪激动而颤抖不清。

“嗨，米契。”

“情况如何了？”

我俩的对话听上去就像一对没话找话的少男少女。

“我父亲今天去世了，所以大家聚在我异父异母的哥哥这里，吃吃东西聊聊天。”

“节哀顺变。”

“我还好。”

要是父亲真对我说了那些话，只需让我知道他站在我这边，即便只有我一个人知道这个真相，也够了。可现在没有机会了，要我忘掉根深蒂固的冤屈感，就好比叫泰坦尼克掉头返航那样困难。“葬礼在周六举行，我想结束以后我就该回家了。”

即便只是将这句话说出口，我也感到心中一悸。我将找到亚迪后、他怎么被地狱天使狂追猛赶而吓得要命的事告诉了米契。有那么一瞬间，我怀疑米契会不会以为我将亚迪的恶劣行径都归罪到了他身上，我不会那样想的，不全是他的错。我没提到自己给了亚迪的肚子一拳，但却将那两个卡车司机如何出手相助的情况告诉了他。接着，我再也抑制不住自己的情绪，一面泪如雨下、一面告诉电话另一头的他，我的狗很可能已经死在麻省收费公路上了。

“贾丝汀，可能情况并不如你想得那么糟。你也许不相信，可我想我在脸谱网上看到了你的狗。”

“那或许是桑德拉发上去的照片之一罢，她还给我们拍过许多视频，上传到了YouTube网上。”我并不想要马克的影像，我要的是马克本身。

“不过和那狗在一起的可不是你哟。”

这句话叫我定住了，赶紧用指关节拭去泪水，问道：“什么？”

“我已经将链接发送给你了，你只需上网查看、自行判断。”

“马克又不是唯一一只会跳舞的喜乐蒂牧羊犬。”我还是不敢让自己空怀希望。

“我并不是要你抱有希望，可你不想看看那个吗？”

此刻，他身处的克利夫兰与我所在之地都万籁俱静，静得能听到葡萄园岛渡轮的号角声。米契不想要我抱有希望，可他却又来告诉我有人在跟我的狗跳舞，这难道不是希望吗？

如果米契没有看错，网上的那只安然无恙的狗的确就是马克，那就意味着在我竭尽全力找到它之前，是不能离开这里的了。我不知道凯蒂愿意将我的工作保留到何时，迄今为止，我辞职离岗的情况不胜枚举，而这一回的理由却是最为让人信服的。

“那是一只银黑色花纹的喜乐蒂，有着白色的脖毛，一只眼睛蓝色一种眼睛棕色吗？”

“贾丝汀，去看看视频吧。”

前来慰问的客人纷纷告辞了。经保罗介绍，我才知道与他一同在露台上的那两个男孩都是我的侄儿。他们管我叫“贾丝汀姑姑”，就好像我跟他们有血缘关系似的，而他们管我的父亲则叫“爷爷”。

“你们谁有电脑，能借我用一下吗？我需要查看一下邮件。”

大一点的那个叫瑞安的孩子将我带到他的卧室，替我启动了自己的笔记本，还体贴地离开房间让我独处。这个房间不够招待客人，可却透着纯粹的半大男人的气息；我呼吸着室内的空气，一股怀旧之情油然而生。床底下伸出一截袜子，宛如一根舔着地板的灰白舌头。我想象梅拉尼整日忙前忙后地，试着把这个家收拾得干净整洁，周日晚上也不得空闲时间，即便是在我那病入膏肓的父亲意外死去的今天也不例外。

我打开那个首席哈雷车手发来的邮件，他写道：“我希望这是你的那只狗。”

我点开链接，心中也期待着那会是我的狗。

我一边看着这段简短的视频，一边得用手捂着嘴、才不至于被惊吓得叫出声来。视频音质不佳，图像也摇晃不定，可《生命继续》的音乐响起时，马克跳起了它的那套舞步，我看得出它那是在即兴表演；和它搭档的女人无法给出任何一个恰当的手势，可它却还是参悟了她的大部分意思、做出了她想要的动作。它真是绝顶聪明啊。接着我听到了一个名字——艾丽斯。“就这样继续，艾丽斯。”单凭这句话还不够我找到我的狗吗？然后我又听到了第二个名字——巴蒂。她就是这样叫它的。但它明明是马克啊。即使这世上有成千上万的芸石色喜乐蒂牧羊犬，可只有这一只属于我，这下错不了了。

释怀的感觉好像药力发作一般，我开始全身发抖，双手哆嗦得如此厉害，以至于我难以发短信给米契、让他知道他说对了。我此刻激动得说不出话来，还需要些时间才能完全接受这一丝希望的到来。

“没事吧，贾丝汀姑姑？”瑞安就站在门口。

“我没事。”或者说差不多如此。

43. 打开心结

罗斯曼警官坐在他家的厨房中，那气势看着就像个居心叵测的坏蛋。他眉头紧蹙，像是在练习如何传达噩耗、以找到更为恰当的面部表情。艾丽斯的听觉似乎出了什么问题，她只听得他嘴里不断冒出只言片语，却没有一句话是完整的、没有一句话说清楚了的。她只听到："我们会调查清楚的"、"法医他……"

她所听到的声音犹如海浪翻涌的沙沙声。他们已有好长一段时间没去海边了，也许今年夏天他们会在鳕鱼角租房度假。海浪声声、潮起潮落，直到她的耳里满是波涛怒吼的巨响。她心跳加速、血流直冲到脑部，罗斯曼所说的话在她听来愈发模糊不清、含混难解，直到他吐出了那个字眼儿、给留下她锥心刺骨的痛。

斯黛西死了。

这都是埃德的错。

"嘿，艾丽斯。"

艾丽斯又在疯狂地用真空吸尘器来发泄了。

"艾丽斯，把那个东西放下，跟我来。"埃德本打算去莉尔咖啡馆的，可他改变了主意。巴蒂正坐在卡特拉斯里，等着像往常一样出去兜风。

艾丽斯没听到他在说话，埃德便走过去踩下按钮关掉吸尘器，说："我说，别这样做了，跟我来。"

“我得把这里弄干净。”她踩动按钮又将它重新启动。

埃德一脚将吸尘器推开，说：“咱们去做些有意义的事，到有趣的地方走走。不然你永远也无法停止吸尘啦。”

“去哪儿？”她没再走过去重启吸尘器了，而是像个少女那样，将一缕头发绕过耳际。

“我还没想好，不过把这么好的一个周六浪费在吸尘上太不值得。拿上你的那件夹克，咱们去找点事做。”

艾丽斯站在那儿，手中拿着吸尘管。她没有将头发绾成发髻，仅是向后束成平日工作时的那种马尾。晨光透过窗户渗进房间，照在她的背上，使得那些没被梳好的缕缕发束看上去好似绕在她头上的光圈一样。“什么样的事呢？”她问。

“来点儿小惊奇吧，想去看看汽车吗？”

“那也算惊奇？”

“你最近去看过汽车吗？它们现在可是惊喜纷呈啦。”

埃德能看出她正在心中盘算着自己的提议，这要是搁在过去——很久很久以前的时候——她是不会犹豫不决的。而如今每件事都变得需要细加考虑了。

“巴蒂怎么办呢？”

“它正在车里等着呢。咱们得找到个它也能乐在其中的事儿做。”

“我们什么时候说了要买辆新车的？”

“没提过。我只是想到也许出去走走看看会很有意思罢了。”

“我去拿夹克。”

为何看似他已大获全胜了似的？

艾丽斯脱下身上这件单薄T恤，穿上一件蓝色的牛津布衫，脚蹬一双邓肯木底鞋；接着她用发梳整理头发、将其束成一把，再用发夹固定好。这一系列都是她经常做着的事情，所以并不需要思前想后，只需在梳妆台上挂着的镜子里查看装扮效果即可。她照镜子时突然发现，该给自己画上点儿口红。

埃德立在门口，镜中的他就在她的身后；他欣赏着她的曼妙身姿，而她自己却对此浑然不觉。艾丽斯看到埃德走了过来，他俯身亲吻了她的后脖颈。这就像是透过窗户看一对陌生男女似的——镜中所现只是埃德和艾丽斯·帕马利的化身。

可埃德柔软的双唇吻在皮肤上的感觉并非只是镜中倒影，它是如此真实，有如一阵激灵传遍全身；它又是如此稍纵即逝，她几乎就要将这种曾经的感觉忘却了。可这一次，她并没有喊出“噢，埃德”；这么久以来，这也是她第一次感到埃德的这个举动正中了她的下怀……

“我都忘了巴蒂还在等了。”

“它在车库里待着挺好的。”埃德说。床上杂乱一片，艾丽斯坐在床沿上，穿上了夹克：“可咱们还是走吧，它可能都在怀疑你是不是出事了。”

埃德伸出手，扶住艾丽斯的肩膀，让她卧下来躺到自己赤裸的胸前：“咱别告诉它不就好了。”

艾丽斯将双腿放回床上，叹了口气。“我想它可能都猜出来啦，”她并没有挣扎着逃脱埃德的拥抱，而是自动迎入他怀中，“它那么聪明，就像个万事通似的。”

“它真的很不错，是吧？”埃德稍微移动了下身子，开始温柔地捋起她的一绺头发，好像是抚摸着狗的柔软耳朵那样，“我昨天去了贮水池那儿。”

艾丽斯一动不动地躺着，心砰砰直跳、呼吸急促。她感到贮水池的每一块岩石都压倒到了她的肋骨上；悲恸之感直涌而来，可伤心归伤心，她的眼泪并没有因此决堤：“发生什么事了么？”

“我们在那儿待了一会儿后，巴蒂看到一只几乎是从眼皮底下溜过的松鼠而略微兴奋了些。他差点儿就掉进池里了，还好没真掉下去。不过它看着倒是挺尴尬的。艾丽斯，它那模样让我笑了好久；在那里，那个地方，我却笑开怀了。”

接下来埃德紧紧地搂住她，以至于同他胳膊的重压与迫切的需求相比，岩石的重量便不值一提了。艾丽斯内心的伤痛并没有因此而平息，可泪花却不再翻涌，她拍着埃德的胳膊说：“没关系的，埃德，你能去那儿很好。我去墓园的情况也是这样的，看到那些一草一木、一沙一石，心里就倒还受些了。”

“我想如果自己最终能面对那个地方，我的心结也就打开了。我看到人们还会去那儿捕鱼，而且那个地方仍旧风景如画：绿叶已然换上了金装、苍天大树倒映在粼粼池面上，仿佛天地万物都是成对成双的。除了那只淘气的松鼠，放眼所及都显得静谧而安详。那里的一切都是无辜的，她已经不在那儿了，艾丽斯。”

“她不会去那儿的，埃德。我在墓园里都找不到她的身影。她一会儿在这儿，一会儿又不在这儿。我们失去了她，我们跟她在一起还没过多久就失去她了，就是这么回事儿，”艾丽斯离开埃德，两人都坐到了床边上，“有时候我想，我得将她卧室的家什全都给搬出来，把那间房变成书斋或是办公室，反正就是实用的空间。再把她的所有东西都给处理掉，我想如果我能做到这点，我就能接受她已死的事实了。”

“我想可能我们早就接受了这个事实，只是接受不了她自杀的原因。这和车祸不同，车祸发生了，就在地图上把那个地点画个叉、再放上个泰迪熊；可她那是一种病。那已大大超出了我们的经验所知，我们永远也不会懂得她的感受了。”

他们又双双陷入了沉默，可这次的沉默并非像是让人窒息的铜墙铁壁，而是供以成长的蚕茧温床。

“我们该怎么办呢，埃德？”

巴蒂突然狂吠起来，它是在不耐烦地抱怨自己被他们晾在一边了。

埃德吻着艾丽斯说：“咱们去看车吧。”

“或许我们该淘汰厢式车，换个普锐斯[1]来开开。节约成本罢，我并不需要厢式车那么大的空间。”

“卡特拉斯也开了好多年了。也许我们该听听卖车的人会向咱们推荐些什么。”

埃德先穿好了衣服，去车库里安抚巴蒂。艾丽斯又坐回到了镜子前，重新梳头、再抹了点口红。她看到镜中的自己笑了，这真让她惊讶。也许是因为阳光透过象牙色窗帘弥散在了卧室中，或许是因为别的什么，然而镜中的那个自己却不再是愁眉苦脸的了。她的脸色不错，很可能就是自己

① Prius，丰田汽车公司的一款混合动力车。油耗低，适合城市使用，环保性能好。

和巴蒂经常散步所取得的成效。要是她将头转过适当的角度，甚至看上去还有几分可爱动人、几分少女气质呢。艾丽斯欣赏着镜中倒影，不仅发现自己的两颊有如玫瑰般红润的迹象，还看到双眼流露出悲伤之外的神情。他俩之前那番对话固然凝重，然而却也莫名其妙地使她感到宽慰。就好像他俩并肩作战、直面了同一个敌人，且都没有临阵脱逃。

对于巴蒂来说，一开始等待的那段时间里，独占副驾座可真是美事一桩。它不知道埃德还要准备多久，可几分钟之后便安定了下来，鼻子埋在尾巴下、闭上双眼小作休息，而一对耳朵却时刻注意着埃德返来与否。等到后来，终于还是睡着了。它醒来时，心中满是疑惑，他们还从来没有把它独自留在车里这么长时间呢，也从不会在除了他们所去的那些场所之外的地方让它独自等待。于是它叫了起来——也许对于一只可以几个小时都趴着不动的狗来说，这么叫太淘气了，可没人制止它啊。于是它又叫了一声：**嘿，你去哪儿了？**

埃德回来了，又是赔理又是道歉的，这表现挺好。可他们仍旧没有开车上路。“孩子，到后面坐着去。”埃德挥手叫巴蒂坐到后座上，这下可吊起它的胃口啦：有另一位乘客吗？除了他们二人带着它去见兽医那次，这么着可真是史无前例啊……兽医？巴蒂喉咙里发出了一点好似疑问的声音：**我怎么了吗？**

艾丽斯走过来坐进车里，两个人说了一会儿话，忽然他们仨又都全从车里出来，坐进了厢式车中。这下坐着可舒服多了。在中排能欣赏到不错的风景，而且它还能从这头到那头地不停换座。巴蒂兴致盎然，这种安排还是头一遭呢。新的变化正在悄然而生。就像昨天，当它和埃德到那个池塘去时，那儿的松鼠在地上乱跑着、可谓俯拾即是，在树上栖息着、简直无处不在。真是太有趣了，就像是在探险一样。只是埃德越走越慢、最后还停下了脚步，站在水池边长时间一动也不动；他凝滞不前的样子，就和人类有时举止神秘莫测、并且还会随之叹气时一样。并不是那种狗在夜间终于可以安稳入睡时所发出的叹息声，那种叹息所传递的是人类的悲伤。当时他们显然并不是为了去那儿散步，只是去拜访。也许是埃德想让巴蒂铲除在那个地方为虎作伥的松鼠罢。它竭力去围追堵截，还差一点儿就落入水中，可它并不想成为落汤鸡啊；拉布拉多犬才喜欢嬉水呢。不过那个千钧一发的时刻倒使埃德不再驻留原地了，他也没有继续叹气下去。

此刻大家一定是要去探险，毕竟两个人终于坐到了一辆车里。不用像赶羊一样让他俩形影不离，他们现在是心甘情愿在一起了。巴蒂在二人身后嗅来嗅去，接着歪过头，发现埃德已经驾车上路、他俩的手放到了一起。巴蒂不再流连窗外飞逝的风景，也不再寻觅松鼠、猫或是自行车了，而是直瞪着那双牧羊犬的眼睛，看着前排中间分明搁着的、二人彼此碰触的手上。

他们驶过墓园大门时，它错过了往常的那一瞥，大门左侧那根柱子上的漆皮差不多都要被刮干净了，而它现在一心一意只念着与自己共处一车的这两个人。

44. 参加葬礼

我早该料到阿黛尔在操办后事上会不惜一切代价。她不要简易的殡仪馆葬礼，而选择在新贝德福德最大的圣公会举行隆重的遗体告别仪式。我的父亲与母亲结婚时，还是个天主教徒；而不知何时，阿黛尔说服他皈依了自己看来更加高等的那个教派。她自己并不真的出入教堂，可却肯定地说我们需要租用这么大的空间来招待前来参加葬礼的百余友人。我相信到时候教堂正殿只会是冷清一片。

我们坐进高级豪华轿车，身着得体新衣，就这样无比奢侈地开车去了教堂。阿黛尔穿的是在罗德·泰勒[①]选购的寡妇丧服，我穿的是科尔士百货公司[②]的黑色套装基础款——这套衣服也适用于应聘和去纽约参观。

我并没有指望保罗的客户、还有梅拉尼朋友圈子里的那些人会来参加。对于这么一个完美的九月周六早晨来说，这样一群人更适合凑在一起打高尔夫，而非出席追悼会。我们四人下了豪华轿车，看到瑞安和皮特也已到场——皮特是保罗较小的那个孩子，他是坐着家里的雷萨克斯[③]车来的。大家纷纷拥抱致意，然后保罗搀扶着阿黛尔前行。我看着他那臃肿庞大的身躯、以及她老态龙钟的驼背，唐突不敬地联想到了怪物史莱克和霍

① Lord & Taylor，坐落于美国第五大道的购物商店，是纽约时尚界的领航者。

② Kohl's，美国著名的面向家庭的专业百货公司，由科尔家族于1962年在威斯康星州最大城市和湖港——密尔沃基（Milwaukee）创立，此后迅速发展，现在它的商店遍布美国。

③ Lexus，日本丰田汽车公司旗下的豪华车品牌。

比特人。接着我那没有血缘关系的侄子，年轻的瑞安，将自己的胳膊伸给了我，而我也被他这个举动感动得快哭了。

葬礼的前一天晚上，我长时间注视着死去父亲的脸——死亡让他安息、犹如蜡像一般静卧长眠，死亡也使他的身体看上去变短小了些——我想死亡会令所有人都萎缩罢。我所不认识的人们三三两两地陆续进到屋里来，有几张脸我还稍觉面熟，许是曾经的老友；更多的面孔只是踉跄地出现在我的眼前，匆匆来也匆匆去，还未认出是谁来，便转身不见了。父亲以前的老顾客进来致以他们的哀悼与敬意。他们都说着那些抚慰人心的陈词滥调："……到一个更好的地方去了"、"我们会想念他的"、"……多棒的一个人啊"……有些人甚至流下了眼泪。可这些为我的亡父哭泣的人们又是些什么人呢？阿黛尔向他们每个人表示感谢，而我只能将她那副架势形容为"女王般的镇静"。保罗倒是谁都认识。皮特的队友来了，他们是一群肌肉发达的小伙子，身上的夹克皱巴巴的、领带也打得极为蹩脚。他们先说"真为你感到遗憾"，接着会辅以别扭的男孩间的拥抱。孩子们嘴里的这位"爷爷"似乎曾去观看过他们的所有比赛，因为他有一件印着"头号粉丝"的运动衫，所有的孩子都在衣服后面署过名字。

我作为逝者神秘莫测的女儿，忝列于接待队伍的最后一位。人们见到我便说："你一定就是贾丝汀了。"终于来了位看着面熟的人——我父母的房客，黛安娜·桑托斯。她和她丈夫列于从棺材旁边依次走过的队伍最后，他俩祈祷时都用手划着完美的天主教大十字，接着顺着列队来到我身边。黛安娜，和那么多陌生人一样，并没有因为要拥抱安抚我而流露出别扭的神情。而我和黛安娜起码事先接触过，我还吃了她赠与的食物；向她表示感谢时，我才开口说了备受折磨的那一晚上的第一句话。

间歇的时候，我从家人身边走开，只身来到棺材边注视着绕其一圈的鲜花，它们被安插在底座上、布置得是如此巧妙，好似稍息立正的花朵列兵。其中一束来自马卡姆汽车公司，另一束来自父亲参与的共济会分会。在这一束束花中，还能看到我家的若干远亲的名字；一束姗姗来迟的花束没有底座可插了，只得摆放在地板上，所以我得弯下腰来才能看清卡片上写的字："最深切的同情"——署名是安东尼·马尔科内。

而此时此刻，那束混合粉红色剑兰和象牙色百合的花就被搁在高坛的阶梯上，茎干被其他花束挤压得不成样了。到我们去墓园的时候，这些花束就会绕着墓碑铺呈摆放，直至棺材入土为安——尽管电视经常上演此类镜头，但这并不是美国人时常能够见到的场景——很快，那些花束便会被当做垃圾，与其他残骸碎片一起，被永远地遗弃。

在葬礼最后，殡仪馆的人来收集这些花束之前，我从那束花的支架上取下署名卡，并将其装入了口袋中。

我不顾托尼反对，全家搬到了西雅图，发誓说从那以后就能过上更好的生活。没想到半年之后，我却又开始领取救济金了。某个周四下午，托尼放学后没有归家，我走进转租房中他的那间卧室里，在他的书桌上找到一张纸条，上面写着：妈妈，我会没事的。我一有机会便会给你打电话。爱你的，托尼。

我的儿子就这样离我而去了。

家里人陆续从教堂出来，走到等着的豪华轿车这儿；我跟着他们慢慢向前移步，口袋里还揣着那张来自富兰网[①]的卡片。在教堂台阶处，我停了下来，希望自己能够挤进两个男孩的那辆雷克萨斯车中，可豪华轿车的后门大开，正等待我坐进去。

“贾丝汀？”

台阶上有个身着黑色西装的男人站在我的身边，他中等身高、脸上刮得干干净净的，宽大的额头下有一双深邃的蓝眸；他的头发不长、在阳光下泛起银色的光芒。我认识这个人，却记不起来在哪儿见过了。

“我是米契啊，”他看出我的一脸迷惑，“我现在脱胎换骨啦，此外，你真的只熟悉我的后背罢了。”

“你是那位哈雷车手？”

双脚站立的米契靠前一步说：“我就是，现在再次为你服务。”

下台阶时，我觉察出他穿着义肢的。他的身手很灵活，只是步伐中有一些不太正常的跳跃。“你看着并不像是骑车来的嘛。”

“放在家里了，我是坐那个来的——”他指向停放在街对面的一辆凯美瑞，“这车虽不是特别迷人，只是我想到我俩该有好长的路要赶。”

“我不知道自己接下来会去哪里。”

米契挽起我的胳膊说：“找到马克在什么地方，我们就去哪里。”

桑切斯先生于某个周六打电话来告诉我，托尼已经到达他们在卡

① 北美首屈一指的天然有机保健品制造商。

纳布的家了。孩子本想叫老人保守秘密的，可桑切斯先生并不想那么做。“我告诉他说，一个真正的男子汉是不会叫另一个人撒谎的，保密也是一种撒谎。”

“谢谢你。我会弄清自己能否有时间坐飞机去接他的，我只是现在得……”

“不用着急，他在这里很安全。可是贾丝汀，这件事很严重啊，一个好好的孩子是不该离家出走的。”

“他还在为我搬家的事生气呢。”

“那么你搬过去了情况如何呢？”

“我想他可能已经跟你说了，那家餐馆根本就没开业呢，我暂时还在做临时工。”

“很遗憾啊。”

有那么一瞬间，我怀疑他是否想把我们住过的房子再次租给我，可是我又要回去做那份糟糕的汽车旅馆的工作吗？不，那些都是如烟往事了。

可他却只是说：“我想孩子在这儿没问题的。从小就没人来给他树立什么男子汉的好榜样，除了爱他的母亲外，他一直都过着颠沛流离的生活。贾丝汀，有时候，仅仅只有好意还不够啊。”

他说的这番话让我伤透了心，其中的道理其实我早就明白了。我曾对托尼说，我俩是在航海探险，天知道前方会有什么样新奇刺激的事在等着我们。可到最后，这次航行还是以搁浅告终，我也只剩下一条出路可走。

45. 游玩计划

“你今早可叫那帮伙计好等啊，”莉尔一把将抹布用力拍在了柜台上，“他们担心得很。”

“太蠢了，难道现如今我哪个早晨来不了的话，还得挂个电话请病假不成？”埃德说着，从他惯常所坐的那把椅子旁边走过，径直坐到一个卡座上。艾丽斯此刻正在街对面，与巴蒂一起在镇上的小片草坪那儿，手里还拎着一个塑料袋。“我就不兴和老婆共度周六吗？”

“嘿，我只是告诉你他们在找你呢，”莉尔举起邦恩咖啡壶说，“现在就倒上吗？”

“谢谢。”埃德说，他看到艾丽斯从街对面回来了，并叫巴蒂坐回了厢式车里。她适当摇下了车窗玻璃，察觉到埃德正看着自己，于是向他挥了挥手。

埃德并不清楚到底发生了什么，可他今天感觉好极了。

艾丽斯坐进卡座与他相对的那个位置上，说：“它待在车里挺好的，我们也用不了多久。”

“它每天早晨都在车里等我，还密切注视着来来往往的人，简直就是个穆迪镇的小镇长啊。”

“可在夏天你就不能继续这么做了，不能把狗留在那么热的车里。”

“我知道，也许夏天我就会做点别的什么事了。”

艾丽斯仔细查看塑制菜单，那玩意儿埃德早就倒背如流了。他俩都点了焗芝士三明治——他那份还带西红柿，她的则不加。

莉尔将他们点的东西拿到卡座这儿，顺手将一小包熏肉放在了桌子上，说："这是给我在外的那个伙计准备的。"

"你喂它吃熏肉？"莉尔转向另一桌后，艾丽斯责备地问道。

"就那么一根罢了。"

艾丽斯往她的杯里加了些许糖，接着来回搅拌着："明年夏天的时候，你想做点儿别的什么事吗？"

"我不知道。或许是时候将咱俩总商量着的那些旅行计划付诸实践了。开车去鳕鱼角，或者到山上去玩。"

"我们何必等到夏天再去呢，没人拦着我们现在就去什么地方玩啊。"

这句话再次让他意识到自己毫无工作牵挂的现状了，他拥有全世界的时间可以挥霍啊。

埃德对准碟子放下他的咖啡杯，问："巴蒂要怎么办呢？"

"有那么些地方自诩允许犬类进入，我们可以带它去那儿啊。"

"你到底想去哪个地方呢？"

艾丽斯耸耸肩膀，咬了一口三明治，接着坐了回去。长椅的座位太低了，她看着就像是个坐在大人饭桌前的小个儿丫头一样。"加拿大吧？得选个地方我们可以驾车去的……蒙特利尔[①]？"

"这样我们就更有理由去看看新车了，咱俩的老爷老太车都没法驾驶800英里的路程。"

如此这般满是憧憬的对话真是太有趣了，除了丧女之痛之外的话题，

① Montreal，坐落于加拿大渥太华河和圣劳伦斯河交汇处，是法国于1642年建立的殖民地，是加拿大20世纪70年代前的最大城市，现在是加拿大第二大城市、魁北克省最大城市。

他们已经好长时间没在一起谈论什么计划、探险了，因此埃德高兴得想笑。也许没必要真的去旅游，然而谈论这件事却为生活展开了一个新的方向。艾丽斯已经从另一层次的悲恸中走了出来，这叫埃德松了一口气。曾几何时，艾丽斯赖在床上不肯起来、然后留在家中不肯出门、接着守着穆迪镇不肯远行……而现在她却在苦苦思索着出国旅游。埃德相当肯定，她接下来便会开始担心他们走了谁来看家、谁来打理日常的事了；照着这个思路想下去，她到最后便会从开心的旅游计划跑题，想到好几天都不能去墓边的问题。不管春秋冬夏、阴晴雨雪，艾丽斯·帕马利都要照料着坟墓：秋天种植菊花、夏季栽下凤仙，冬日培育绿色蔬菜……阳春之时，郁金香吐出花苞，两侧则是黄水仙。他从未去瞧过那个花圃，却知道艾丽斯都在忙碌着什么。有时那会是她一整天里跟他说起的唯一话题，可自从巴蒂来到家中，这样的日子便一去不返了。

因此，她能谈论去其他什么地方游玩，着实是一件大好事。

周四的镇上小报仍搁在报架上，艾丽斯又让莉尔给自己续了一杯低因咖啡，他则走过去取下一份来看。埃德将桌上的空杯子推到一边，然后又在两人面前铺呈开报纸，一页一页地浏览上面的汽车广告。这段时间正值季末清仓大促销，所有商贩都在吹嘘自己卖的车能节省很大一笔钱，而且每月还贷的金额适中。或许靠着埃德维修的钱，他们也买得起这么一辆车呢。他们存了点儿钱，那笔用来念大学的钱还未被挪用过，而把这钱用来干别的似乎很不恰当；一旦挪用，简直就等同于一直都在偷用斯黛西从小到大所要开销的钱了。可现如今，埃德没再任职，那笔搁置下来的钱似乎就成了备用方案。

在这张乡里的小报上，失物招领广告是付费广告后面的第一大类。有人丢失了耳环和猫，有人找到了钱包和靴子。艾丽斯不想看的，可她却情不自禁地被这一栏给吸引住了。标题栏下方的第一个广告写着：“本人拾获具有柯利犬特征的狗一只，灰白色毛，眼睛一只蓝色一只棕色。家住古道附近，失主请联系……”

她打电话登广告的事仿佛已过了一个世纪，而现如今这段三言两语所描述的对象却已成为家中的一员。她眯缝着双眼，满心希望没人读过这则广告。她希望这不是第一个广告，最好能隐没于其他广告的汪洋大海——例如丢失了令其眷念的毛衣啊、或者归还必有重奖的手镯什么的。可接着艾丽斯吐出一口气，想，要是有谁会打来电话，那么早就打来了，不会迟迟到现在还没有消息啊。

艾丽斯打算折起报纸，可埃德却将其放回桌面上，说：“咱们还得看看。”

她知道他是什么意思，于是一股久违的敌意油然而生，她说：“不，不需要看了。”

埃德没有理睬她，一只手指点着寻物启事逐一看了下来；而艾丽斯不看他的，她向窗户外面望去，眺望着他们的车，巴蒂此刻在车里耐心地等待着；虽然看不到它，但毫无疑问的是，它正蜷缩着身体、趴在中排的座位上。

“没找到，这附近没有它的失主。咱们以后不用再找了，可现在还是得看看。要不这么着，我会寝食难安的。”

“我就不会。”

“但现在是一清二白，不用再担心了啊。咱们已经尽已所能了。”

埃德绕过胳膊抱住她的肩膀，艾丽斯则顺势靠在他身上，安稳地置身其中。“它现在是咱们的乖狗狗啦。”

两人上车时，身上都携带着熏肉的气味。巴蒂舔了舔嘴唇，极力避免自己表现得像是在苦苦恳求一样。艾丽斯伸手递给小块熏肉，它以狗狗的礼仪吃完了，接着又不禁呜咽着表示自己想要更多。埃德总是会将整条熏肉都递给它，而艾丽斯则喜欢将其分成一小块一小块的。喂给它吃了两块以后，艾丽斯将装熏肉的袋子放到了一边。

巴蒂坐到后排位子上，准备好要享受兜风乐趣了。

不言不语挺好的，车子前排那两个人现在就很有教养、没有说话，沉默就是令人满足的天性。巴蒂看着飞逝而过的风景，机警地寻觅着松鼠，而没再注意到两人的分歧所在。他们并没有故意提高自己的嗓音，或者说出什么不堪入耳的话来，可它却能分辨出哪种氛围令人紧张不安，哪种情形又是轻松自如的。这还是它来到这个家后，记忆中第一次再也感受不到照顾它这两个人之间的那种隔阂。巴蒂比其他的狗都要敏感，它对隔阂太熟悉不过了。贾丝汀与凯蒂或者桑德拉之间就没有隔阂，可她与那些时不时来打扰她的那些男人之间却不怎么合得来。正因为如此，不管哪个男人来约贾丝汀出门，它总会使出看家狗的本领，死盯着离它而去的二人；有些男人还会被邀请进家里，其中的一两个成功取得贾丝汀的信任，于是马克便被留在了卧室外边——当然这种情况并不多见。那种隔阂闻上去就是一种不信任的气息，而狗从不会去接近携带这种恐惧气息的人。那就是为何当初它要夹在贾丝汀和亚迪当中的原因了，因为那时贾丝汀浑身上下都透着对于那个男人的不信任感，每当它舔过她的手背，就能体察出这股气息来。

可它在埃德和艾丽斯之间所发觉的那种隔阂并非是不信任感，消失在今天的隔阂，是一种恐惧性的攻击行为。在它的眼里，他俩像其他狗狗一样，看到任何人都会龇牙咧嘴地咆哮不已，因为那些人是如此惶恐不安，只有对其怒吼才是权宜之策。即便埃德和艾丽斯并没有针锋相对到那个地步、或是厉声厉语争论不休，此时此刻二人之间却潜藏着一股即将爆发之势，洞察秋毫的狗一眼就看穿了。他们原本相互之间都有些畏惧的，可今天不存在这种情况。

今天，他们仨静默地看着飞驰的风景，彼此间都不再畏惧了。

46. 妈妈爸爸

选购汽车倒是件有趣的事，只是叫人劳神费力罢了。有那么多可供选择的车子、那么多急于求成的推销员，而他们已经看过若干丰田、福特、起亚和斯巴鲁的汽车了。看到他们每走到一个经销区，巴蒂都希望能够从车里出去，乖乖地跟在他们身后，像个听话的好孩子那样坐下来，一同聆听推销员耐心讲解这辆或那辆车、这笔买卖或那笔买卖的优点、是否可以预付定金，以及支不支持以旧换新。

“我的骨头架子都要累散了，咱们还是带着狗去散散步、让它也放松放松四肢吧，”坐回车上后，埃德系好安全带，说，“我觉得比起那些车来，还是更喜欢这辆老古董一些。”

“我知道你的意思，在我看来那些车就像超大码的运动鞋，我就是无法想象自己开着那么一辆车去波特杂货店买东西。可我认为，车还是得买的，”艾丽斯说着，吻了吻巴蒂的鼻子，又指着中排的位子让它坐了回去，“要是我们想去远一点儿的地方，就得买辆车才行。”

这也就是说，度假的事还有的商量。埃德咧嘴笑了起来，开着厢式车往州立公园的方向行驶而去。

他们下车时，天色已几近黄昏，然而周围的空气略热了些，好似夏日仍未结束一般。艾丽斯一手拿着装有熏肉片儿的袋子，却发现巴蒂对其抱有的兴趣更甚于伸展四肢，于是她便用熏肉做诱饵、让它边走边跟着执行各种命令：坐下、别动、跟着走……“你也该来试试，这样它便会知道还要遵守你发出的口令了。”艾丽斯将牵引带和熏肉袋子都递给了埃德。

“好吧，巴蒂，跟着我走！”埃德绕着圈漫步，狗便仰着头紧跟在他身后，鼻子正好对着他的膝盖处。他停下来，说：“坐下，别动了哈，”埃德说着，将牵引带顺势扔在地上，接着向后退了四步，“我打赌，不牵带子它也能完成任务。它清楚自己现在没被人拉着了。”

“还没试过不拴带子玩游戏呢，我们的训练还没到那一步。”艾丽斯说着，将两只胳膊交叉在了胸前。

“我想它早准备好这么做了，你看吧，”埃德将狗叫到跟前，解开了牵引带上的挂扣，接着把牵引带扔给艾丽斯，说“巴蒂，跟着我走！”

艾丽斯一手捂着嘴，像是预料到狗会就此跑掉；可巴蒂并没有开溜，只是跟在埃德身后绕着这片松针遍布的场地慢跑，她开始相信埃德的话了，便将手放了下来。埃德熟悉她的那个眼神，好像是一只成年大鸟看着幼鸟初次展翅、一位母亲看着自己的孩子卸下辅助轮骑车一样；那个目光里透露着辞旧迎新的喜悦之情。

埃德没再继续发号施令了，巴蒂也跟着停下来，可他俩仍旧四目相对，看来狗很喜欢这样玩耍。埃德从袋子里掏出另一块熏肉片，奖励给狗说：“真是个乖孩子。”

然后他将作为嘉奖的一袋子熏肉递抛给了艾丽斯，对狗说：“到你妈妈那儿去。”

这话一出口，埃德立刻意识到自己刚才不经意地说了什么——妈妈——他等着看艾丽斯对此的反应。这个以M开头的词儿，从他们知道怀上了斯黛西的那一刻起、直至她死去的那一天，他都一直在孩子面前这么称呼她。接下来的七年时间里，他都没有再管艾丽斯叫“妈妈”了，而之前他会不自觉地脱口而出，是因为她一直都像母亲一般关爱照料着这只狗。他一面等待着她的反应，一面担心持续至刚才的美好气氛，就这样被自己的这句毫无意识的口误给破坏掉了。

狗踱步至艾丽斯那儿，在她面前蹲坐下来，用那双牧羊犬的眼睛直视着她。艾丽斯慢慢弯下腰，一缕头发从发夹中脱落、跟着垂了下来。她既没有表扬这只狗，也没有给它吃让它望穿秋水的熏肉。

巴蒂摆动着尾巴，将地上的松针扫来扫去，接着轻轻地叫了一声，像是在请求说：能喂给我吗？

艾丽斯用指尖夹住最后一块熏肉喂给它，巴蒂很有礼貌地吃下了，它始终与她对视着，像是在许诺着什么。艾丽斯再次直起身来，看着自己的丈夫，对狗说："告诉你爸爸，该去散步了喔。"

47. 父亲遗愿

到五点时屋里已没有了外人，连保罗一家子都回去了。葬礼之后跟着回到阿黛尔家里的人们，最后一次向女主人表达哀悼，接着逐一离开；与此同时，她则正襟危坐在客厅里，那样子在我看来像是在演练着自己的角色，宛若母仪天下的皇后、或是备受敬仰的公爵夫人——也许只能是后者罢。可不管怎样，我都要留下来做完清洁再走。没道理让米契跟这帮素不相识的人在一块儿，于是我将他送至他所住的酒店；我俩约好了，一旦我弄完手头这些事，便马上和他重聚。他带来了他的笔记本电脑，而我已迫不及待地想要马上在网上寻找马克了。

我擦干最后一个浅口盘、并将其放回橱柜里的那套不知将会花落谁家的餐盘中。这时，阿黛尔走进了厨房；她站在那儿看着我，我能感应到她想对我忙活半天的成果做出评判、或者指责我在胡乱堆叠这些餐具，甚至说我倒腾的声音太大了。可她并没有这样做，而是坐到厨房中自己一贯坐着的椅子上，也就是距离炉灶最近的那把；她身上仍旧穿着罗德·泰勒的那件外衣，可脚上却没再套着那双穿了一整天的漂亮鞋子，而是换上了拖鞋——这双拖鞋已是破旧不堪，粉色绒布已经变得好像褪色的血迹一般邋遢、而且还从鞋底泡沫的边缘脱离了出来。她就这样不言不语地坐在那里，直到我将碟子洗完。最后，我沿着内壁用力擦洗了水槽，拧干了汉迪抹布，接着将其挂在了水龙头上。

“别把它挂在那儿。”

啊哈，我都忘了水龙头是不能拿来晾干东西的，碗柜里的那个小毛巾架才是。这么做并不是因为顺手，而只是出于她定下的规矩。于是，我打开了碗柜柜门，照她说的办了。

“我得找你谈谈你父亲遗嘱的问题。”

我原本一直以为他会将所有东西都留给阿黛尔，可能还会给保罗颁个奖什么的，谁叫他比亲儿子还亲呢。可接着我想到他曾抓住罗尼前襟这码子事，于是便想知道他是否也给我留了点儿什么，搞不好就是一件纪念品之类的。

“他坚持将隔壁的那幢房子留给你。那是你母亲的房子，所以他想让你来继承。”

我惊讶地盯着阿黛尔，我确信自己不由自主地问道：“什么？”

“实话告诉你好了，我并不想让他这么做；你不配得到房子，你自己要与我们断绝来往，可他却说他的遗愿就是如此。”

记得还是个小孩儿的时候，我曾从自行车上摔下来，还吓破了胆儿；在那千钧一发之际，我感到自己灵魂出窍、仿佛再也不能复生一样——而此时此刻我的感觉也正是如此。我呼吸困难、手指头尖儿也因为进退两难而有种刺痛之感。

父亲给我的纪念品，一幢房子，我自己的房子。

“你认为自己有办法从西雅图那儿搬回来吗？”

可这幢房子是我所继承的遗产啊。“我不知道，我想总有办法的。”

我父亲指定将房子留给我的。

“后续工作就多了去了，你可不知道啊。刷漆啊、修护房客造成的损坏啊，还得让他们居住愉快；不光如此，还有给人行道铲雪啊、修剪草坪啊……”阿黛尔开始发挥她的语言特长了。

“现在是谁在为你做这些事呢？你不用修理草坪，你也一定不会去铲雪的。”

“我们雇了个帮工。”

“那我也雇他好了。”

“贾丝汀，我想仅靠着你父亲的养老金和社保，我这日子可能就没法过下去。我从未做过任何工作，我是指外面的那种。我只管照顾你和保罗就好了。”

“你是照顾保罗了，但绝大部分都在折磨我。”

“我那是在照顾你，你倒认为是谁帮你洗的衣服、收拾你捣蛋之后的烂摊子的？是谁让你能在每学期开学时有新鞋子穿的？又是谁做饭给你吃的呢？那个人就是我啊。”

“我不否认你让我衣食无忧，但你从未关心过我。”

阿黛尔盯着我的那个眼神都能把美杜莎给冰封起来。“你那时就是个只会哭哭啼啼、决不让我抱的小女孩，我想像个妈妈那样关爱你，可你却拒绝了我。你还打我，说我永远都不可能做你的妈妈。你还记得这些吗？还有印象吗？”阿黛尔说着，那双冰冷刺骨的眼睛直视着我。

我完全记不得她所说的这些事了，我只记得母亲坟茔边的花儿还未遭遇冬日的酷寒霜冻，父亲就令人难以置信地背叛了她，与罗斯太太出双入对了。可他也曾揪住罗尼的前襟、在阿黛尔面前替我出头。

阿黛尔像是歌剧中的角色一般，双手紧扣着说：“他需要我来照顾你，而我需要他来爱我。”

一听这话，我感到自己都要吐了：“那么他给你你想要的了么？”

阿黛尔站起身，竭力挺直了腰板，说："是的，他给了。"

我那沉默寡言的父亲总是对阿黛尔言听计从——在我的印象中，他俩的关系就是如此，如果那就是爱，那么我想他的确爱过她。

"我想过要爱你的，贾丝汀，可你却不肯接受。"对于过去，没想到她嘴里会说出如此偷梁换柱的版本；她那么说，就像我是个弃婴一样。

"我只是个失去母亲的孩子罢了。"

"你不仅满怀敌意，还极不好惹。"

"我想至今我仍是这样。我并不需要你的爱，阿黛尔，我需要的是我父亲能爱我，可你却剥夺了我被爱的权利。"

"怎么会呢？"

"你总是生怕我犯的错误无人知晓；而保罗不管做什么，你都会奖励他一个金色五角星，还挂在冰箱上炫耀出来。"

"你这话可真孩子气，你跟过去一样，总是这么容易嫉妒他人。"

"这是当然的，这就好比灰姑娘嫉妒她的姐姐们那样；那两个女孩子可以无条件地得到她们母亲的新丈夫的爱，而他的亲骨肉却只能给她们当牛做马。"

"你并没有当牛——"

"阿黛尔，别钻字眼了，我是指我感觉自己在这个家里就像是个二等公民，而你也促使我的父亲像对待贱民那样对待我。现在他去世了，我与你也就了无干系，你再也不用因我而烦恼了；噢，等等，你可能本来就没有在意过我什么，所以我离开，于你就没有任何损失了。"

阿黛尔对此无话可说，她败下阵来，从我身边走开，围着这个小厨房转了一圈，将瓶瓶罐罐什么的摆成一条直线，检查橱柜台面上是否剩余着面包残渣。“贾丝汀，你得到房子后会怎么样呢？没了房租我可活不下去了啊。”

我这才明白，在这么多年过后，阿黛尔还是需要我的，并不是需要我这个人——她已经证明了她需要我为她效力，却不求我的感情付出——她只求父亲最后拒绝给她的这件东西：隔壁房子的租金。

阿黛尔将我独自留在厨房中，出门时还突然关掉了天花板的顶灯，就好像我根本没有站在房中似的，就好像我会一直这样让它开着、令她必须多缴电费一样。上年纪的人在开销问题上就是这么莫名其妙。父亲退休后所得到的这笔稳定收入，对二人来说一定好比偷鸡不着反蚀了把米，因为通货膨胀和经济衰退使得他俩最好的计划泡了汤。毫无疑问的是，阿黛尔这栋房子还清了银行贷款的。我不清楚那幢房子的房租究竟有多少，可我想足够我父亲和阿黛尔在他退休后生活自足、安度晚年了。接着，我想到了那房子黄色的塑料护板墙，和被忽视的院落。

透过厨房中唯一的一扇窗户，向外就能望见那幢高大的三层公寓。我能想象当初阿黛尔是如何站在窗户这儿观察那幢房子里的动静的。那一天，我父亲与他的年纪尚小的女儿单独回了家，身边却不见他的妻子。她是从那个时候便恶从心生，还是她真的出于慷慨热情，就像黛安娜·桑托斯那样，拿着焙盘炖菜来示意关心的？这世上再没比独带着孩子的男人更可爱的事物了。谁能拒绝得了这个呢？而要是那个男人又有一份不错的工作、还有一幢三层公寓，哪个女人又会让他吃闭门羹呢？这么想就能说得通了，这就是为何当初要搬进阿黛尔的家中、我又因此被硬塞进衣橱里住着的原因了：多租出去一套房，便能多挣一笔钱。

阿黛尔正坐在客厅的沙发上，而过去一周里我都是在那上面就寝的。

她无所事事的模样，让我想到她正等着我谈话。我进了客厅，坐在她对面的椅子上。她的满头白发已经不再有刚做头发后的风采，她的长袜上也有一处小的拉丝。宽大舒适的沙发令她看上去就像个小矮人。我感到她之前因我而起的愤怒此刻正在渐渐退去，于是她终于恢复到了本来面貌，恢复到了那个羸弱的老太太的角色。

“他之所以要将那幢房子留给你，是因为他觉得你需要安定下来。”

我倒宁愿放弃现在这份由隔壁房子所有权带来的“安定”，以让父亲当初能张开怀抱将我搂入怀中，哪怕只有一刻，也好。

在忙碌了一天、经历这一番对话之后，我已是筋疲力竭。如果说之前我还希望自己能够留下句空头诺言、保证会与他们继续联络，接着再没精打采地离开新贝德福德的话，现在我知道那只是一厢情愿罢了。我永远都不可能摆脱掉这个女人，于是我说：“从今天开始，你我分得房子租金。”

听到我这么说，阿黛尔脸上的神采与其说是胜利的喜悦、不如说是释怀和感激。

我今晚没理由还留在那栋房子里了，所以我打电话给保罗，让他或是他那两个结实小伙儿之一来临时照顾一下奶奶，不然他的妈妈就要独守空房了。我脱下参加葬礼的衣服，将其塞进我的旅行包中。换上我的牛仔裤和纯白色T恤衫，竟让我有了回家的感觉，接着我套上一件海军蓝的毛背心、用梳子理顺头发。我就要离开这儿了。只是我没有座驾，也不想去偷阿黛尔的车，即便只为了在今晚使用。我打电话叫了辆出租车，然后在台阶上坐等车来。与此同时，我拨通了米契的电话，今晚我和他能够在新贝德福德著名的奢华滨水区开怀畅饮了。

48. 安定下来

最终我俩点了油煎蛤肉和薯条，那味道吃上去真是好极了。不过我得说服中西部来的米契，吃蛤蜊时要连皮带肉地整个全吃掉，这样才是吃双壳贝的可行方法。他认为去壳的蛤蜊就好比伪劣的枫糖浆——只算是能下咽，却谈不上美味。

米契将餐后狼藉从桌上推开，启动他的笔记本电脑。我俩肩并肩坐着，希望能够进入某人的Wi-Fi信号所覆盖的范围内。一连上网，我们所做的第一件事便是再看了一遍那个视频，我的小家伙就在那上面，在一个陌生人的露台上大展身手；它咧嘴的样子仿佛是在笑，看着颇为享受的模样，好像在家里那么自由自在。我大饮了一口亚当斯啤酒，试着咽下如鲠在喉的难受："现在该怎么办呢？"

"我们可以去查找当地报纸，浏览各类失物招领启事。"

米契的手指在键盘上飞舞起来，在互联网上搜寻马克可能会在哪一带的线索。亚迪说他在公路8号出口附近丢下狗的，于是我们查找了那一区域的报纸，最后找到了斯普林菲尔德和拉德洛、伍斯特和哈特福的日报[①]，可我在那上面却都没有寻觅到任何希望，只看到有关太阳眼镜、项链和垃圾桶的认领信息。

米契外套着黑色西服、下穿卡其裤，里面的牛仔布衬衫开着领口，看

① 四个城镇均在90号州际公路沿线。Springfield、Ludlow和Hartford聚在一片，离下一章艾丽斯与埃德他们去的北安普顿较近，Worcester离此三地较远。

着有点像被我劫持而来的男人；我开始想到，他真是变化如神：有时是地狱天使、有时又成为了博·布鲁梅尔[①]，而现在他就是个普通男人。他敲着键盘说："我们也来凑凑热闹登个广告吧，你说我来打字。"

"本人于麻省收费公路8号出口附近丢失芸石色德兰牧羊犬一只，名叫马克，双眼一蓝一棕、聪明伶俐，失主急于寻回爱犬，请有线索的人拨打……"失去它的痛苦使我哽咽难受，以至于无法说出电话号码来。

米契见状，没再继续打字，而是伸出一只胳膊搂住了我的肩膀，他安慰说："我们会找到它的。"

可我想知道怎样才能找到它，我那白色的小骑士。生活真是风云万变，我不是什么哲学家，所以也无法从整个大局来看待生活变迁，而是通过此一时彼一时的经历来加以体味。对于我来说，想要在此次东行时节省开支便是个重大转折；而其后的逆转，便是我因为过于惶恐不安而不顾常识，决定坐上哈雷摩托车的后座、与一个素未谋面的男人一同前行。我独身一个女子，手无缚鸡之力，而载我的这个家伙很可能会是个杀人不眨眼的嗜血恶魔。

而谁又会想到，一个丢了只狗的单身母亲和一位独腿小提琴师之间会擦出火花呢？而现在有了他的陪伴，我感到宽慰多了。如今的我已别无所求，在生活的大门向我逐一关闭的同时，我那份对于永远安定的渴望却终于如愿以偿，而现在我不再抱怨那种幸福不属于自己了。照目前看来，能有这么个人来搂着我，并且还由他来料理一切事务的感觉，真的是太好了。

米契一边耐心地填写各种报刊的广告信息，一边小口喝着啤酒。突然

① Beau Brummell，1778～1840，英国著名纨袴子弟，以其时髦服装和举止闻名，后人也用其代指那种花花公子和纨绔子弟。

间我感到累得都快抬不起头了。以前我还痛苦地深信着父亲无视我的存在，而现在我已了然他并非那么冷漠无情。至少我现在知道马克还活着，可这样我又不得不担心它是否安然无恙。我的马克可望而不可及，于是便给我带来了新的烦恼。我当然更愿意听到它并没有死在公路旁边，然而这于我同样是一种残忍的事——偏偏造化弄人，让我与它两相分离。

正如托尼在过去的七年里，都与我分隔两地一样。

由于清楚我的前夫不可能周日的早晨还在家中，于是我打电话到了餐馆。马尔科内烤肉餐馆供应着当地最好味的大众早餐，他一大清早就要去那儿忙着指点大局。这对我来说倒也正好，因为如此一来，这通电话就能开门见山、长话短说了；最重要的是，我不用害怕接电话的是他老婆了。安东尼和我一样，并没有从此孤家寡人；但与我不同的是，他最终还是另结新欢。托尼回了几次东部，其中一次就是去参加他的婚礼。我拜托空姐帮我照顾托尼，接下来的两天时间里，我咬着指甲、度日如年，直到安东尼把儿子又送上了回来的飞机上。

我拨打了餐馆厨房里的那个电话，响过了四声以后，听筒那边才传来一个粗暴无礼、极具挑衅的女人的声音："马尔科内烤肉馆。"

我请她叫安东尼接电话，只听得那个粗暴的声音继续在电话那头追问道："你是谁"，而我对此无言以对。最后，我只是告诉了她我的名字，显然这对她来说无关紧要；她将话筒放在柜子上时，电话这头传来了刺耳的轰响。我听见她对安东尼大叫道"是找你的！"，明明问过我的名字，也没有提起是谁打来的。这个女人需要练练她的公关技能了，她这么做像是在欲擒故纵。我很少会打电话给他，所以这一次要他早点儿支出抚养费，也使我感到十分为难。

“我是马尔科内。”

“安东尼，我是贾丝汀。”

“你好啊，贾丝汀，什么事？”

一听他问道这个，我便不禁泪流不止。

“我实在是没办法了，”我难以直言自己此通电话的缘由——“请你接他回家吧”——可安东尼已经猜出我意欲何为。

“你把他送来这儿吧，我来照顾他，这么些年他都跟你在一起，一直都靠你独自抚养着。”

他能应承下来也是如我所料，然而我不确定这步棋走对与否：“我并不想失去他。”

“不会的，你是他的母亲，这是永远无法改变的事实。只是你俩之间需要保持一定的距离。”他的话使我想起最初自己为何会爱上他了，就是看上他的体贴入微、知书达理。很快，我想到如果自己并没有与他离婚，那将又会是幅怎样的画面呢？

“玛丽会怎么看呢？你是不是起码该先跟她通通气啊？”我意识到自己正将儿子置于当初我曾遭遇的境地——到另一个女人家里去做拖油瓶。想到这个，我的双膝不禁哆嗦起来，看来我得改变这个主意了。

“他能来家里，玛丽会很高兴的。再说，他也需要认识认识自己同父异母的弟弟们啊。”

血缘不同、生疏有别，但安东尼的那对双胞胎也算是托尼的弟弟。

“只是暂住一段时间罢了。”

“只要他愿意，想待多久都可以。贾丝汀，我们都很欢迎他来。"说着，电话那头有些含糊不清，与此同时能听见安东尼回答着谁的提问；他的这一句话使我感到自己对他的那些怨气都一并化解了。

"安东尼，我真的很感激你能帮我。"

"你本可以向我要求更多的。"

"我没有这个意思。毕竟当初是我选择和你断绝来往的。"

"贾丝汀，我并不是故意要对你那么刻薄的，我那时就只感到很矛盾而已。"安东尼最后的这句话，听着就像我俩还在布鲁克林相亲相爱时的感觉。

"我们那时又懂得什么呢，我们几乎都还是孩子啊。"

"现在我事业有成、家庭美满，玛丽也很贤惠，所以我想托尼在这里没问题的。我会安排他去后厨工作，天知道，说不定他会喜欢上餐饮业呢。"安东尼听上去是如此的兴奋，让我为自己一直以来都故意让托尼远离他的父亲而感到一丝愧疚。

"他已经眼见我在餐饮业里工作很久了，我并不认为这项工作很吸引他。"

"有道理。你看这样好不好，贾丝汀，我给你寄去机票钱，他可以先在西雅图读完这学期后，暑假再飞过来，怎么样？"

那是个不错的计划，十分可行。暑假的时候回到东部去，秋季开学再返回我身边。问题是，托尼那时对此构想大发脾气。

米契注意到我突然消沉下来了，便问我："你没事吧？"

“我想我是撑不下去了，现在真累得不行。”

这话一出口，倒将后半夜何去何从的问题摆到了桌面上。

“我会送你回你母亲家的。”

“是继母。”

“是啊，继的。或者，不回。”

就是那句简单的“不回”让我会心一笑，说：“我真的不想再回那儿去，我与那栋房子彻底断绝关系了。”

“那就留在这儿吧。”

我俩一同回到米契所住的酒店，然后坐在休息室里饮下最后一杯葡萄酒、津津有味地嚼着爆米花；这东西一吃起来就没完，想来在凯蒂的酒馆里，一般都会提供花生米的。米契靠过身来问我：“这么多年够你受的，是不是？”

“你根本就不清楚怎么回事儿，”我实在是太累了，所以只讲了一半的人生经历、少许地方与事实略有出入。我告诉了他马克的事、我和它搭档跳舞的事，以及为何我如此迫不及待地想要找回我的这只狗。我还告诉他自己在高中毕业后第二天便离家出走的事，和为什么回到新贝德福德本该能够弥补过去的裂痕的事——也许我已经达到目的了。我太过沉浸于过去，便无意识地哭诉了将16岁的儿子送走，令他备受伤害、气愤不已，接着同我疏远起来的事。米契边听着，边递给我了一张他的干净手帕。

我及时止住自己的自怨自艾，接着问他这个携带有残疾人车牌的人是如何度日的。他讲起了自己平淡无奇的青少年时代，接着又因为车祸这件意外而变得不再平凡；还说到那些被他的残腿吓得避而不见的伙伴、以及仍旧不离不弃的朋友；后来又谈起自己心情不佳时是个怎样的浑蛋啊，某些音乐是如此神圣、他甚至会不由自主地去演奏出来的事，每当那个时候，音乐也成为他唯一的寄托了。

而此时此刻，我们来到每个约会都会最终遭遇的岔路口了——“睡是不睡”的问题亟待解决。

“我可没有图谋不轨啊，贾丝汀。房间里有两张床，我也貌似并不打呼噜。”米契十分自然地就脱口而出，如此一来，似乎我和这个男人共处一室却又要井水不犯河水的情况已成定局。

“那我要是有所图谋又怎么办呢？”

米契面露微笑，一双眼睛蓝得好似秋高气爽的天空；那副喜不自胜的样子，突然间令他看起来相当可爱了。

再上一层楼就能到他的房间，可我俩还是乘坐了电梯。电梯墙面上的镜子能看到我们两个人，我在他身边站着、显得相当般配。我的头发有些凌乱，于是便照着镜子拼命整理；同时，我也能看到米契正在看着自己，于是我不再露出担心的神色；随着电梯上升、我也在心中升起若干疑问来。

我知道自己正在做什么吗？这样不会有问题吗？我会因为一时放纵就破坏了自己保持已久的稳重形象吗？

米契关上房门后，所有这些疑问全都不翼而飞了。他将我搂进怀中，那架势分明不为贪图一晌之欢；我们做了爱，接着我便昏昏噩噩地睡了过去。

闭合的窗帘使得房内昏暗无光，我还以为此刻几近黎明；我醒了过来，这是两周以来睡过的最美的觉——躺在酒店舒适的床垫和柔软得出奇的枕头上，我彻夜无梦、一睡到底。身旁那个可爱的男人裹着被子，彬彬有礼地卧在他的那一侧；可我伸出手去，却没有找到他。我坐起身来，羞涩地将被单拉至胸口遮掩着，就像个被强暴了的处女那样。米契正坐在小桌子前，那对拐杖倚着另一把椅子；他双手奋力敲打着笔记本键盘，脑袋则侧过去看着他的iPod上的什么东西。我起床后闻见咖啡的香味，看来他已经下楼去吃过免费赠送的早餐，还为我带了吃的上来——就靠着那条独腿，他真是个叫人惊讶的男人。

米契阖上他的笔记本，将耳机盘绕在iPod上，接着又将自己坐着的那把椅子朝我挪了过来；我接受他的邀请，他让我坐在他的大腿上，双臂围搂住我，说："收拾好你的行李，小妞儿，咱们离开道奇罢。"

"你总是像个西部荒野时代的人那么说话么？"

"我正是打中西部荒野而来。"

"我们这是上哪儿去呢？"

"去找你的狗啊，你看吧，"米契再次打开笔记本，于是我便看到了他在我熟睡时到处搜寻的结果，"本人拾获具有柯利犬特征的小狗一只，灰黑色毛，眼睛一只蓝色一只棕色。失主请联系……"

我几乎都快哭出来了："那一定是它，它现在在哪儿的呢？"

"这是穆迪镇报社的信息。我在谷歌上搜索穆迪镇，你来打电话给那个人。"

我不知道米契是否被我脸上充满希望的神色糊弄过去了；按下号码键时，我的手抖个不停，在最后按对了所有十个数字之前，还出了两次错。

"这是埃德和艾丽斯·帕马利家，请留言……"

这是她的声音，就是那个视频中管我的狗叫"巴蒂"的那个女人——她叫艾丽斯，埃德和艾丽斯·帕马利夫妇——我现在可知道自己的狗在谁的家里了。

“帕马利太太，我的名字叫贾丝汀·米德，你们找到的那只狗——”说到这儿，我还真得深吸一口气，“是我的。”

49. 意外来电

洗衣房离得较远，所以艾丽斯并没有听到电话铃响。埃德刚从屋外取回周日的报纸，巴蒂则跟在他的脚后、高仰着头，期待能得到什么好吃的东西。电话屏因转接为信息而不停闪现着无声的光亮，最后终于被埃德发现了，于是他倒上一杯新煮的咖啡，坐下来听取信息。

“是哪个讨厌鬼在周日一大清早就打来电话呢？”

“或许是谁想就区域理事会的问题来找你吧。或者可能是珍，她想问问我们还要不要再来个南瓜。”艾丽斯说着，将狗粮倒进巴蒂的盘子里，“哗啦啦”的早餐之歌让它高兴得原地蹦跶起来。

“不对啊，珍只会人不知鬼不觉地把南瓜直接留在柜台上。”埃德说着，按键读取语音留言。

“我的名字叫贾丝汀·米德，你们找到的那只狗是我的。”

房间里的欢快气氛转瞬即逝，艾丽斯当时就拉下脸来；来电的人还未报上自己的电话号码，她就要去按删除键，可埃德拦住了她：“你不能删。”

艾丽斯拍开他的手，也拍开了昨天的那种温馨之感、那段二人共处的美好时光；而因为这个陌生人的一番话，也叫她丈夫的喜悦不再。这个女人声称狗是她的，还将自己的电话号码重复了两遍。艾丽斯气愤地觉得光拍开埃德的手还不够，她想要更多发泄——想要去伤害某个人、或者摔碎什么东西。她忽然开始用拳头使劲儿捶打埃德，就好像这全都是他的错。

“艾丽斯，别打了。够了，我受够了。”埃德很快从她跟前移开，艾丽斯身子一滑、差点扑到地上去。他捉住她的手，让她别再胡闹了：“这并非我的错，现实生活原本就变幻莫测的啊。”

“是你让我去登广告的。”

“咱们商量过要这么做的啊”

“我们没必要打电话回去，谁找到就归谁。”

“艾丽斯，你清楚的，咱们都不是那种人。这么着你怎么能心安呢？”

“可我离开巴蒂要怎么活啊？”

埃德一直稳住艾丽斯、让她别靠近自己，可现在他却一把将她抱近跟前，说：“她会想办法证明自己就是狗主人，我们瞒着只会让事情越来越难办的。”

艾丽斯的眼泪浸湿了埃德的衣襟，让他想起第一次紧紧拥抱她的回忆。那是多少年前来着？早已记不清了。他们初次见面的一个半小时后，他便将她搂在了怀里；而那天正值尼克松宣布越战结束，所有人都在为此欢庆。当时，他们正坐在比萨店里，一边吃着意大利辣肠、一边试探着接触对方；店里的电视机上播放到“滑头迪克”尼克松宣布停战的那一幕时，深受战争影响的这两个原本互不相识的年轻人便喜悦得拥抱彼此。到了最后，埃德发觉他俩不再是一对陌生人了，而可谓是情投意合。

此刻，他搂住自己的妻子，怀疑自己是否再也无法理解她了。失去斯黛西已经使她渐行渐远；很长一段时间里，埃德似乎都无法唤回艾丽斯、让她不再置身于那个黯淡无光的伤心境地。他不想再次经历这样一番折磨了。也许巴蒂不过就是一只狗，可它作为来到家中的新成员、作为他们共同喜爱的小伙伴，的确给每个白昼与黑夜都带来了温暖与祥和。巴蒂并不是斯黛西的替代品，它在短时间里，已在这个死寂的家中筑起一道爱的大坝，让二人的美好心愿终于有了寄托之所。即使是现在，狗也四肢立正地站着，耳朵好似雷达探测器那样转动着，用那双鸳鸯眼注视着二人；它微张着嘴、呼吸的声音轻而可辨。那样子就像它在为他俩担心似的，就像它想要说什么话一样。

埃德伸手按下答录机时，仍旧将艾丽斯紧紧抱在怀中，他感到她在颤抖，十分害怕再次听取那则留言。

埃德觉得自己就像是西斯廷教堂中米开朗基罗所绘油画里的那个上帝，只是伸出一只手指，便能改变整个世界。他按下了删除键。

巴蒂不知道为何这两个人为何能从那么快乐放松的相处氛围过渡到此刻这个紧张不安的尴尬局面的；前一刻他俩还往它的碗中倒入狗粮、彼此交谈甚欢，后一刻艾丽斯就发出了痛苦的呜咽声、埃德也出于恐惧性攻击而僵直在了那儿。它嗥叫一声，试着引起他们的注意，想知道到底发生了什么事。人心可真是难以揣测啊，叫它谁都无法相信了。

他俩最终似乎还是度过了危险时刻。艾丽斯瘫坐下来，让它趴在自己的大腿上；她那么用力地抱着巴蒂，它都快要难受得叫出声来了。后来，它便明白她再次陷入了伤心之地，这叫它失望之极。已经好几天不见艾丽斯郁郁寡欢了，还让它以为自己大功告成了呢。巴蒂舔了舔她的脸庞，从她眼里留下的东西味道咸咸的，于是它又舔了一下。接着，艾丽斯笑了，叫巴蒂从身上下来，将手递给埃德以让他把自己拉起来。他们坐到桌前，现在它终于有空去享用自己被延迟的早餐了。

二人面对面的坐着，彼此不说话。巴蒂不清楚他俩是否拉着对方的手，它所处的角度不够高，所以也看不见。它本可以粗鲁地跳上去看个仔细，可它又并不那么关心他俩是否挨在一起。事已至此，原本一切都有了转机的，可现在这个家还是回到了它初来时的那种阴沉局面。如果正如他们所愿的话，它的确十分努力地使自己成为一位好客人、甚至是一只好宠物了。

巴蒂知道自己得做点什么，来打破这个紧张沉寂的氛围。即便是只听话懂事的狗，也该知道何时该撒个善意的谎言，于是巴蒂决定装作家里溜进来了个入侵者——或许就是一只松鼠——此刻就潜伏在后院中。它猛然间从狂吠变为咆哮，使得二人从椅子上站起身来；巴蒂突然希望，他们能仅此一次地帮它松开牵引带，任它去追逐外面那个不知何物的东西，即便那个东西只存在于它自己的想象中。他们并没有松开带子，但却拉开了滑门，让它跳着跑到露台上；而埃德最近已经在露台的周围搭好了篱笆。它继续叫了几声，接着便不再演独角戏了。虽然他们并没有坐在椅子上或者浇灌植物，但二人还是和它一块儿待在了露台上。他们轻声说着话，这可比沉默不语好多了。于是，它便为自己能使二人从屋里出来感到得意洋洋。

“巴蒂，要去兜风吗？”

巴蒂激动地答应了一声，接着冲到屋里去衔自己的牵引带了。

50. 到达古道

我们的这位首席小提琴师米契所播放的，并非是维瓦尔第的乐章，而是马克·诺弗勒和斯汀的歌曲[①]；我想这是他特意为我选取的。9点钟我们驾车上路，与我去找亚迪那天不同的是，今天一路通畅——既没有延误、又没有塞车；毕竟是星期天，而非繁忙的工作日。我们时而愉快交谈、时而沉静思索，还无时不刻地牵着彼此的手。一想到这一天快结束时，就能找回自己的狗了，我的心便会激动地砰砰跳。我几乎能感受到它的毛发蹭在下巴上时痒痒的感觉、将三十磅重的它抱在怀中时沉甸甸的感觉，还能想到我俩再聚首时它的尾巴高兴得摇晃不停的样子。

每次瞥到米契，我的心也会砰砰直跳；此刻他正一面听着重金属音乐，一面把着方向盘、用手在上面拍打出饶有韵律的节奏。我试着不去纠结他是我这么长一段时间里交往的第一个正经男人，也许，我这一辈子也就遇到这么一个靠谱的了；我也试着不把这段关系解释为“愿者上钩”，而只是单纯地享受着今朝有酒今朝醉的滋味。毕竟，我们所拥有的只是现在，我太熟悉这种感觉了；太过沉迷于浪漫情怀，只会使一个人变得咄咄逼人、懊悔过去。

我从没依附过谁，即使对现在这个也不会，毕竟我曾有过惨痛的经历。

① Mark Knopfler，英国吉他手、歌手，摇滚乐队“恐怖海峡”（Dire Straits）的主唱兼吉他手。Sting，英国歌手，警察合唱团(Police)主唱。

后来，米契又一次牵起我的手来，轻轻地捏着；而昨夜这双小提琴师的手还像音乐大师般精湛地演奏过我。

抵达麻省收费公路前，我对米契抱歉说自己必须在车上打个电话，因为我得联系桑德拉和凯蒂。真希望能够在电话里同时对话她们俩，这样米契就不会听到我将事态发展至今的情况娓娓道来时，所发出的那种小女人的尖叫了。我想他要是不在车上就好了，因为我不习惯当面和姐妹们一起探讨他。"是啊，就是他载着我从克利夫兰高地到达伊利……不，是康妮奥特维尔的。你问什么？他为何在我这儿啊？"我眄视着米契，说："我也不清楚啊，就这么在这儿了。"

米契向我投来会心一笑，继续在方向盘上敲打韵律。

桑德拉对情感轶事远没有那么感冒，只是大叫着告诉我，她的哈士奇桑姆布卡代她向马克表示问候，并且已经迫不及待地想与它见面了。

帕马利一家还没有回电，所以我又拨了一次电话，给了他们相同的留言。我开始担心了，可米契却叫我别这样，他摇着头说，要是他家没人，我俩可以坐在他家门口等着。

我终于还是阖上了电话，再次沉浸在遐想中，只要想到自己距离狗只有几英里的路程、它马上就要回到我的身边了，我就会因此而倍感温暖。我觉察到眼角渗出了眼泪，米契也伸出手来安慰我。我为自己能喜得这样一份友谊而感到惊讶。

还得再打一个电话。我从羊毛背心的兜里抽出那张花草零售的卡片："最深切的同情——安东尼·马尔科内"。

托尼因为我将他送往他父亲那儿跟我大吵了一架。“他并不想要我这个儿子，你总是这么对我说的，而现在他又为何想要我了呢？”他连劝带求、还骂了我，而我就是不依不饶。我再也无法独自抚养他了，每天都要干等着接下来的危机、接下来的抗议，我已心力交瘁了。

那时我和儿子是两相憎恶、互不信赖的，安东尼的那个提议正好能让我做个合格的家长。再说，托尼也就只是暑假过去住住罢了，正好让我有个把月的时间缓解压力、到秋天才有精力重新面对他。桑切斯夫人说得没错，这孩子需要一个父亲。还从未有这么个人来教他如何才算真正的男子汉：不仅要善待他人、勤奋工作，还要自信满满。

安东尼言而有信，他寄给我们飞机票钱，那学期一结束，我和儿子就飞去了纽约。我在机场看着托尼向他的父亲走过去时，就像看到了年轻时的安东尼与成年以后的他相聚齐首一般。安东尼是托尼的父亲，这一点不可否认，所以也是时候让他们冰释前嫌了。如果他俩相认的情况比我想象的还要顺利，同时也会叫我伤心欲绝的。

此刻，我打电话给儿子，他早已认为自己姓“马尔科内”了。只是这一次，他终于接听了。

“谢谢你送的花，托尼，很漂亮，阿黛尔很是欣慰。”最后一句是骗他的，阿黛尔从未提到这件事，可他若知道自己送出的东西无人注意，会十分不悦的。

“对你父亲的死，我表示遗憾。”

“谢谢。他将房子留给了我，就是那幢三层公寓。”

“太酷了。”

“本来就该归我的，你相信吗？”

“你会在那儿住下吗？”

“不知道了，房子早就租给别人了。”我不是那种会拒绝房客续约的房东；而第二层的房客是一对年轻夫妇，他们用不了一两年便会搬走的。“你这么问是想干吗呢？”——我没有这么问托尼，是因为不想听到他的答案。

“贾丝汀，我不知道你会怎么理解这件事，可托尼想留在这儿。”安东尼的口气既像是在道歉、又像是在恳求。

“我要听他亲口告诉我这些。”那天他本该回家的，那一刻也本该坐上飞机了。在那之前我像个极度亢奋的家庭主妇那样给公寓来了个大扫除，还买了那小子爱吃的各种零食。自从他去了布鲁克林，我就只接到过一次他的来电；而那通言简意赅的电话，只是为了叫我将他漏掉的CD寄过去而已。

“妈妈，我想留在这儿。我会继续念完高中，也不必再担心搬来搬去的生活了。”

“我不会再东奔西走了，我向你保证。”我还未告诉他，我已找到了份健康中心的新工作了。他回家后，我们就可着手开始寻找新的住所，我这样都是为了给他来个惊喜。

“对啊，你说的没错，就像以前那几次一样罢。”

托尼的那番冷嘲热讽就像鱼叉一般刺入那个如此爱他的女人心中，而她那么做，都是极力想要让他称心如意啊。

就这样，托尼再没回来和我住在一起了。接下来的那个夏天，他忙着在马尔科内烤肉餐馆工作、学习生意之道；再接下来，他上了大学。放春假和其他节日时，安东尼会让他飞回西雅图；然而，托尼小时候、还跟唐老鸭枕头睡在一起时与我的那种亲近已不复存在了。托尼对于稳定的需求终于如愿以偿，而我却永远无法给予他他所想要的生活。

穆迪镇是马萨诸塞州名不见经传的小镇之一：并不在本州中部地区，却比较接近伯克夏县；更富有乡村气息，而不是城镇风格。我们的车所走的乡间小路上，有一条横跨而过的铁道，这不消说是连接阿尔巴尼和伍斯特的、运货而非载客的那条。我们驶过铁道，接着路面一转、车子十分奇特地从一座高架桥下穿行而过，接着便偏离了收费公路。路面时上时下、忽窄忽直，我感觉自己好像正在经历一场奇幻之旅。我们驶过高尔夫球场，那儿只有四个人在玩着午后球赛。后来路途渐趋平坦，稍微宽敞一点儿的道路边矗立着一座座小型磨坊，而放眼所及的民居，皆是那种石棉瓦双层结构、门廊狭窄的独栋楼房，古朴而简陋。

我们来到一个十字路口，周围建有加油站、咖啡馆和邮局，还有一栋实用的、砖石结构的矩形建筑，即这个小镇的行政办公楼。看来这里就是穆迪镇了。咖啡店正在营业，于是我建议在这儿停车，稍作整顿——即我想上趟厕所的委婉表达。

“咖啡馆里说不定有电话薄呢。”米契将车停靠在了离店不远的地方，我们都下了车，坐了这么长时间，身体都有点儿僵直了。

吧台这儿有两个身材魁梧的家伙在一起同看着一张周日的《波士顿环球报》，两人之间隔着一张凳子。米契和我进了一个卡座，往外望去能看到停放车辆的地方。女服务生拿来了咖啡和杯子，胳膊下还夹着两份菜单。

“你们店里有电话薄吗？”

“当然有啊。”她从收银机后取出一份来，顺手还拿了奶油，一起拿到我们这桌。

米契打开电话薄后，很快便找到自己想要的了。“埃德·帕马利，住在古道29号；上面的电话与我们所记的那个一样，而穆迪镇也只有这么一家姓帕马利的家庭。”

我突然间感到饿极了，于是两人都要了特大份套餐；我想到自己可能要如此磨磨蹭蹭到圣诞节那天了，然而，还未接到帕马利的回电呢。我真同情米契，只靠着一杯酒店的清淡咖啡，就要撑过这趟长途驾驶。

很快，女服务员就端来了我俩点的蛋煎熏肉，接着又往我们的杯中续上咖啡。

“你能告诉我们古道怎么走吗？”

“可以啊，路很好找的。”她说着，便大致描述了一条线路，听上去却比电子游戏里还要一波三折。

坐在吧台上的一位老兄插嘴说：“莉尔，他们没必要顺着克莱顿那条路走啊，从老磨坊的右侧过去就行了。”

“不管哪条路，他们都会走到墓园路的，”另一个说，“你们俩是要去老路远足吗？如果是的话，还是走磨坊那条路吧。”

“不是的，我们是去找埃德和艾丽斯·帕马利，他们找到了我的狗。”

“噢，那只狗太可爱了。埃德每天早晨都会带着它来，”莉尔将账单放到桌上，说，“我每天都会留点熏肉，好带出去喂它吃的。”

我一面抢在米契之前拿过账单，一面心想：埃德带着我的狗兜风了。

“埃德说艾丽斯真的对它十分依恋，这对她来说真帮了大忙。”右手边凳子上坐着的那位老兄折起报纸、转过凳子来看着我们说。

“对什么事帮了大忙？”我将账单以及10美元递给了莉尔。

室内一下子安静下来，毕竟，他们与我俩互不相识。接着他便耸耸肩，好像意识到自己所讲的是个不可告人的秘密：“夫妇俩好几年前就没了女儿，艾丽斯在那之后一直痛苦不堪。”

“真让人难过，人怎么没的呢？”

他再次闭口不谈了，我想这就是新英格兰地区典型的严谨话风罢。

另一个人坦率地说：“淹死的。就在贮水池那儿。”

“这太叫人伤感了。”

“他们还以为她离家出走了。”

“她那时多大呢？”

“15岁罢，对吧，莉尔？”

“是啊，才读高中二年级呢。”

莉尔靠近我、小声说：“没人愿意提起这事儿，可那孩子是自杀的。”

“天哪，她还是个孩子啊！”

她点点头，将找补的零钱放在桌上，我另舔上几块钱，算作是此餐的小费。此时的我已经渐渐淡却了今天早晨的那股满腔喜悦；我情不自禁地想，帕马利夫妇的女儿当时离家出走都比自溺而死好一些，那对他们来说就不那么痛苦了。真是悲惨啊。难怪艾丽斯会在马克身上寻到安慰了，那正是它所擅长的。

米契从卡座里窜了出去，说："好吧，那么从磨坊右侧过去，向左转到……"他一遍遍重复着之前听到的路线，直到这里的每一个人都认为完全正确、我们这样走一定能找到古道以及我的狗为止。

我系上安全带，接着才说出自己的心里所想："要是他们真的那么亲近，也许想拿回狗就不那么容易了。若他们不肯还给我怎么办呢？"

米契牵起我的手，说："贾丝汀，他们无权留下它，它是你的狗啊。"

路面又开始有些颠簸了，车子沿着土褐色的河流边蜿蜒前行；我们驶过一架熙熙攘攘的双车道大桥，便来到一处被遗弃的磨坊，当年这一带一定有很多小型面粉加工厂。砖石结构的工厂背后有一个贮水池，河水从其边沿处渗了出去；河面上倒映着远处岸边的枫树橡木之类，我相信用不了几个星期，这里就会变得五彩斑斓、美不胜收，而现在这儿就只是让人惬意罢了。接着我想起咖啡馆里的人说的话，风景固然美好，然而我却转移了视线。

我还有事在身，便继续和他专心赶路了。沿途一个个查找着标识，寻找一条叫做古道的路。

他们仍旧没有给我回电，这使我不得不开始胡思乱想了。

"在克莱顿路正对面的，"再转两次弯，我就快结束这次穷乡僻壤的九曲十八弯了，"往欧文农场路直走四分之一英里。"我们经过了牧场和林地、一处州立公园，以及空旷的农贸市场；还经过了我们在此看到的唯一一座商业建筑，是一个制造厂，只是我没法说出是生产什么的。

终于，我们找到了墓园大路。我俩穿过墓园，门口柱子一根白漆剥落、一根被刮得砖石可辨了。就在墓园后面，我们看到路标上写着：古道。我感到胃液都开始兴奋地翻涌起来，再有几分钟，我就能要回马克了。

51. 卢克公园

为了让巴蒂能够坐在两人之间，他们开出门的是卡特拉斯。经过墓园时，它第一次没有发出那种呜咽的声音，相反，它猛地趴下来，将头搁在了艾丽斯的大腿上。她一面轻轻地爱抚着它的耳朵，一面深思的样子，心中纵有千言万语，却什么话也没对埃德说。

他们先上了麻省收费公路，接着转向91号州际公路、往北行驶。埃德似乎早有计划，于是艾丽斯把一切交给他来做主、自己只管欣赏窗外飞逝的风景就好，毕竟想要猜出此行的目的地是没那么容易的。到达北安普顿[①]后，埃德问她是否需要停下来吃午餐，她摇头表示不用；接着车子便慢慢地在小镇宽阔的主干道上穿行，以避开夹道两边断断续续过马路的大学生。

想来这跟失去斯黛西的情况也太像了，可如此联系起来似乎不太恰当，失去一个孩子与放弃一只狗怎可同日而语呢？然而，内心因为失去所感受到的悲伤是无法忽视的；艾丽斯每每想到他俩时，都会四肢沉重、难以呼吸。她本不该纵容自己如此渴望巴蒂留下来的，她本该狠狠地甩开它、本该狠狠地甩开埃德；可是，全靠巴蒂，他们才重新偎依在了一起。在这个家经历了支离破碎、两个人度过了针锋相对的局面之后，还能恢复到夫唱妇随的关系，真是太好了。要是巴蒂走了，一旦它离开了，这条新

① Northampton，马萨诸塞州中西部城市，位于91号州际公路以西、滨临康涅狄格河（Connecticut River）。

近修复的感情纽带又会变成什么样子呢？

他们沿路行驶穿过史密斯学院[1]的校园、经过库利·迪金森医院，直到车子驶进佛罗伦萨[2]，艾丽斯才意识到他们这是要去哪儿——目的地是卢克公园[3]。他们已经好多年没来这个公园观光了，这儿不仅有个小型动物园、还有微型火车绕场而行。过去他们时常在夏天的周日来到卢克公园游泳、沿着铁道散步或是野餐——野餐时会带上篮子、装满二人最爱的野餐食物——冷切鸡肉、番茄沙拉、果冻沙拉，以及斯黛西想吃的甜点：巧克力派。他们参观过两次动物园，第一次是去初到问好的，第二次则就是永久道别了。10美分的硬币，就能买来一大捧鹅饲料。有一次，其中一只大鹅将斯黛西撞倒了，可她立马站了起来、拍掉身上的灰尘，然后宣布那只鹅已知错、保证下不为例，接着问他们能否多给她点儿饲料来继续喂鹅。

"你还记不记得，每次咱们到大门这里，斯黛西总会大声喊道'看啊，是公园！'？"埃德边说着，边对外做着手势示意想要到入口处排队。即便今天是个家庭出行叹为观止的周日，这么几百辆车看着也太过壮观了些。

"我记得，她总是不厌其烦地开这个玩笑。"

他们前面是一辆后面带着小型拖车的货车，拖车上载了个大柳条筐。"嘿，艾丽斯，我想我知道这儿是怎么回事儿了。"

"我认为你猜得没错。"

"今天是热气球节。咱们过去总答应斯黛西说，一旦她长得够高够大

① Smith College，位于北安普顿，创建于1871年，是目前美国最大的女子文科私立院校。

② Florence，北安普顿西北部的一个村子。

③ Look Park，是佛罗伦萨和北安普顿境内最大的公园。

了、能够越过柳条筐边看到外面去，就会让她坐到缆绳牵引的热气球里的。”

“为何咱们从没有实现过那个诺言呢？”

“总有这样那样的事情要忙，也就忘掉了啊。我想她满了11岁过后，我们就没带她来过这儿了。”

他们现在谈论着斯黛西，这在以前是从没有过的事。失去她后的那段时间里，他们心中只有不可改变的悲伤与窒息之感像潮涌般阵阵袭来；谁都没有像今天这般，平心静气地谈论起她来。

埃德在场地边找到了停车的地方，他们坐了一会儿，看着气球飞行员们忙碌升空之前的工作。每一个热气球队都要在地上将似乎好几亩地那么宽广的丝绸铺展开来，有橘色、黄色、黑色和橙绿色——五颜六色的好似巨人的颜料盒里的油彩被泼溅到了地上。埃德带上球帽，说：“走吧。”

巴蒂并肩走在艾丽斯身边，看那样子很是为来到一个新地方而兴奋不已。它不停地转过头来看她，以确保她还在自己身旁，接着便用鼻子贴着地面细嗅着这些素未谋面的人啊、狗啊、和掉在地上的香肠等各种气息。埃德领着他们来到一个打着“热气球观光”广告的货摊处。

“真的要坐吗，埃德？”

埃德将一只胳膊绕过她的肩膀，将她搂近些说：“是啊，我就这么打算的，咱们总说要上天要上天，现在就要实现梦想啦。”

“我们说的是带着斯黛西一块儿。”

“咱们是带着她的啊。”

“什么意思？”

“咱们得相信她永远不会真的离开，不管在什么地方，不管何时提起了她、抑或没有提到，她还在咱们身边。她在，是因为咱们记得她曾来过这儿；咱们将会带着她一同去老早前就答应好的热气球观光，是因为你我在上面会时刻想起她来。”

巴蒂今儿个可真是乐开怀了。这个地方充溢着闻所未闻过的新鲜气息。它与两只狗打了照面，而那俩对自己都特别好奇；它们真不错啊，虽然也都被牵引带拴着，可却毫不吝啬地向它致意。巴蒂认为这儿即便是室外，但一定是个用来跳舞的地方，人啊狗啊都在做着十分有趣的事、他们身上也都洋溢着独特的兴奋气息。艾丽斯和埃德便到处闲逛着，边悄悄塞给它东西吃。他们彼此紧挨着走，艾丽斯之前表现出的那种担忧已经渐渐消失了，尽管它还是能觉察出来。后来，他们长时间地站在一处地方，地上摆放着的其中一个庞然大物突然开始移动了。巴蒂被吓得叫了起来，可人们似乎并不惧怕那玩意儿，所以它就安静地站着，看着人们在那东西慢慢变大、持续地发出轰鸣声的同时，发出“喔——”、“啊——”的惊讶。终于，那玩意儿整个儿直立了起来，接着一个不认识的人从艾丽斯手中接过了牵引带。真是不可思议啊，埃德和艾丽斯双双爬到那里面去了；那东西既不是汽车、又不是货车，却发出了好似呼吸的咆哮声，令它想起了亚迪。巴蒂凝视着艾丽斯，此刻她正在那上面对它喊叫道：“乖乖地啊——”

渐渐地，埃德和艾丽斯升了起来，二人在离它那么远的高空里，它再也看不到他们了。一开始，它只感到一种突如其来的失落感，于是便轻轻地呜咽起来，可双眼还是至始至终地盯着那个热气球。

埃德和艾丽斯并没有告诉它要“趴下别动”，也没有叫它安静等着。他们将它的牵引带交给了一个陌生人，接着便离开了它。它现在看不到、闻不到也听不到他们了，还被这些发出噪音的大家伙、素未谋面的人们以及莫名其妙的心情包围着。原本消失了的那种与艾丽斯和埃德住在一起的紧张和恐惧感，在此一瞬间又重新攫住了它，而它能做的，也只有惊恐万分地尖声狂吠。

52. 天赐之福

我们在一栋有着双泊位车库的双层牧场式住宅前停了下来。车库的其中一扇门开着，泊位却是空着的。眼见所及，我相信他们铁定带着我的狗一同潜逃了。米契几乎都还没把车停稳呢，我就从凯美瑞上一蹿而下，跑到大门前，伸出手指一遍又一遍地猛戳门铃；而那玩意儿则像小型大本钟一样发出了敲钟的声音。我见无人前来应门，便冒着因私闯民宅而被逮捕的危险冲进了车库。我拼命地敲打着通往这栋房子的金属门，还试图拧动门把将门打开，可往我感到意外的是，门居然还被锁住了。嗨，他们都不怎么关心车库被盗，倒是会锁上房子的门。我将耳朵贴到门上，看自己能否听见马克因为觉察到我的动静而狂吠的声音。

在我疾步到房子后面时，米契终于追了上来。“贾丝汀，等等啊，冷静一下。”

“你冷静好了！我要我的狗！”我一边说着，一边攀上连接露台的楼梯，然后又紧抓住滑门的把手——还是锁上的。我只得双手罩脸，往里窥探他们的客厅，只见狗狗的玩具扔得到处都是——各种各样的填充玩偶啊、吱吱叫的发声玩具啊。在沙发上，我还看到了一个狗骨头玩具，以及一张羊毛垫。可就是不见着狗。如果此时马克在里边儿，它会欣喜若狂的，我想像着，便从窗户那儿离开了。

米契向上对我喊道：“贾丝汀，这位是珍妮弗。她是帕马利一家的邻居。”他仍旧站在楼梯的最下面，与他在一起的则是个年轻女人；她抬起头直瞅着我，那眼神就像看到了双头怪物一样。

“你还是先下来罢，咱们说会儿话。”珍妮弗穿着粉色隔离服和白色木底鞋，而说话口气听着则像个护士长。

“也好，”这个陌生人要阻止我要回我的狗，我绝不会让她得逞，但也不想行为失礼：“我是贾丝汀·米德，我看到帕马利在报上刊登的失狗招领启示了，那狗是我的。我只是想把它要回来罢了。”

“这么说巴蒂是你的狗？”

“巴蒂？不，它叫马克，全称是马克西姆。你是想叫我证明所有权吗？”

“我是不想，他们可能会的，”珍妮弗坐到了第二级楼梯上，说，“有它在，对他俩都有好处。”

“这是我听到的第二个人这么告诉我了。我听说了他们女儿的事，我不是没心没肺的人，但那可是我的狗啊。”

“你是怎么会听到人们说起斯黛西的？”

这时，米契插嘴说：“在咖啡馆听到的。我们之前在那儿停车问路来着。”

“这镇子真小。不仅每个人都要去管别人家的闲事儿，还把说三道四当做分内工作了，”珍妮弗站起身来，说，“来我家边喝咖啡边等吧。我不知道他们去哪儿了，可我有艾丽斯的手机号码，可以给他们打电话。”

这还是此趟路过来，我第一次不再感到那么心急火燎了；也许还是自从亚迪将我仍在俄亥俄州以后，我第一次可以放下心来。帕马利一家就要回来了，我将会和马克重聚，这个不堪回首的插曲终于就要结束了，而我也会对他们感激涕零。此时此刻我希望自己能给他们一份报酬，可还是拿不出手来，也并不是真想这样；还是回到西雅图再给他们寄点儿什么吧，要不就寄能喝上一年的咖啡？或者每年都代表马克和自己给他们寄来圣诞卡片？

珍妮弗一面背对着我，一面捣弄那台电咖啡机。她说："他们会特别难以接受这个事实的，尤其是艾丽斯。斯黛西去世之后，他们一直都生活在阴郁当中。而巴蒂——抱歉，是马克——简直就是天赐之福。即便只是周日出门不在家，对他们来说就已经是件大事儿了。我想你们说不定正好与他们擦肩而过。"

"我今早上就打过电话啊，他们什么时候离开家的呢？"

珍妮弗愣了一会儿，仔细想过后说："一个小时吧，也可能是两个。你什么时候打的电话呢？"

"米契，什么时候来着？"

"八点钟吧，要不就八点一刻的样子。"

"我打过电话，他们还是走了，"我这么说着，心里越想越怕，"还带着我的狗走的。"

"他们不会那么损的。也许是出门做其他什么事儿了，并不是想开车逃跑。"

"求求你了，现在就给他们打过去吧。"

珍妮弗从钱包里掏出手机，按下一个键，等了一会儿，说："是语音提示。艾丽斯一定是关机了。"

这一幕令我似曾相识，难道我的狗不管跟着谁、谁就要关机吗？"请你再试一次。"

珍妮弗留下了语音留言，她说的时候是那样的轻声细语，我都没有听清楚到底什么内容。

“他们对它宠爱有加。埃德几乎每天都要带回一个新的玩具给它，他们每天早上会一块儿去莉尔咖啡馆。”

“我听说了，女服务生告诉我的。她偷偷给它吃熏肉。”我抿了一小口并不想喝下去的咖啡；米契正像敲鼓一般拍打着桌子，我看着他时，他立马停手了。

“艾丽斯带着它去上培训班，学习如何成为一条治疗犬，”珍妮弗往她的咖啡中加了一小勺糖，再优雅地搅拌起来，“它真是只不错的狗狗，我只是……”

“什么？”

“我不想看到他们又重回到过去。这还是七年以来，艾丽斯第一次展露笑容呢。”

七年啊。我的孩子也离开七年了。“嘿，我跟它在一块儿好几年了，可不是一朝一夕的事情。我知道这狗有多么出类拔萃，可他们不可能像我这么与它相依相守吧。”

“当然，不可能那样，”她将勺子轻叩在杯子上，说“我再打一次试试。”

“谢谢你。”我知道失去的滋味，我体验过不知孩子安危与否的内心焦灼；然而，谢天谢地，我并没有品尝到丧子之痛。我无法想象那该有多么的悲恸欲绝，那简直是做母亲的最为可怖的梦魇——其痛苦程度已超过我所经历的所有不幸了。

珍妮弗拨了电话，而她脸上的表情已然告诉我，艾丽斯仍然没有接听。她到别的房间去了一会儿，回来时还拿着什么东西，对我说：“我希望你能看看这个。”

这是一个只有钱包那么大的小相框，里面嵌着一张金发碧眼的女孩的学生照：她在摄影师的闪光灯下僵直地站立着，脸上笑得很灿烂、可眼里却丝毫没有喜悦的神采；仿佛那位摄影师说“笑一笑啊”，她也照办了，但就是高兴不起来，更像是在扮鬼脸。

“斯黛西吗？”

“是的，这是她最后一张学生照，七个月之后，她就死了。”

我盯着这位无辜的年轻女孩的脸，问“你们知道她为何会自杀吗？”

“没人知道。艾丽斯将一切归罪于埃德，因为是他坚持采纳精神病专家的意见，给斯黛西吃抑郁症的药的。可我们不知道她最初怎么会患上抑郁症。他们对她可谓是掏心掏肺啊，那不是轻而易举就能办到的；他们中年得女、毫无经验，可他们也倾其所有来爱她了。”

“所以，即使有爱，也无法保证能让一个人开心啊。”

米契从我手中拿过那张小照片，说：“不幸总会发生的，有时候人能成功挺过去、有时候就会一败涂地。”

他挺过去了，我也是。

53. 回程路上

热气球飞到了天上，只见碧空如洗、没有一丝云彩。艾丽斯紧紧抓住柳条筐边，在气球缓缓升至其极限高度的同时，她一直向下眺望；而巴蒂站在那儿，始终抬头仰视着他们。此刻它已是地面上的一个小点儿，堙没在了茫茫大地上，几乎无法看出是一只狗来。

丙烷鼓风机间歇地轰鸣，让他们能一直待在空中。带着橙蓝色相间的“Z”字形醒目图案的热气球在他们的头顶微微膨胀起来，于是他们除了头顶上之外，能看到360度的全景风光。

埃德搂着艾丽斯，前胸贴在她的背上、下巴则靠在她的头顶。“我们不会把狗还回去的。”他紧贴在她耳边说着，这样她在巨大轰鸣中才能听得到他的声音。

艾丽斯叹了一口气，十分喜欢丈夫将自己包围的感觉，她说：“是的，不还回去了。”

之前吃午餐的时候，她在包里摸索出钱付账，就错过了珍的来电。在听过了语音留言后，她便关了机，她只想再多几分钟、再有半个小时与巴蒂还是一家人。

就像之前他们缓慢上升，埃德与艾丽斯乘坐热气球下降时的感觉也美极了。缆绳牵住的气球在空中摇晃的幅度并不大，因此几乎感觉不到着陆时的冲击力。在热风炉不断送出强劲气流的同时，他们听见了巴蒂因为二人失踪而狂吠不止的声音。它边跳边叫着，意欲从拽着那根牵引带的飞行员助手那儿逃脱出来。他们走进一看，它的双眼中满是恐惧的神色，害怕自己就这样给抛弃了。

埃德从助手那儿接过牵引带，说："孩子，这是怎么回事啊？你以为我和她凭空消失了还是怎么？"接着，他跪了下来，将脸埋进狗的脖毛中，"我俩哪儿也不去，伙计，别担心呐。"

艾丽斯掏出了手机，她认为这只狗只有跟对了主人，对它来说才是公平的。

埃德还没站起身，艾丽斯伸出手去，五只手指按压住他。"是珍么？我是艾丽斯，"她边听电话、边还是将手放在他的背上，"告诉他们，我们用不了个把小时就能回家了。"然后她迅速挂断电话，说对埃德："巴蒂的主人和珍在一块儿的，他们正等着咱们呢。"

埃德没有回应，他站起身时，她还是没有将手拿开。狗用它那双牧羊犬的眼睛盯着二人的脸，看了看他、又瞧了瞧她。

回到车上，艾丽斯系好安全带，说："没关系的，埃德，真的。"她抱紧巴蒂，又说："这件事上我们别无选择。"她能想象这个叫贾丝汀的女人这段时间以来是何等痛苦，她也知道失去意味着什么，噢是的，她太了解了。此刻，这种全新的感受包围着她、沉重地压在她的身上；然而这一次，她却不再责罪于埃德了。

他们开车驶离公园，顺着来时的路穿过北安普顿。埃德绕道而行，没走高速和收费公路，而选择了一条适合周日出游的驾车线路，沿途还能欣赏披上秋装的村野风光。巴蒂卧在二人之间，心满意足地打着盹儿，十分高兴自己还能回到车上同他们在一起。

"埃德，你认为我们是不是先停车，我想去浇一下那些菊花，"——

接着，艾丽斯说出她以前从不讲的话来——“就是斯黛西坟墓旁的那些。”

车子差不多开了半英里，埃德才再次开口；他将手指插入巴蒂的毛发中、抚摸着它的身子，回答说：“好的。”

巴蒂将头搁在艾丽斯的大腿上，后腿则置于埃德的腿上。它叹着气、很高兴自己没被人忘在脑后，并且还能跟埃德和艾丽斯重聚，坐在他们的车上，一同去什么地方玩耍、一同返回家中。艾丽斯挠着它的耳朵，埃德则在他不用握住方向盘时，玩弄它的后脚。他们平静地说着话，虽然并不哀伤，然而却让巴蒂感到他俩无法心满意足。他们不断地重复着一个词儿：“她”，而且每次提起，都带着一种虔诚的温柔。比如“她什么时候……”、“她曾经……”、“她是不是以前……”、“你还记得她那时怎么……”……

后来它又进入了梦乡，梦中自己还在奔跑，这使得它的身子时不时地抽搐起来。车子越开越慢，巴蒂感到他们来了个急转弯，于是它便坐了起来，打了个大大的呵欠。它知道这儿是哪里，虽然艾丽斯带着它常来此地，可这还是埃德第一次径直开车直奔终点。以前，他都会停在入口处、并叫它在那儿“趴下别动”的；而通常，艾丽斯根本就不会将它放出车外。

54. 爱女碑石

埃德将车熄火，大家下车前，引擎还运转了几下。“好了，咱们来给那些菊花浇水吧，”他没有看着艾丽斯，因为他知道自己若看到她的脸色会承受不住，“洒水壶在哪儿的？”

“在那儿的。”艾丽斯说着，从卡特拉斯车里爬出来，巴蒂跟在她身后也跳下了车。这一次，她手中并没有抓着它的牵引带。

埃德从墓园小屋那儿取了洒水壶回来，问她道：“你为何不用自己的洒水壶呢？偏要用这些？”

“根本没想过这事儿。”艾丽斯任埃德将水壶装满水，接着就像一只老母鸡似的，看着他慢慢洒水在那些打蔫儿的菊花上。

埃德小心翼翼地、用艾丽斯喜欢的法子浇灌这些花，确保四枝金菊每一朵都能得到相同的水分滋润。它们长得又高大又茂盛，而且就快要遮住墓碑上的刻字了。这还是他第一次看到墓碑，奇怪的是，他并没有如想象中那样痛苦不安。七年以来，他都对这块镌刻着他的独女短暂一生的碑石避之不及，似乎一旦将一个人的死驻留在了碑石上，它所意味着的损失就更为真实逼人了。可它到底只是一块碑石而已：他的妻子悉心打理着，不让青苔侵蚀、不让花瓣凋零，每逢重大节日，都会献上旗帜、或者花环、水仙和巧克力兔子。这是个完完全全属于艾丽斯的地方，是她仅剩的最后一份母亲职责所在。可它到底还是一块碑石，所以损失的一切，到头来并不会得到补偿。

巴蒂两眼盯着柱子，它一直在想着自己该走过去坐守在那儿，可却怎么也想不起为何要这么做了。而在这儿待着、看着埃德和艾丽斯弯下腰来呵护那些植物，要舒服得多。它站起来，由头至尾亢奋地抖动身体，然后在这些石块之间的这个布满柔软苔藓的地方原地绕了三圈；接着，它将鼻子埋在尾巴下，继续做着自己的美梦。这里真叫人惬意啊，它可以一直这样等着，直到他们弄完了带它回家。

55. 奇妙瞬间

他们失去爱女的经历使我感到震惊，主要是因为，当我将自己的委屈抱怨和帕马利一家的不幸放到一起来斟酌时，我的那些痛苦就变得微不足道了。我不可能再回到失去托尼的日子，然而，我却可以做到他们无法实现的事情：我可以打电话给儿子。我给自己定下了规矩，不可以去打扰他，不能因为自己有母性需求、就要强迫他放弃独立自主的生活。我打电话总得找个什么理由才行，而他联系我的时候，通常就只出于相同的原因——沟通近况啊、节日问候啊，就好像我和他过去曾是同事，却非母与子的关系。他离开的时候，我小心翼翼地舔舐自己的伤口，直到它干竭成为一道疤痕。而现在，我坐在帕马利夫妇邻居的家中，手中拿着他们去世爱女的最后一张学生照，心中却满是悔恨。不，不只有悔恨，我还感到了满腔的惭愧。

米契安静地坐在那儿看着我，珍妮弗因为要去准备工作上的事而暂行离开，斯黛西的照片还放在桌子上。我突然从后兜里掏出手机，来到珍妮弗家的露台，再小心翼翼地将滑门关上。

我只是想听听他的声音。

电话几乎响了四声，再这么响下去，他早就能看出是谁打过去的，并任其转为语音留言。可是，他还是接起来了："嗨，妈妈。"

"托尼。"

我说话的声音中显然有什么东西使他警觉起来："你还好吧？发生什

么事了？”

他并没有离开我，他只是远离了深恶痛绝的生活环境；而我之前却像他已经因为安东尼而讨厌我似的对待他。他选择了更好的生活，而我总是这样应承着，却从未实现过诺言。

“我很好，只是这一段时间来发生的事——你知道的，我父亲去世、以及失去马克的事——使我想到了很多。”

“想到了什么？”我猜到他的声音会变得提防了吗？在我们这个家里，相互怀恨在心是彼此间的往来之道。

我已经准备好就此放手，并在宿命、上帝或者命运宣告我将不久于人世之前，让儿子知道我爱他；我想告诉我这已长大成人的儿子，人生短暂，每个人都应该精心呵护他最为在乎的那份感情。所以，我不假思索地说：“我爱你。”

对话稍停了片刻，手机两头都陷入了让人愕然的寂静中。

“我也爱你啊，妈妈。”

我们不好再为难这位邻居了——她还得为医院的轮班作报告——于是我向米契建议，两个人去找点儿别的事来做；我的本意其实是，离开她家让珍妮弗做的报告有个好开头，接着两个人到帕马利家门前坐着，等待他们回家。米契却没有完全领会到我的这层意思，于是，尽管当前离植被繁茂还有些时日，我们还是开着车到处观光了。后来，我俩都认为是时候享用午餐了；尽管不太情愿，两人还是在另一个小镇里找到了一处河边的别致小餐馆，我还不得不镇住自己亢奋的心情，满腔失望地捣弄自己盘中的薯条。我不断注意着手表上显示的时间，但觉一日三秋、如坐针毡。

“也许他们回来了吧。”我原本只想让车子停在古道上，如果他们回家时我还没有到的话，他们就会认为我根本没有做出要回狗的行动，我可不愿冒这个险，不然他们会断言我已经将狗抛弃了的。

“你还吃得下不？”米契点头示意我盘里的薯条，我只感到自己又撞见这辈子最为完美的旧景重现了。这不是亚迪曾对我说过的话么？

“如果我在厕所里待太久，你会驾车离我而去吗？”

米契笑了起来，接着表情变得严肃了：“不，永远不会的。”

我想告诉他“可是其他人都已选择离开我了”，但还是没说出口来。

大概米契知道自己触到我的痛处了，因为他将手伸到桌子这头，把我的一束头发抚到了耳朵后面；这个举动虽小，却饱含着爱与独占之情，就像一位母亲会对儿女所做的那样，而相爱之人亦会如此。

我们坐回车里，试着找到回帕马利家的路，我决意一直在那儿坐等下去，直到他们带着我的狗一同现身。

“我想你已错过了。”我在座椅上转过身子，用手指向写得东倒西歪的路牌，可现在它已经消失在视野里了。我们已经错过了开回古道的那个拐弯处了。

“我想我们一定是从另一个方向开上墓园路的，刚才我还一直盯着右边找着那个路牌。”米契减慢车速，转了个弯，驶上墓园中的车道。前方就有一辆停在路当中的车，米契也停了下来，给那辆车留出了倒车的余地。

生命中有各种各样的奇妙瞬间，像是第一眼看到自己刚出生的孩子啊、无意之举让人邂逅了自己的意中人啊、停下车来看向窗外的时候却望见了自己丢失的狗啊……

那就是它，我不过看错的——马克西姆，我的马克、我的小狗。它正伸展着全身，就像它每次小睡以后都会做的那样。米契没见着我所看到的东西，于是我抓住他的手，让他放开车钥匙，说："等等，他在那儿的！"我下了车，跑向了马克。

巴蒂伸展着自己的左后腿，这个挥舞的姿势有点像它跳芭蕾舞时最后的那个伸展动作。埃德和艾丽斯安静不语，但并不显得悲伤；他也知道要不了多会儿他们就会坐上车回家、回去后他就能喝上水、再打个盹儿了。有辆车开了过来，可它之前并没有见过；可毕竟这儿不是它的管辖范围，于是巴蒂继续默不作声。正是由于太过安静，所以那声喊叫才会把大家吓了一跳。

"马克！"

这声音它很熟悉，这个词儿它也很熟悉：马克！它就知道，贾丝汀一定会在这个"趴着别动"的地方找到自己的。马克一听到有人呼唤自己的名字，便迅速奔了过去；只见一道银色与黑色的朦胧黑影飞驰而过，马克扑到了贾丝汀的怀中，就像一颗毛茸茸的弹道导弹。

56. 重新聚首

贾丝汀本人给埃德的印象，与他听过电话答录机后所想象的截然不同：她并非凶神恶煞的泼妇，反而长得相当迷人；而将马克紧紧搂在怀里时，她的眼睛都快哭肿了，到底有多么喜爱这狗，自然是不言而喻的。显然，这次重聚对她来说是相当幸福的，而在他则是双重折磨。即使艾丽斯放话说他必须归还，埃德也清楚，失去巴蒂她该有多么痛苦。她又怎能承受再度失去呢？“求求你，别带走它吧。”在最后一刻，他改口了。

“埃德，够了，这是她的狗。我们再爱它，它也并不属于我们。”

贾丝汀像怀抱着孩子一样抱起狗来，它则不住地与她亲吻。她的身后稍隔一段距离的地方，站着个戴着飞行员太阳镜的人高马大的男人。“请相信我，我能理解你们现在的心情。可马克一直都同我在一起的。”

“你并不清楚，”埃德说着，双手使劲儿塞进了口袋里，“你不会知道这对我们来说有多痛苦的。”

“埃德，别说了，那不是同一码事。”艾丽斯双手叉腰说。

“同什么？”

“同斯黛西的死。这是一只狗，是的我们爱它。可我们早料到会有这么一刻的，我们也知道它总要回到该回的地方去。那样它才感到安全。”

埃德猛然从口袋里抽出双手，使劲儿捂住自己的双眼，说：“可我不想再失去你了！”

艾丽斯将自己的下巴搁在埃德的头顶。“你从未失去过我。我一直都在的，”她侧过头去，看到贾丝汀和米契等在那里、巴蒂还在舔着主人的脸，“跟我们回趟家吧，我有一些它的东西，你应该会想拿去的。”她放开埃德，对我说：“给我们一点儿时间，我们好彼此道别。”

巴蒂在贾丝汀的怀中躁动不安，她便将它放到地上，却没有拿起牵引带来。它一落地，便一面轻声尖叫，一面欢快地绕着四个人跑来跑去。

巴蒂（马克）欣喜若狂地舞动着身子，它的贾丝汀终于还是找到它了！而且就在它总想着她会来寻找的这个地方！它为艾丽斯和埃德今天能够如此周道地到处转悠、并和自己一起来等待贾丝汀而感到心满意足。

可还是有什么不对头的地方，艾丽斯和埃德脸上都流露出那种伤感的气息：这股气息从未离开过他们，但是在之前坐在车上手拉着手那阵子，似乎有所改善。而现在新产生的这股气息比以前更为浓厚，即使突然消失、也会很容易就能寻觅出踪迹。

马克觉察到贾丝汀十分紧张，半是因为兴奋、半是因为焦虑，好比一只狗想出门遛遛，却不知该往哪个方向走。它察言观色一番后，认定贾丝汀和艾丽斯这两个女人之间一定有所争执。

人与人之间就应该更加亲近些。可艾丽斯与埃德靠在一起，贾丝汀并不与他们为伍，而那个陌生男人，则稍微离了些距离；然而，即便是在户外、相隔这么远的距离，从他的气味来判断，也能知道是友、不是敌。他们相互间的这种疏离感使得巴蒂（马克）颇为苦恼，因为四个人本该聚在一起的，毕竟他有责任这么去做啊。

巴蒂（马克）接下来所做的印证了它是一只优秀的牧羊犬：它先是看

着贾丝汀，一直这么盯着她，直到她如它所愿地向埃德和艾丽斯那边挪了挪步子。然后，它看着他们俩：站在那儿别动，小羊羔。接着它看向那个陌生男人，决定也让他变动一下位置。它突然从自己看守的“两只羊”这儿跑开，敏捷地奔向那个男人的裤腿，却意外地发现了只不像是肉做的脚踝。不过它的目的还是达到了，男人往前迈了几步，随着它的继续追跑，男人终于走到了贾丝汀身边，还碰到了她。巴蒂（马克）观察了一会儿，认为这个阶段已经大功告成。接下来，它开始绕着这四个人跑，也绕着那块石头跑；就这样跑啊跑啊，直到它终于使得这群自己看管着的人回家为止。

57. 与狗道别

给我们点儿时间相互道别。我怎能拒绝这个要求呢？我怎能不明白人们想要善始善终的需求呢？我这辈子错过了太多告别的机会，不管是对托尼、我的父亲，还是对马克。“对不起，我办不到。”

“求你了，”她仍旧紧握着她丈夫的胳膊，“离这儿并不远的。”

马克一直绕着我们周围奔跑，它是如此兴致勃勃，像个欢庆圣诞的小孩儿。

我们同时打开了自己车的车门，“马克，上车吧。”结束了疯狂而快活的奔跑之后，马克气喘吁吁地看着我，接着又看向他们；它脸上的疑惑是不言自明的，而那两撇小眉毛，使它看上去是那样的不知所措。现在的它，不知道该对谁忠心耿耿了。

“马克，上车啊。”可它并没有听从于我。几个星期没上培训课，也不至于使我这只备受赞誉的狗变得好吃懒做了啊。它轻轻呜咽了一声，使我不禁想到：马克也需要跟他们告别。

“贾丝汀，你这么做是对的。”米契拍拍我的膝盖，说。

“可为何轮到我觉得自己做了恶人呢？马克是我的狗、是我的好搭档啊。我当然理解他们会彼此形影不离，可说实在的，伙计，凡事得有个度罢。”

卡特拉斯在前面带路，我们的车紧随其后。我们到墓园时，不难看到他们站着的那个墓碑上写的是谁的名字。碑旁的菊花美不胜收，然而却无法遮掩住碑上他们女儿的名字，以及她生命的短暂。

“不会有问题的，他们都是成年人了，”米契握住我的手，而我则紧握住拳头，于是两个人并没有手牵着手，“再说了，从你对我说的那些马克与你相依为命的故事看来，你是肯定能明白他们现在的感受的。”

可我所明白的是，自己的背心上还留着马克的毛发，但它却在另一辆车上，隐身于车库之中。

进门后，艾丽斯抓起一个购物袋，开始往里面塞狗粮、蚤不到[1]、心丝虫药丸、三只填充狗熊、四个发声玩具，还有一只装点着小小消防栓图案的食碗。她的动作是如此迅猛，好像每碰触到一个东西，都会烧着手一样。

“你真的不用把这些东西送给我。”

“我还留着这些东西干吗呢？”她的声音听上去，与一个几近泪崩的女人说话时的哽咽难受无异。“埃德，去看看客厅里还有什么落下的好吗？”她将袋子放到地板上，像是已然不堪重负了。

埃德回来时，手里拿着又一个磨牙玩具：“寻遍了也只找到了这个。”艾丽斯从他手里拿了过来，放进了塑料袋里。

马克使劲儿闻着袋子里的东西，接着拖出了一个填充玩偶，还塞给了

① Frontline，又译作“福来恩”，是一款猫狗用的去蚤药水，也能驱杀或预防家中的害虫与虫卵。

我。我知道这是什么意思，它是想玩温和的拔河游戏；于是我抓起玩偶一端，往它相反的方向用力。后来我松开了手，马克也没再继续和我玩了，而是将玩偶塞进艾丽斯手里。她使劲往后拽着，可眼睛却看着我。马克最后放开了玩偶，艾丽斯则像个婴儿一样、欢喜地攫住了它。

米契就站在不远处，马克上上下下、仔仔细细地将他闻了个遍，试图辨认出这个新来的男人究竟是谁。

这一刻大家都显得很尴尬，而我就想尽快离开了。于是我说："谢谢你们所做的一切。"

"应该它出去后你再走。埃德，你能带他先出去吗？"

埃德反而说："该是你来带它。"

"你们两个人一起来带它罢。我们在这儿等着。"米契搂住我的胳膊，就好像我会追着他们跑下后面的楼梯似的。

我真的不愿意在这儿站着和他们闲聊，而我又已经伤透了他们的心了。可最后，还是埃德和米契跟在马克身后走出去了，我这才意识到，艾丽斯还有话想对我说。

"请你每天都代我们告诉它，它是只独一无二的狗。"艾丽斯是那种并不介意在大庭广众之下哭泣的女人，而现在她说着，泪水也流了下来了。

"我会的。"梦寐以求的重聚之喜荡然无踪，我此刻却深感悲喜交加的无奈。

"埃德和我失去女儿的时候，厄，二人之间渐渐有了隔阂。可自从有了巴蒂——马克——就……"她顿住了、忙着整理自己的思路，双眼却一直盯着一个没眼睛没嘴的泰迪熊，还不停用手抚摸着它，"帮了大忙。"

我并不是一个感情外露的女人，可我拥抱了艾丽斯；接着，我俩相互抱在了一起。

马克边摇尾巴边跳着跑了回来，看到我还在原地便欣喜万分。可有所不同的是，它看到艾丽斯时也同样地乐开了怀。正如我之前有多么害怕它下落不明、在自己最为黯淡无光的时刻想象它糟糕到极点的境遇，马克也遇到了千载难逢的好人家。

马克从艾丽斯身边来到埃德那里，摇着尾巴嗅着米契身上的气味；接着又冲到我这儿，整个身子都趴到我的双腿上，像是要邀请我一同跳舞。

我将狗引回帕马利夫妻那儿，让他们能够最后抱它一次。

“你真是个懂事的乖孩子，现在你要回家了，”他俩一遍一遍、声声相应地重复着这句话，抱住它的脸不住地吻着，“我们都爱你，别忘了我们。”马克温柔地舔着艾丽斯的脸，那动作只能理解为最后的告别；它不像兴奋时那样奋不顾身，而是边小心地接触，边双耳向后耷拉、与她双眼对视。它舔去的，是她脸上的泪花。

译后记

本书是作者苏珊·威尔逊的第七部长篇小说，主角之一是一只可爱的喜乐蒂牧羊犬——马克。我固然一直以来都对动物有着莫名的钟爱怜惜之情，却似乎还不曾读过这类讲述人与动物相依为命的外国作品，所以也就无法讲出这部小说与其他相似的篇章对比，到底好在哪里、又独特在何处。小说每一章节都有明显的叙述视角转换，总是从人类的角度开始、再以狗的眼界来结束。我知道这种写法早有作家尝试并收效甚佳，然而，这并不代表作者"故技重施"就是过时或者讨巧的。人与狗之间叙述角度的切换，让我们能理解现实的另一层面，并在对比中加强故事的表现度、增进人物的丰富性；很多时候，对于某些事情，若以一个全然陌生的视野看去，便又是另一种情势、另一番滋味了。相信很多人都和作者一样，从不将身边朝夕相伴的小动物们仅仅当做是供人开心玩乐的"宠物"——它们有自己的喜怒哀乐、也会对周遭的人和事做出爱憎疏离的选择。然而，就像小说里所写，动物们很多时候又是完全没有 "选择权"的：它们无法选择跟谁在一起、无法说出自己某一时刻的感受、无法让人类知道它们究竟想要怎样的生活……因此，尽管小说最后，马克终于还是"物归原主”，回到了贾丝汀身边，我们也无法知道它是否心甘情愿地离开帕马利夫妇了；毕竟作为一只尽忠职守的牧羊犬，它始终不忘祖先世代传承的重任——要让它所喜爱的人们好像“羊儿”一般相互偎依、彼此信赖，开开心心地生活在一起。是的，马克就是一只如此乐观向上、善解人意的狗，不然，女主人公贾丝汀为何一刻也离不了它呢？

在我眼里，这部小说着力点其实并不在人与狗之间如何相濡以沫上，作者更想表现的，其实是人与人之间怎样互生爱恨、引发误会直至达成理解、抑或酿造不幸。我之所以要赞许这部小说，只因深感自己就像是贾丝汀、斯黛西与艾丽斯这三位女性角色的融合体——我多多少少经历过和她们极为相似的人生境遇，所以才会在阅读和翻译过程中每每叹息与无奈。作为女子，总要比男人有更加丰富的情感、有更为缱绻的心思；在受到伤害后，女人内心的疤痕也不易随着时间流逝而消祛、往往会更难弥合。缺少父母关爱的童年、无人理解支持的青年、不幸痛失爱女的中年……这是作者赋予书中人物的悲恸遭遇，也是我们每个人可能会遇到的生活本真——现实就是如此残酷，无法迎战纷杂的生活、就会被沉重的真实所累。幸运的是，贾丝汀和艾丽斯有马克来逐步帮助她们重拾生活中的美好与欢笑，而可怜的斯黛西没能遇到这么位动物朋友，最终自溺于和父亲常去捕鱼的那个贮水池中。她的死与其说是因为抗抑郁药品的副作用，不如说是缘于莫大的误读——父母之爱与子女之需的误读。埃德和艾丽斯中年得女，可想而知他们对斯黛西有何等的关怀备至。可是我想，正是这种令人窒息的爱，让斯黛西从小就在心中不断潜移默化着自己有多么与众不同、并在不知不觉中深感愧疚；虽然小说里并没有写到这点，但我能真切地感受到在短暂的十五年生命里，她是多么无奈地回应着父母过于压抑的关照、有多么拼命地想逃离出那个由过多的爱所缔结而成的心狱。她从小便展现出的叛逆与孤僻，便是太过无助、无人理解而不得不采取的一种消极自卫；而最终，这种事态不可抑制地恶化，给帕马利夫妇留下了死不瞑目的创伤。同样在这种畸形关爱下成长起来的还有托尼——幼年家庭残缺的贾丝汀不惜一切要给儿子以家庭温暖，只是为了不让儿子重蹈自己的不幸覆辙，谁曾想却是一次次向他证实着自己的无能为力；这种母爱与子需的断层，被安东尼再婚后的美满、儿子与他在一起会更幸福给衬托得愈发令人锥心、难以接受。贾丝汀离家自立后东奔西走的混乱生活，是童年阴影造成的不安全感的恶性循环：她没法真的相信谁、没法感到自己有所归属，四十三年生涯中总是遇见来了又去的匆匆过客，没人真的理解过她、甚至是她的儿子；唯一见证了她的喜怒哀乐、与她相依相守的，只有与她搭档跳舞的马克了。马克“跳”到哪里，哪里有就能有欢乐，幸运之符终于阴差阳错地落到了艾丽斯身边，她小心翼翼地捡起来，慢慢地在狗的影响下学会正视自我、学会接受过去。在此过程中，我不能不感叹埃德这位好丈夫的伟大，没有他多年来的默默隐忍与不离不弃，艾丽斯纵使遇见了马克，也无法重新回到二人最初的默契时光……

尽管小说以马克的欢快舞蹈抚慰了一颗颗受伤的心、并使人们最终互解、积极生存，可故事并没按照惯常的“大团圆”路数，阿黛尔与贾丝汀的隔阂依旧存在、父女间的误会难以消弭、逝去之人也无法复生。所以，这既是一个人狗患难与共的故事、也是一个父母子女间极爱生恨的故事、还是一个战胜自我直面过去的故事、更是一个酸甜苦辣生活本真的故事。

最后，我想要在此谢谢出版社和编辑给我这个机会来翻译这本书，让我与这部如此心灵相通、相见恨晚的小说邂逅。在我眼里，尹编辑就像位可爱可亲的姐姐，每个月上交一部分译稿供她检阅的时候，我们会在网上小聊一阵，谈谈关于文学、关于生活、关于梦想的诸多话题，她的积极乐观、耐心指导，平抚了我这个“初出茅庐”的丫头左顾右盼、唯恐出错的紧张与莽撞。而这个难得的翻译机会，也要得力于我读研时最为交心的好友陈首为；翻译专业的他在这方面已是身经百战，所以不论在最初提交试译、还是后来的其他环节，他都给予了我很多帮助、让我信心倍增。我的大学同窗马希希——我们这位学无止境的“老马”，听我说自己正在翻译小说后，立马表现出浓厚的兴趣；每当我有不懂的地方向他咨询，他总是不厌其烦地与我商讨、给我建议。当然，我不会忘记自己十三年的老友张晓婕、以及大学室友司雅慧和张璐，她们三个开朗豁达的女生至始至终都是我的坚强后盾。谢谢你们，没有大家的协助扶持，我难以坚持迈出自己追逐梦想的步伐。

韩芷蕊

2012年11月24日夜　于山城一隅

图书在版编目(CIP)数据

有你的地方,就是家/(美)苏珊·威尔逊著;韩芷菡译. —上海:华东师范大学出版社,2017
ISBN 978-7-5675-6024-6

Ⅰ.①有… Ⅱ.①苏…②韩… Ⅲ.①长篇小说-美国-现代 Ⅳ.①I712.45

中国版本图书馆CIP数据核字(2017)第029837号

有你的地方,就是家

著　　者　(美)苏珊·威尔逊
译　　者　韩芷菡
项目编辑　陈　斌　许　静
特约编辑　尹艳霞
装帧设计　风信子

出版发行　华东师范大学出版社
社　　址　上海市中山北路3663号　邮编200062
网　　址　www.ecnupress.com.cn
电　　话　021-60821666　行政传真021-62572105
客服电话　021-62865537　门市(邮购)电话021-62869887
地　　址　上海市中山北路3663号华东师范大学校内先锋路口
网　　店　http://hdsdcbs.tmall.com

印 刷 者　常熟高专印刷有限公司
开　　本　890×1240　32开
印　　张　11
字　　数　250千字
版　　次　2017年4月第1版
印　　次　2017年4月第1次
书　　号　ISBN 978-7-5675-6024-6/I·1639
定　　价　38.00元

出 版 人　王　焰

(如发现本版图书有印订质量问题,请寄回本社客服中心调换或电话021-62865537联系)